故事在印度

一个中国作家眼中的印度

India in the Eyes of a Chinese Writer

郁　秀　|著|

中国大百科全书出版社

图书在版编目（CIP）数据

故事，在印度：一个中国作家眼中的印度 / 郁秀著 .
-- 北京：中国大百科全书出版社 , 2023.4
　ISBN 978-7-5202-1311-0

　I. ①故… II. ①郁… III. ①纪实文学－中国－当代
IV. ① I25

中国国家版本馆 CIP 数据核字（2023）第 046271 号

故事，在印度：一个中国作家眼中的印度

郁　秀　著

图书策划	李默耘
责任编辑	王云霞
责任印制	李宝丰
装帧设计	侯童童
出版发行	中国大百科全书出版社
地　　址	北京市西城区阜成门北大街17号
邮　　编	100037
网　　址	http://www.ecph.com.cn
电　　话	010-88390659
印　　刷	固安兰星球彩色印刷有限公司
开　　本	880毫米×1230毫米　1/32
字　　数	230千字
印　　张	10.125
版　　次	2023年4月第1版
印　　次	2023年4月第1次印刷
书　　号	ISBN 978-7-5202-1311-0
定　　价	58.00元

写在前面

2016年冬天，我陪父亲去印度总统府，接受慕克吉（Pranab Mukherjee）总统颁发的"杰出印度学家奖"。父亲在获奖答词中说，此次携女儿同行，希望"将来在她的笔下出现印度的形象和故事"。当时，全场掌声雷动。其实，父亲讲这番话时，我尚无任何写作计划。因为印度不好写，印度太复杂了。伊丽莎白·邦妮（Elizabeth Bonnin）是一位游历各国的探索者，她曾经这么说印度："你就算用一生来经历这个国家，可能仍然只感受了它的皮毛。"何况我只去过印度两次，两次加起来的时间总共才一个月。

但是我喜欢旅行，很重要的原因是去到不同的国家，接触的人与事都是不同的，能带来全新的观点、完全不同的视角，让我知道原来人家是这么看问题的。同时，人在异国他乡会变得异常敏感，所有感官都像裸露着的神经。哪怕最不喜思考的人，到了异国他乡，也能生发出许多新的观点和感受。

我更喜欢和当地人聊天，喜欢听他们讲故事。我很少就一项议题对他们进行采访或者探讨，主要就是和他们聊他们的人生故事，听他们的想法、梦想和希望。因为，我认为聊天是最好的采访，让人家说他想说的东西，而不是叫人家说他不想说的。有人告诉我，印度人和中国人一样，民族自尊心很强，不愿意向外国人展露他们国家的负面形象，但在我个人的深度接触中，没有发现这一点。事实上，我得到的比我以为的更多。

又因为我是外国人，对他们的成长背景和文化缺乏了解，他们需要从形成他们思想根源的文化、风俗、宗教、种姓背景解释起，所以他们在跟我讲人生经历时，也向我零零碎碎介绍了印度。我在听故事的同时，也会就我不理解的地方提些问题。我们一起讨论、分享文化和成长背景带来的差异。而对我来说，自己的国家与人生，因为有了地理、时间、文化的距离，许多早已被我忽略和司空见惯的人与事会被比较出惊人的差异，有了全新的意义。

许多故事、桥段就在这种不经意间的比较中形成了。它们不一定有最好的戏剧冲突，但一定是不枯燥的。旅行结束，我突然悟到：这些故事难道不是最好的介绍印度的方式吗？他们的故事蕴藏的情感、哲理、文化，难道不比新闻调查、游记心得、学术论文生动有趣、可读性强吗？那表面杂乱的生活同时蕴含着平和自在的处世之道，那多元混乱里蕴藏着的古老的印度哲学，不仅可以让我们一瞥当代的印度，还能让我们隔着高高的喜马拉雅山脉或与之同频共振，或觉得不可思议。正如金克木先生说的："中国和印度，相同之处完全平行，不同之处相映成趣。"

至于印度的景点介绍、旅游路线，就交给《旅行攻略》

《旅行指南》这类读物吧。我笔下的印度应该直达心灵，而故事就是直达心灵最古老而永恒的方式。我的印度故事从总统到"贱民"，从印度的著名教授到印度理工学院（IIT）的毕业生，从宝莱坞明星到畅销书作家，从进城打工的女佣到做中餐的印度厨师，这些人物纵横交错，如同万花筒一样，交织出各种图景。

我在听他们讲故事时，最常听到的是这一句："今天的印度开始改变了。"无论是经济发展、社会制度，还是思想观念。所以，我希望尽可能地反映一个真实的印度、一个当下的印度、一个变化进步中的印度。相对于世界上发展最快的国家翻天覆地的变化，这种进步、改变或许是缓慢的，却是稳扎稳打、不可否认的。

我尽量反映印度大千世界的各色人等、三教九流，但是印度太复杂了。比如，我在一天之内就能听见两种截然相反的观点。离开印度的最后一天，一个印度人非常真诚地告诉我，印度是这个世界上最让人感觉幸福的地方，他能生活在这里很幸运；而在当晚离开印度赴美的航班上，坐在我旁边的一个年轻的印度女人对我说："谁愿意生活在印度？！"她回印度的目的就是尽可能把她的亲戚一个一个以婚姻的形式移民到美国。她在美国为她的亲戚找好对象，再去印度迎娶她们到美国。我相信，对我讲印度有多好或者印度有多不好的这俩人，说的都是真心话。

而这种两极化印象伴随着我的整个印度之旅：虽然印度的女性地位普遍低下，这里却出了世界上第一个大国女总理；印度是世界上最大的文盲国家，却向世界输出了大批第一流的人才；印度至今仍然残存着种姓制度，"贱民"的处境仍然令人唏嘘，但又前后出了两位"贱民"总统。

这是一个反差巨大、在矛盾中前进的国家。这种多元文化既是优势，也是挑战。在这里，现代与远古，富有与贫苦，先进和愚昧，前卫与保守，相依相伴，都能找到它们自己的方式和睦相处。行走在印度，仿佛同时行走在17世纪和21世纪。正如有人感叹的那样："在印度随处可见的文化传承中，可以看见过去，看见未来，看见时间。"兼容并包，和而不同，印度才显得如此独特，如此不可思议。而"不可思议（Incredible）"正是印度观光旅游局打出来的口号。

描写这样一个国家的难度可想而知。如马克·吐温曾经感慨道："对印度的任何评价都是正确的，但是相反的观点可能也是正确的，因为它太复杂了。"可见，探索印度，如同盲人摸象。好坏良善，都是印度的部分真实。何况，我接触认识的印度如此有限，所以，我笔下的印度只是一个截面。

这本书的完成，首先感谢我父亲。他给这本书提出了许多中肯的建议和意见。他研究了印度一辈子，一生都在关注有关印度的各种书籍和资料，终于在晚年也看到了一本他女儿笔下的印度。我想，这对他是一种莫大的慰藉。他希望这本书能做到"不但对一般读者有吸引力，对关注、研究印度的学者也有吸引力"。

当然，更要感谢所有对我倾情交心的印度朋友。在我写作的过程中，他们一再给我补充资料，提供照片，而且告诉我还应该写写他们家的这个事、那个人。这都超出我的经验范围，我只有人家再三交代我不能写这个、不能写那个的经验。正因为一个个印度朋友的自告奋勇，我笔下的人物才如此丰富多彩、栩栩如生。当然，出于隐私的考虑，极个别人物用了化名。

最后，希望大家喜欢这些印度故事。

目录 Contents

◎ 1. 从农村娃到"第一公民" / 001

◎ 2. 金德尔家族与中国 / 008

◎ 3. "供大人米"——佛米的故事 / 020

◎ 4. 他的世界里，只有梵文 / 025

◎ 5. 一个婆罗门女人的故事 / 039

◎ 6. 印度式包办婚姻 / 062

◎ 7. 舒教授和她的用人们 / 077

◎ 8. 进城打工的小女佣满月 / 094

◎ 9. 赤身裸体天衣派苦行僧 / 107

◎ 10. 一个记者的阿育吠陀之路 / 114

◎ 11. 瓦拉纳西的"解脱客栈" / 123

◎ 12. 我一生背负的"贱民"枷锁 / 130

◎ 13. 一个点朱砂的离婚女人 / 152

◎ 14. 印度史上最昂贵的出口产品 / 167

◎ 15. 以美食为使命的印度大厨 / 181

◎ 16. 印度史上最畅销英文小说家 / 201

◎ 17. 印度的良心 / 215

◎ 18. 一个印度大厨和三只老鼠 / 228

◎ 19. 带着你的嫁妆来——印度嫁妆四重奏 / 238

◎ 20. 种姓第一,爱情第二 / 247

◎ 21. 印度新种姓——英语种姓 / 261

◎ 22. 印度女人,南极北极 / 272

后记 / 282

01

从农村娃到"第一公民"

这本书只想写印度百姓形象，不写政治人物，现在却也将印度前总统慕克吉（Mukherjee）列入其中。我想，出身贫穷家庭的"农村娃"慕克吉也会同意的。因为他在2012年的总统就职演讲中这样说："被选为共和国的第一公民，对于一个公仆来说，没有比这更高的奖励。"

慕克吉1935年出生于西孟加拉邦（West Bengal）比尔布姆区（Birbhum）一个小山村，在那里出生、长大，度过了极为清贫的童年。他在多个场合说过，自己就是个农村娃，小时候每天要走5公里上坡去学校读书，再走5公里下坡回家，而且是光着脚走路。曾经有记者问："没有鞋吗？"慕克吉笑了，说："没有路，所以没必要有鞋。"

说起那段童年往事，慕克吉如同一切追忆童年的长者，永远面带微笑。他说："雨季的时候，就很麻烦了。有些小水沟平时没什么水，雨季来的时候，小水沟就变成了小河，去学校的路上，要蹚过一条小河。通常有年长的人帮助我们；但有时候，他们不在，早上上学又不能迟到，不能一直等人来帮忙。那么，我就得冒险独自蹚过小河上学。这样就给自己树立一些信心，就是我必须做到。"童年赤脚蹚河上学的经历，慕克吉回忆起来，说那是对于心志的磨炼，那时他就学会如何克服困难了。

慕克吉的父亲卡马达·慕克吉（Kamada Kinkar Mukherjee）是一位坚定的印度爱国者。他反对英国统治，积极参与印度的独立解放斗争，曾经坐过10年的英国牢房，以勇气和刚毅而闻名。慕克吉的哥哥回忆道："我弟弟继承了父亲血液中流淌着的政治激情。"慕克吉并不是大学一毕业就投身政治，而是在获得加尔各答大学的历史与政治学硕士学位后，先后当过教师、记者、作家。慕克吉后来还曾担任印度统计研究所所长、泰戈尔大学校长等职，主编过一些杂志。

慕克吉热爱写作。在印度，人们都知道慕克吉写日记，且常年保持写日记的习惯。他有着深厚的写作功底，出版过一些著作，内容多与政治、经济有关。我尚未系统阅读慕克吉的著作，但是在写这篇文章时，阅读了一些他的演讲文章，其中也包括他在总统府对我父亲的颁奖演讲，他的演讲文采飞扬，如同行云流水。

有两个政治人物对慕克吉影响重大，一个是中国的邓小平，他多次引用邓小平的格言；另一个是英迪拉·甘地（Indira Gandhi）。

1969年，时任印度总理的英迪拉·甘地认识了慕克吉，并赏识他的才华，帮助慕克吉成为印度议会上院（Rajya Sabha）的成员。自那以后，慕克吉正式登上政治舞台，他也成为英迪拉·甘地最信任的人之一。慕克吉的政治生命也跟随着甘地家族的命运三起三落。他与英迪拉·甘地、拉吉夫·甘地（Rajiv Gandhi）和索妮亚·甘地（Sonia Gandhi）这三位政治人物都有过深度交集，最终逐渐重回权力核心，走进总统府。在这繁复曲折的政治生涯中，慕克吉与甘地家族的关系，有很多局外人说不清、局内人不愿道的谜，有着属于政治人物自己的得意与失意的一页，但是他们终究决定将那一页翻了过去。无论中间遭遇怎样的波折，也无论世人对英迪拉·甘地怎么评说，慕克吉对她忠心不变。他称英迪拉·甘地是自己的人生恩师、心灵导师。慕克吉说："我的一切都是英迪拉·甘地给的。"2017年是英迪拉·甘地百年华诞，慕克吉出席了盛大的"印度的英迪拉·甘地——百年纪念致敬"活动，并且发表了长达40分钟的演讲，以表达他的敬仰。

慕克吉在印度政治世界的旅程充满了起伏与惊险。他一生经历丰富，对任何政治事件都从容淡定，荣辱不惊，游刃有余。作为一名政治家，他几乎从事过每个领域，也把印度重要的部长职位做了个遍，国防部长、外交部长、商务部长、财政部长。慕克吉同时积极活跃在国际舞台，他是国际货币基金组织、世界银行、亚洲开发银行和非洲开发银行理事会成员。1984年，他担任了国际货币基金组织和世界银行24国集团的主席。1995年5月至11月，他主持了南盟内阁会议。

慕克吉常年保持每天工作10到15个小时的常态。他曾被媒体称为"全年无休的男人"，即"四季之人"，这个称号正是基于他丰富的履历。莫迪总理说慕克吉是"他自己的大学"，媒体称他是"以具有令人震惊的记忆和无法想象的忍耐坚毅的生存能力而闻名的政治家"。众所周知，慕克吉的记忆力令人惊叹，他可以信手拈来有关过去政治发展的事实和数据，同时也对会议上的座位安排记忆清晰。后来有人恭维慕克吉的记忆力像一头大象那么庞大，国会主席索尼娅·甘地（Sonia Gandhi）笑着伸出两根手指头，打趣道："是两只大象。"

2012年，慕克吉以压倒性的高票，无悬念地当选为印度的第十三任总统。这一选举结果，显然把慕克吉感动到了。最后结果正式宣布之前，他在自己的住所外发表了一次获胜讲话。他说："我要感谢印度人民选举我担任这个高级职务。人民的热情和温暖是非凡的。我从这个国家的人民那里获得的热情和温暖，远比我付出的多。现在，我被委以负责保护和捍卫宪法的责任，我将努力兑现人民的信任。"

记者在采访他时问道："您说自己是农村娃，现在这个农村娃就要当总统了。当年光脚走5公里去上学的时候，想过自己有一天会当总统吗？"

他笑了，说道："这就是民主之美，民主之功劳。他可以让一个人通过自己的努力到达理想的彼岸。没有民主，这一切皆无可能。"

在没有当选总统之前，慕克吉就喜欢一大早起床散步，自己一个人，带着他的想法，围着他们家的草坪，边走边想。慕克吉说："我家花园里有一个周长90米的草坪，我会绕着走上40圈，后来人们告诉我，像那么走法，我每天早上已经走了3公里。"后来他搬进总统府，那里有很大的花园，花园里仅玫瑰就有250多种。如果他想走3公里，也不需要走40圈了。

2013年，他任总统一年后，接受了《全球对话》（*Global Conversation*）的采访。记者问晚上让总统先生睡不着觉的事情是什么，他说："我希望看到，在这个国际社会中，印度可以处于一个发达国家的地位——繁荣先进，同时保护人权，兼顾到每一个人的发展。这，有些老生常谈了。"慕克吉的回答基本上呼应了印度开国总理尼赫鲁（Jawaharlal Nehru）在其名著《印度的发现》（*The Discovery of India*）中说的："印度不能在世界上扮演二等角色，要么做一个有声有色的大国，要么就销声匿迹。"

2015年，慕克吉的夫人去世了，有人说总统一下子就老了，沉默了。他和夫人的感情很好。结婚50多年，从来没红过脸。人家问他婚姻美满的秘诀是什么，他回答道："每天交流。"

我和慕克吉有过两面之缘，一次在中国，一次在印度。

第一次是2011年，在中国广州印度领事馆举办的印度排灯节（Diwali）上。那时慕克吉担任外交部部长，他在宴会上发表讲话，我们坐在离他较远的地方，听他讲话。第二次见面是2016年12月1日，在慕克吉于总统府专门为我父亲举办的"杰出印度学家奖"颁奖典礼上，我作为受邀嘉宾再次见到慕克吉。

这次颁奖典礼规格之高，场面之隆重，仪式之讲究，超出了我的预想。我和父亲在接待人员的安排下提前一个小时就到了总统府进行彩排。父亲需要练习什么时候起步，什么时候转身，什么时候从总统手上接过奖牌，什么时候面向媒体，什么时候走向演讲台进行演说。因为我会讲英语，他们就先"培训"了我几遍，再让我"培训"父亲。我们自己练了几次后，再加上音乐和主持人的介绍词，又练习了数遍。排练期间，有位嘉宾提出：父亲接过奖章后是不是也应该面向在场的嘉宾们点头示意？我觉得有道理，于是向礼仪官请教，英俊的礼仪官微笑着回答："我们没有这个传统，只需要面对总统，再面对媒体就可以了。"

一切就绪后，慕克吉总统在仪仗队的护送下进场了。仪仗队成员平均身高1.95米，英俊威武。身高只有1.52米的慕克吉总统在他们的护送下坐上了总统宝座。慕克吉总统虽然身体矮小，气场却十分强大。

我极少与政治人物打交道，政治家这个群体对我来说是非常陌生的，但是慕克吉总统却给我留下极深的印象。事后我对父亲说，什么叫"泰山崩于前而色不变"，大概就是慕克吉总统这个样子。我想即便当时发生地震，他也会仍然如此镇静。父亲说我的判断是正确的，说他有"印度的救火队长"称号，意思是哪里有问题，他一到，问题就解决了。

颁奖活动结束后，按照事先安排，总统先生和我父亲由仪仗队护送先去礼堂合影。由印度文化关系委员会（ICCR）的秘书古拉提（Gulati）先生陪同，我和其他十几个官员穿过总统府的过道到礼堂观摩。古拉提先生说着一口极为标准的中文。我们一行人到达时，慕克吉总统、印度外交国务部部长阿克巴先生（M.J. Akbar）、印度文化关系委员会（ICCR）主席金德尔（Chandra）教授和我父亲四人已经坐在那里准备照相。这时总统先生看见了我，他对工作人员说："再搬张椅子来，请郁教授的女儿一起来照相。"

当时谁也没想到总统先生会亲自邀请我一起照相，因为是总统临时决定，于是工作人员花了一些时间去搬椅子。我向总统先生表示感谢。这个临时的决定表明总统还是很亲民的。

慕克吉曾经给中国两代印度学家颁过奖，一位是季羡林先生，另一位是我父亲。给季老颁奖时慕克吉是外交部长，他受时任印度总统委托，专程到北京的301医院，在那里为年事已高的季老颁发了"莲花奖"。

总统府"杰出印度学家"颁奖活动后的一个月，也就是2017年1月，慕克吉表示，他将不再参加2017年总统选举。他说自己年纪大了，身体也不好。我猜想，可能他会花更多的时间在写作上。慕克吉一直都有写日记的习惯，中间有段时间停止了写作。因为1988年一次住宅进水，把他的日记本通通浸泡毁坏了。慕克吉先生懊恼不已，不再想写日记了。后来时任总理拉奥（P. V. Narasimha Rao）安慰他一定要再写下去，他才再一次拾起笔来。他也曾告诉女儿，自己去世后，她可以公开出版这些日记。可惜他的日记只能从20世纪90年代初开始，因为之前的都被毁坏了。

慕克吉希望能够出版他的自传。他说，"从西孟加拉小村庄闪烁的油灯前到了德里的大吊灯下，在漫长的人生旅途中，我目睹了太多的世事变幻"，想必可写的很多。不当总统后，他可以从行政事务中解脱出来，把更多时间用在阅读和写作上。我由衷希望能够早日读到他的自传。◉

02

金德尔家族与中国

　　这是一个关于印度最显赫的文化家族——金德尔家族与中国的故事；这是一个关于父子两代人在过去近一个世纪因中印文化交流而与中国结缘的故事；这是一个关于父子两人因为共同的佛教事业而相继来中国的故事。金德尔教授在他百万字的英文著作《印度与中国》（*India and China*）里这样写道："这本书是关于我父亲拉古·维拉（Raghu Vira）教授、我本人，及我们的同事们近一个世纪以来，对中国和印度这两个最伟大国家的文明与文化在过去2300年间汇合的探索。"

　　于是，写这本《故事，在印度》，我避不开这个家族。而金德尔教授的《印度与中国》也成了我的必读书。我这样的门外汉也能从书中有所收获。比如书中提到现在流通的1元面值人民币，正面为毛泽东头像，背面为杭州西湖三潭印月图。这张人民币立刻引起金德尔的注意。因为湖面上的佛塔，蕴含着佛教中"涅槃、解脱、解放"的精神。金德尔很激动地写道："这一伟大的思想在印度发芽、兴起，在孔儒之地继续绽放、开花。"我不知道金德尔教授的理解是否贴切，但知道我们经常说的"花了多少钱"的"花"，正是来自印度佛教的影响。为什么不用"开销"或者"支付"而用"花"？这个"花"字正缘于佛教募化的"花名册"。印度文化在很多方面影响了中国，有些甚至不为我们所察觉，只因身在此山中。

同样，中国也将这种影响反馈回印度。金德尔教授这样说过："中国朝圣者的游记和佛土行纪故事，特别是玄奘所写的《大唐西域记》，是研究印度历史的主要来源。没有《大唐西域记》，印度考古学就不能启动。19世纪时坎宁安（Cunningham）将军在印度考古时，一直以此为指南。"

金德尔父子都是著名的语言学家、梵文学者、佛学家。他们的学问不是我可以完全理解的，所以我刚开始读《印度与中国》这本大部头学术著作时，感觉很困难。因为它不是为普通读者写的。缺乏梵文和佛学知识的我，对许多重要的学术研究无法理解。尤其书里面涉及的大量对经文、寺院、佛像、壁画的研究，我知之甚少，更无法体会其中的美妙。许多章节，由于无法读懂，我索性直接跳了过去。我想我一定错过了许多精彩。

好在书中有大量文献资料、历史事件、字画书信。比如季羡林先生与拉古·维拉教授的通信。西方学者高罗佩（Van Gulik）的观点是，由于中国根本没有梵文研究，所以根本不可能对大量梵文文献进行广泛翻译。拉古·维拉教授想得到季羡林——这位中国当代最权威的梵文学者的观点。季羡林先生在1955年9月15日致拉古·维拉教授的英文信中，反驳高罗佩对中国无梵文研究这一论点。此信在《印度与中国》中被全文转载。

再比如，书里如此记录1955年5月29日拉古·维拉教授在敦煌与常书鸿的交流："这位极具前途的年轻的中国艺术家，在巴黎学习西方绘画已有9年之久，一次偶然的机会，他在塞纳河畔的书摊上看到伯希和（Paul Pelliot）拍摄的《敦煌石窟图录》，这时常书鸿发誓：要回到祖国，要用自己的双手去保护这些宝藏。于是开始了艰巨的敦煌拯救工作——是在漫天的沙尘暴里，是从埋着的沙堆和瓦砾中，是从破碎倒塌的洞穴里，是从无屋顶的佛塔里，将敦煌抢夺回来并将之复活的艰巨任务。"字里行间，可以看出拉古·维拉对常书鸿的钦佩之情。

这些极具历史价值的桥段吸引了我。渐渐地，我开始读进去了，而且读出了兴趣。我对这本书爱不释手。这本书，至今尚无中文译本。金德尔教授知道我对此书有兴趣，曾经希望我将此书译成中文。这是巨大的信任，我十分感谢。惭愧的是，我缺乏专业知识，无力将此书完整地译成中文。

《印度与中国》不仅是一部学术著作，而且具备极高的文献价值。与金德尔家族交往的现当代中国著名人物众多，如周恩来、宋庆龄、郭沫若、顾毓琇、丰子恺、常书鸿、冰心、季羡林、汤用彤、十世班禅、赵朴初、李荣熙，等等。众多人物中，书中篇幅最长的描写与记载，当数周恩来总理，其记录温暖而细致。书中详细地介绍了拉古·维拉教授与周恩来总理会面时的情景——周恩来总理称他为"印度的玄奘"。我想，这个评价定是说到拉古·维拉教授心坎里去了。书中形容拉古·维拉教授感觉恰似"久旱逢甘霖，他乡遇故知"，"原本的无路之径瞬间成为一个神圣的宇宙"。

金德尔教授说他父亲拉古·维拉教授对那些不畏艰险翻山越岭，穿过沙漠到印度取经的中国朝圣者和学者极其感兴趣。他们通过言语和思想，从经文里和印度学者身上寻找菩萨的内涵，并将其带回中国，译成中文经书。这需要何等神奇的力量！这些中国学者与欧洲学者的想法截然不同，丝毫没有侵略的思想成分，中国朝圣者只是为了探索印度的思想深度，是为了追寻达摩多样性的文化复兴。

多年来，拉古·维拉教授一直梦想着能跟随伟大的印度阿阇黎（ācārya，梵文，佛教和印度教术语，意为上师）和虔诚的中国朝圣者的足迹访问中国。中国朝圣者曾前往印度寻找佛经，在佛陀布道过的佛教圣地进行朝圣之旅。拉古·维拉教授也希望到中国去取经，将印度已经遗失的佛教经书带回印度；他亦将1955年时对中国的那次访问，视为对天朝上国的朝圣之旅。佛教的遗产不仅在这个天国有书面的保留和珍藏，而且在日常生活中也有所展示和体现。

中国大使馆的文化参赞送来中国科学院的邀请，请他于1955年4月对中国进行为期6周的访问参观。除了解佛教之外，拉古·维拉教授还希望看到这个国家在政治和经济方面的发展。

4月20日，拉古·维拉教授携女儿苏达舍娜（Sudarshana），从印度的加尔各答（Kolkata）乘机到达香港。在香港待了两天，为他们携带的4部相机购买彩色胶卷和其他摄影用品。4月23日，他们从香港前往广州，再从广州坐了三天三夜的火车前往北京，于4月27日下午4点30分到达北京火车站。

他们一路受到了最高规格的接待。结果原本6个星期的行程，变成了3个月，而且还受到周恩来总理的热情接待。金德尔教授在《印度与中国》一书的前言里写道："读者必须浏览140页至141页来感受中国总理对拉古·维拉教授这次负有使命的来访的热情。拉古·维拉教授感觉自己对印度和中国之间文化交流的探索的梦想，有了历史性的实现。"

那么，《印度与中国》一书在140页到141页中对这次会面到底是怎样记载的呢？我们一起来看一下：

1955年5月15日，印度驻华大使拉加万（Raghavan）上午9点钟打来电话，说周恩来总理于上午11点邀请拉古·维拉教授见面。当他们到达时，发现那里停放了7辆汽车。受邀请的相关人士还有：

宋庆龄，中国中央人民政府副主席、中苏友好协会总会会长

郭沫若，中国科学院院长

郑振铎，中国文化部副部长

洪　深，中国对外文化联络局局长

陈忠经，中国对外文化联络局副局长、代理局长

罗常培，中国科学院语言研究所所长

季羡林，北京大学东方语言系主任

谢冰心，曾三次访问印度的女诗人

汤用彤，北京大学哲学教授、巴利语学者

总理先是一语定乾坤："玄奘在古代去印度收集经文，现在你不远万里来到这里。你就是印度的玄奘。这些经文是你的财产。"

接着总理介绍了在场的所有人，并提醒苏达舍娜小姐曾在那格浦尔（Nagpur）（印度中部城市）欢迎过女诗人冰心。

"我邀请他们所有人来帮助你完成你的工作。"总理问，"你到这里多久了？"

拉古·维拉教授说："我们于4月27日到达这里。"

总理回应："20天就这样过去了。当时我在万隆，不

能与你会面。现在起，一分钟都不能浪费了。在万隆，我们通过了一项决议，就是应该进行积极的文化交流。中国和印度是老朋友了。我们有责任为你提供任何你想要的东西。你打算在这里待多久？"

拉古·维拉教授说："我会一直待下来，直到我得到全部经文。"

总理亲切地说："你拿不到全部的经文，我们还不让你走呢。"

经过协商，总理说："我们会给你经文。（一）如果我们有一份以上的经文，你就直接拿走一份；（二）只有一份的经文，我们就给你一套它的缩微胶卷；（三）那些由于在规定期限内因时间不足而无法拍摄的经文，你直接拿走好了；（四）你可以批阅决定你想要哪些经文。虽然没有对国外赠送经文的惯例，但中国完全信任印度，相互帮助是我们合作的一部分。毕竟，这是你们的遗产。先在北京住一个星期，制定一个时间表。然后花一个月时间参观中国东南西北的佛教圣地，进行实地考察。再回到北京，把经文带回印度。"

在众多的佛教圣地中，总理提到敦煌和云冈石窟，然后他问拉古·维拉教授："你多大了？"

拉古·维拉教授说："53岁。"

总理说："敦煌和云冈石窟是印度和中国文化合作的结晶。你应该趁年轻，去感受它们。"

拉古·维拉教授提出，他还想去塔尔寺、热河、内蒙古的多伦淖尔和呼和浩特。

总理问季羡林教授："国内经文有多少种文字？"

季羡林教授回答："五种文字：中文、藏文、蒙古文、满文和西夏文。"

这时苏达舍娜拿出了签名本，总理笑着说："你带了一本中国日记。"然后签了名。

拉加万大使说："她也懂好几种语言。"

总理说："女儿随了父亲。"

拉古·维拉教授向总理赠送了他的书——《诗与画：中国不害思想》（*Chinese Poems and Pictures on Ahimsa*）。这时，总理说："我们还没给你经文，反倒你先送了我们书。"

拉古·维拉教授朗读了他关于和平（Santi 'peace'）的诗。总理很高兴，他翻了几页拉古·维拉教授编译的《诗与画：中国不害思想》，说道："你喜欢中国诗词。尼赫鲁总理也表达过他对中国诗词的喜爱。中国和印度之间应该经常进行艺术和文学交流。"

此时，正午12点的钟声敲响。拉古·维拉教授感谢总理的亲切友好及他给予的合作。总理回应说："我们会尽力满足您的愿望。出席会议的先生们都将尽力而为。中国和印度是朋友，并将始终保持朋友关系。"

关于拉古·维拉教授编译的那本《诗与画：中国不害思想》，也有它的故事：

1941年，拉古·维拉教授收到丰子恺先生寄来的两卷配有自己字画的中国诗词，是关于"护生""放生"的诗词，比如像白居易的"劝君莫打三春鸟，子在巢中望母归"。中国思想中的"不害"与印度思想中的"Ahimsa"（非暴力）不谋而合。拉古·维拉教授将其翻译成英文，配上丰子恺先生的画作，编译成《诗与画：中国不害思想》一书。拉古·维拉教授将这份英文打印稿赠送给圣雄甘地。甘地欢喜不已，感慨他提倡的非暴力（Ahimsa），竟在中国人的诗歌、绘画和日常礼仪中有如此敏锐的体会与表达。甘地对拉古·维拉教授说："你为什么不出版它？"拉古·维拉教授直到14年后才有机会将其出版，可惜那时甘地已经不在人世了。

拉古·维拉教授以自己独特的方式，将中国的诗词、字画之美再现给世人。他在这本编译作品里写下自己的感想："中国文字的敏锐，和纸张上简单飘逸的绘画之美的力量无与伦比。印度，尚未有可以与其并驾齐驱的力量。佛教、耆那教、毗湿奴派（印度教的主要分支之一）都没有提供这种精神。那是中国仁智之士独有的才华——他们既能一针见血地指出那些为了食物、娱乐、涉猎而有意无意捕杀可怜生物的残酷之举，同时他们也能以一种宽宏仁爱之心温柔地劝化这一行为。"

1955年拉古·维拉赠送周恩来总理的正是他编译的这本书。半个世纪后，拉古·维拉教授的哲嗣金德尔教授也将这本1955年出版的相当珍贵的善本赠送给我父亲。

拉古·维拉教授在中国进行了3个月的考察，足迹遍布中国的大江南北，参观的寺庙众多，在《印度与中国》一书中有非常详尽的记载。每一天的参观地点、同行人员、所见所闻，书中都记载详细，且配有图片。我印象最深的，是对敦煌的一段描写：

> 1955年5月29日。这是一段漫长的旅程，一路的沙尘暴。两天的飞机，两天的车程。食物必须随身携带。同行人员有医生、护士、摄影师，来自北京大学和中国科学院

的学者、考古学家、拓片制作师、厨师、汽车修理工，及专门为苏达舍娜安排的一名女伴。这是一个拥有29名成员的大型考察队。敦煌研究所所长常书鸿教授于5月28日从兰州来与我们会合。敦煌的寒冷令人无法忍受。颠簸的军用飞机和快要散架的汽车之旅，带领我们穿越浩瀚的沙漠。在敦煌期间，我们没有洗澡。小河的水既不适合洗澡，也不适合饮用。

3个月后，拉古·维拉教授完成了他的中国取经之旅。临走前，他为周恩来总理写了一首诗，表达自己对总理的感激之情。这首诗长达54行，分成7节，现我摘译第一节：

> 值得敬爱的同志
>
> 周恩来
>
> 在我临行前的清晨
>
> 我的双臂盛满了礼物与珍宝
>
> 我鞠躬表达敬意
>
> 表达我无以言表的感激与喜悦

把这首诗翻译成中文后，拉古·维拉教授请印度驻华大使转赠于周总理。

7月26日，拉古·维拉教授从广州去香港。在香港待了两天。这两天里，他们冲了胶卷，还买了一台储存有4000个汉字的打印机。7月29日中午，拉古·维拉教授父女搭乘英国轮船起程返回印度孟买。同他一起返回印度的还有300个木箱，里面装着最稀有的发现物、古董和手稿——里面记载着中国和印度之间深厚的文化联系。"300"这个数字，是我从网上找到的资料。我曾经致信金德尔教授，请他核实一下他父亲到底从中国带回印度多少个箱子。金德尔回信说，确切的数字，他已经记不得了。"300"这个数字基本准确。

从香港返回孟买的行程是漫长的，拉古·维拉教授父女却一直没闲着。他们在轮船上整理那些冲印出来的彩色或黑白的敦煌照片，总会引来不少乘客的好奇。每一天，拉古·维拉教授都会口述旅行笔记，由女儿苏达舍娜记录。后来据此出了一本书，叫《拉古·维拉教授中国考察记》。这本书直到1969年才出版，那时拉古·维拉教授已经不在人世了。

8月2日，他们到达新加坡，再途经槟城、科伦坡。一路上，当地媒体都进行了热烈的报道，因为大家知道拉古·维拉教授是从中国取经归来。8月11日，他们到达印度孟买。入海关时，孟买官员对这些箱子开了先例——决定不开箱检查，直接进关。

回到印度，拉古·维拉教授和这批来自中国的经文再次受到礼遇。如同当年的唐太宗，尼赫鲁总理十分重视拉古·维拉教授的这次中国取经之旅。尼赫鲁总理说："一定要展示这些历史宝藏，以告诉世人印度和中国之间源远流长的密切关系。"

1955年9月29日，他们对部分经书和文献进行了展示。《印度与中国》一书里这样记载："尽管展厅非常大，但是只打开了131个大箱子中的30个，就已经占满了整个场地。由副总统拉达克里希南博士（Dr.Radhakrishnan）在尼赫鲁总理面前揭幕。中国驻印度大使袁仲贤在揭幕仪式上发表了讲话。"书中全文登出了袁仲贤大使的讲话。

拉古·维拉教授的中国取经之旅是中印交流史上的一大盛举，却不被人熟知。我的印度朋友曾经与我谈论：古代中国僧侣对印度的访问影响至今，近代的泰戈尔与中国的友谊也颇具传奇性；但是，之后呢？好像中印之间再无重大的文化交流事件。我也表达了同感。现在，我知道了拉古·维拉教授的故事，才知道我们的知识有盲区。下次再见到这位朋友，我会与她分享1955年一位"印度玄奘"前往中国取经的故事——这是中印交流史上极为重要的历史事件。

1983年，金德尔教授追随父亲的足迹来到中国，他同样是为佛教研究而来。这一年他56岁。这是他第一次来中国大陆，之前他曾经去过中国台湾。此时离拉古·维拉教授中国取经之行已经28年了，拉古·维拉教授已经过世。

1983年9月2日，金德尔教授应中国佛教协会会长赵朴初先生的邀请，开始了他对中国为期15天的有关佛教方面的访问。中国人已经将佛学视为中国文化即国学的一部分；印度人同样视佛教为印度文化的一部分，是印度学的一部分，也是他们的国学。佛教在中印文化、中印交流中，扮演了极为重要的角色。金德尔教授说，他的父亲和他来到中国，都曾长久地站立在庙宇前数个小时，安静地敬仰、崇拜着，感受着这些建筑散发出来的沉静之美，仿佛进入了冥想。

因为行程比较短，金德尔教授没能像他父亲拉古·维拉教授那样走遍中国的大江南北，但是他也参观访问了众多的寺庙和佛教圣地，也去了敦煌。金德尔教授参观敦煌时，已经不需要像他父亲当年那般艰苦。金德尔教授也拜访了众多著名的住持、法师、学者与其他佛教界人士，如赵朴初、李荣熙、郭元兴、段文杰、樊锦诗、净慧法师，还有十世班禅大师。拜访十世班禅大师，金德尔教授如此记载：

1983年9月6日，拜见班禅喇嘛尊者，一起讨论在西藏寺院和中国其他地方出版梵文手稿这一国际项目。这一项目以前曾在原则上达成了一致意见，但并没有取得实质性进展。我们此次见面的新闻，在中国电视台播放，背景乐曲放的是印度音乐。

　　赵朴初会长为金德尔教授的到来举办了欢迎斋宴，并发表致辞，再次提到拉古·维拉教授。他说："我仍然记得金德尔教授的父亲拉古·维拉教授在1955年对我国的访问。他的博学和他为中印友谊所做的努力给我留下了深刻的印象。为了实现父亲的遗志，努力促进中印之间的友谊，金德尔教授应我们的邀请来到中国访问，我们为此感到非常高兴。我相信，金德尔教授的这次访问将为中印之间的友谊做出重要贡献。因为我们两国之间的友谊有非常辉煌的历史，所以我有信心，两国之间的友谊一定会有更加辉煌的未来。"

　　金德尔教授说："那段话让我感觉白莲花盛开了。"

　　从此之后，金德尔教授多次访问中国。尽管都有其重大的意义和成就，但均无法与他父亲1955年的中国之行媲美。拉古·维拉教授的中国取经之旅，是一次前无古人、后无来者的盛况。在我个人看来，其意义堪比泰戈尔的中国之行，堪比玄奘西天取经之旅。遗憾的是，它好像同时被中国人和印度人遗忘了，包括许多研究印度的中国学者及研究中国的印度学者也都表示不太清楚此事，或者说有些印象，但不了解具体情况。我个人读到拉古·维拉教授的故事，内心非常感慨，所以写下此文，将这一历史事件重新介绍给中外读者。◎

03

"供大人米"——佛米的故事

中国和印度，是世界两大水稻原产地。

稻谷脱壳之后，中国叫米，为了和粟（小米）区别开来，也叫大米；印度叫贾哇尔（caval），米和米饭都叫贾哇尔。中国大米和印度大米无论质地、长相还是口感，都完全不同。难怪每个印度人都有一个疑问：中国人是如何用筷子夹住米饭的？印度的米饭只能用勺子或者手抓着吃。因为印度的香米粒长且细，两头尖尖，粒粒散开，完全不粘黏，根本无法用筷子夹住。

最初，印度人问我这件事，我以为是个笑话；后来，当我认识的所有印度人都问我时，我才知道这确实是他们关于中国的一大疑问。印度人到了中国，品尝了中国的米饭，才恍然大悟：中国的大米跟他们的很不相同。中国的大米是黏的，确实可以用筷子夹起来。

于是，我在印度的时候，非常留意印度这一佛祖释迦牟尼成道之地的大米。因为玄奘在《大唐西域记》中称它为"供大人米"。

《大唐西域记》是一本奇书，是一本了不

起的书。这是一本中国人在中国写成的书，写的却是外国的事情。这在当时非常罕见。玄奘撰写《大唐西域记》，既是奉皇帝唐太宗的诏命行事，更是他作为一名虔诚的佛教徒的职责所在。他想把印度——这个他战胜艰难险恶、翻山越岭去取经的佛教圣地的情况介绍给中国人。玄奘记载了他在西域的所见所闻，除了佛教内容外，还包括大量的人文信息，如不同国家的风土人情、宗教、语言、物产、气候，包括当地的计量单位、季节划分、饮食习惯……这些细致入微的记录都已成为极为罕见而珍贵的史料。

《大唐西域记》对于研究东方学是不可忽略的一本著作，是今天研究中亚、南亚的考古、地理和历史时最重要的文献资料。著名学者王邦维教授说："可以这么说，1300年前，在世界范围内，没有一部著作能够像《大唐西域记》这样，对一个广大的地区，即中亚和南亚，做过这样详细的记载，而且许多地方可以说是科学的记载。"

而《大唐西域记》在印度更是声名显赫，毕竟，书里记载的主要是印度的事情。金德尔教授评价道："古代印度几乎没有史籍，《大唐西域记》是研究印度历史的主要资料。没有玄奘的《大唐西域记》，印度考古学就不能启动。我们利用这本书来填补印度历史上的某些空白，并找到了印度昔日辉煌的遗址；而研究佛教史，《大唐西域记》的记载更是重要。"

然而，这么一本伟大的作品在我国曾经长时间得不到重视，直到清末民初才有人对它做了些研究。真正有影响力的、至今最权威的版本，是1985年由季羡林先生带领一批学者、专家共同完成的《大唐西域记校注》。王邦维教授就是当年参与此项工程的最年轻的学者。他说："玄奘的《大唐西域记》已经成为经典。它不仅是对中国文化，更是对印度文化、亚洲文化、世界文化的重要贡献。"

2015年5月，习近平主席在西安将印地文版的《大唐西域记》作为国礼赠予印度总理莫迪。莫迪总理在交谈中特意引用了该书中的一段话。可见《大唐西域记》在中印关系中的分量。

那么，这部伟大著作是如何记载印度大米的呢？

《大唐西域记》第八卷卷首就写道："摩揭陀国周五千余里，城少居人，邑多编户。地沃壤，滋稼穑。有异稻种，其粒粗大，香味殊越，光色特甚。彼俗谓之供大人米。土地垫湿，邑居高原。孟夏之后，仲秋之前，平居流水，可以泛舟。风俗淳质，气序温暑。崇重志学，遵敬佛法。伽蓝五十余所，僧徒万有余人。"

书里提到的"摩揭陀国"，位于恒河中下游地区，即今天印度的比哈尔邦（Bihar）。摩揭陀国曾经是古代印度政治文化的中心地带，当年佛祖释迦牟尼长期居住此地，留下很多传道圣迹，这里也被称为佛教的起源地。因此，"摩揭陀国"也是玄奘在《大唐西域记》中重点记载的地方，而"印度"一词也是由玄奘在此书中定名。

我无缘见识到玄奘笔下的"崇重志学，遵敬佛法"的国度，也无缘领略"伽蓝五十余所，僧徒万有余人"的壮观场景。现在，佛教几乎已经在印度消失，这里的佛教徒极少，尽管人们对佛教仍然怀有极大的敬意。而我却实实在在地见识了玄奘笔下的那种只供国王和诸大德者食用的"供大人米"。玄奘的记载非常准确，印度的大米正是"其粒粗大，香味殊越，光色特甚"。

我是在印度人家的餐桌上见识到的。今天印度人喜欢的是一种巴斯马蒂（Basmati）香米。巴斯马蒂香米被香蕉叶包裹着上桌，这样更能保证印度大米的香味（香蕉叶据说是印度最早出现的厨房器皿），然后再在米饭上加上不同的配菜和佐料，用手抓着吃。第一次见到那么大粒，那么尖细的大米，我不禁想起一个相声段子：一位艺术家非常爱护嗓子，生活精致讲究，甜的、酸的、辣的、咸的，通通不吃。就连吃米，也要将两头尖的剪掉，才吃下肚。我想，这位艺术家吃的，一定是我眼前的印度香米。

我曾经采访过著名的印度大厨加甘（Gaggan），他是被称为"世界第一"的印度料理大师。他说，是印度这个国家将世界分成了两半：以印度中间为轴，东南部的印度是一个以大米为主食的地区，越往东，越往南，到了日本、泰国，越是如此；而西北部的印度，越向西，越向北，直到美国，是一个以面食为主食的地区。

他说，大米大概是他除了母乳外最早接触的食物，也是他一生最重要的食物。我想，多数亚洲人大概都是如此。大米是35亿世界人口的主食。大米的价格可以是1千克20美元，也可以是5千克1美元；大米既出现在最富有人家的餐桌上，也出现在最贫穷的人家里。

有一本书叫《我爱大米》，作者是一位美籍亚裔的顶级厨师。这本书大概只有10%的内容在介绍大米的文化历史、神话传说、宗教风俗和营养价值方面的知识，剩下90%的内容都是以大米为主食或配料的各种食谱。书中介绍了来自世界各地的烹饪方法，如中国、意大利、土耳其、芬兰、日本、伊朗等。能够收集介绍200多种大米食谱的厨师，只可能是亚洲人。查了一下，发现她是一名出生于印度尼西亚的厨师。只有我们亚洲人才这样爱大米。只要问一个问题，就可能知道大米是不是他一生最重要的食物。这个问题就是：如果余生你只能吃一样东西，什么东西不会让你腻味？我想，大多数亚洲人会回答大米。因为大米是一种无害、一般不会引起过敏反应的食物；更重要的是，它是我们祖先在我们血液里种植的农作物。

最后，大厨加甘说了一个关于大米的小故事：他小时候上的是印度的英语学校，也就是教会学校。学校里仍然保留着晨祷的传统，每次餐前祷词是"天父，请赐予我们今日所需的面包"，可是几分钟后，他们得到的餐食却是米饭。加甘在小小年纪就学到一个道理：我们求的和我们得到的，并不是一种东西。他成年后又明白了一个道理：所求虽非所得，所得的却可能更好、更适合自己。这可能就是人生哲学。

而在《"供大人米"——佛米的故事》这篇文章的写作过程中，我也发现，大米与佛有缘——打开当今的佛教地图，你会发现，信佛者或者对佛有好感者，基本上都是吃米人。

　　慕克吉总统（中）、印度外交国务部部长阿克巴先生（左二）、金德尔教授（左一）、我父亲（右二）、我（右一）。非常遗憾，慕克吉总统已于2020年8月31日离世，享年84岁。（《从农村娃到"第一公民"》）

总统先生把奖牌递给父亲。（《从农村娃到"第一公民"》）

会议结束后，我与父亲专门向总统先生表示感谢，感谢他为我安排座位并拍照。（《从农村娃到"第一公民"》）

印度副总统拉达克里希南博士（中）在剪彩。右一为拉古·维拉教授；交谈者为尼赫鲁总理与苏达舍娜小姐。（《金德尔家族与中国》）

拉古·维拉教授（左三）向尼赫鲁总理（中）描述着从中国带回的梵语文本。（《金德尔家族与中国》）

这是金德尔教授 2018 年写给我的亲笔信。这一年他已经 91 岁，仍然写得一手娟秀的蝇头小字，非常难得！他知道我要写一本关于印度的书，非常支持。我将目录发给他看，他除了想看我写他家族的故事《金德尔家族与中国》外，还问我能不能将《英语种姓》也发给他看，因为老先生一直对印度的过度英语化问题非常关心，他想了解外国人如何看待这个问题。（《金德尔家族与中国》）

金德尔教授回信核实，他父亲从中国带回约 300 个箱子，但确切数字他已记不得。同时他也在信中表示我是唯一一个读过《印度与中国》的中国作家，他感到很欣慰。（《金德尔家族与中国》）

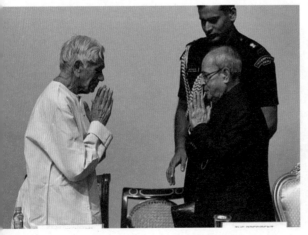

金德尔教授（左）与慕克吉总统（右前）。这一年，金德尔教授已近 91 岁高龄，他永远穿着传统的印度长袍，和蔼儒雅，仙风道骨，鹤发童颜，岁月在他身上停止了。他似乎永远不会老，也似乎不曾年轻过。老人是有福长寿之人。他曾经多次与人讲起他的长寿秘诀，他说："就是保持同样的作息时间，吃同样数量和品种的食物，做同样的事情——思考与写作。"（《金德尔家族与中国》）

他的世界里，只有梵文

梵文，其名称本为sanskrit，源自samskrta一词，字面意思为"完全整理好的"，也即整理完好的语言，是人类历史上最古老、最神奇的语言。自古以来，关于梵字的创造者有多种传说，中国依此语言为梵天所造之传说，而称其为梵文、梵语，也称为雅语。梵文是印度传统文化的核心部分。今天，梵文已经基本成为书本语言，能看懂梵文的学者极少，能听懂、能说的人更是凤毛麟角，而夏斯特利（Satya Vrat Shastri）教授就是其中一个。他是当今世界最著名的梵文权威。

夏斯特利教授就是会呼吸的知识、能行走的图书馆。像他这样的人文学科大家，全世界大致一样，他们人生中最重要的著作都是在晚年完成的。在其他老人安享天年时，他们的事业开始精进勇猛，到达巅峰。像季羡林先生，他人生中最重要的成就是在70岁甚至80岁后完成的。夏斯特利教授与季羡林先生算是真正的同道中人。他们彼此神交多年，却从未谋面。1991年，季老曾经亲自将自己翻译的中文版印度梵文大史诗《罗摩衍那》（Ramayana）寄给当时在泰国的夏斯特利教授。夏斯特利教授说自己对季老非常尊敬。

而像他们这样的大学者，在整个中青年时期，甚至晚年，都在默默无闻地研究、积累和吸收。夏斯特利教授说起他在研究东南亚语言有多少是以梵文为词根这个庞大语言工程时，曾前去泰国，向当地的一位语言学家请教。那位语言学家只有晚上11点后才有空。于是，夏斯特利教授总是每天晚上11点准时出现在他家中，开始工作、交流，夏斯特利教授不停地写，不停地记，直到凌晨两三点。这种工作状态维持了几个月。这是他对梵文事业的态度。我问是哪一年的事情，夏斯特利教授说大概是2002年，那年他已经72岁。这是一位大学者最朴素的榜样。

夏斯特利教授一生就是为梵文活着，除了成为一位伟大的梵文学家，无法想象另一种人生。自他一出生，就已经被他的著名的梵文学家父亲规定好了人生——成为一名更著名的梵文学家。事实上，他的一生也被梵文拥抱着。有一位视梵文为生命的父亲，娶了一个精通梵文的妻子，研究了一辈子梵文，远渡各国传播梵文。整体就是一个梵文人生，又因为梵文而名满天下。

夏斯特利教授84岁那年出版了一本梵文自传，也是史上第一本梵文自传。他说写这本自传的目的，不是为了自我赞美，而是让梵文世界多一个流派类型。梵文的某些流派有丰富的素材，某些类型的材料很少。比如梵文里有大量史诗，却没有自传。于是，他认为有必要让梵文这个大家庭出现自传这个流派类型。他创新的不仅是自传这个流派，而且包括他写自传时，引入了一些不寻常的语法。当然，夏斯特利教授也意识到，可能只有少数梵文知识渊博的人才会喜欢这些新颖的语法。为了方便更多的读者，他又加了脚注注释。由于他人生经历丰富、记忆力惊人，在写自传时毫不费劲，文思泉涌，妙笔生花。

我曾去他家拜访时问过，自传里有没有爱情故事，老人微微一笑，道："我太太不让写。"等我有幸成为这本自传的英文版第一卷最早的读者时，发现别说爱情故事，就连生活故事也不多。可能老人选择性不写这些，也可能这些根本不是他的生命重心，或者两者皆有。这是一本典型的学者自传，着重事件记录、工作笔记、学术成果报告，所以对一般以追求阅读快感和戏剧冲突的读者有些不友好。我只能说自己翻阅过这本自传，不能说精读过。里面大量的历史背景、梵文知识、引经据典，我理解起来较为吃力，于是选择性地阅读了我感兴趣的，就是故事性强的那部分。

这本梵文自传讲述了他的梵文人生。在他出生前，他的父亲就对着怀孕的母亲将整部《罗摩衍那》念给他听。夏斯特利教授说，自己一生对《罗摩衍那》有浓厚的兴趣，原因大概就缘于此。当年父亲给他念诵的时候，他可能真的听到了。当他牙牙学语时，还没学会字母，先学了梵文。5岁时，他已经能够背诵很多梵文经典。父亲对他的教育也类似于中国传统私塾教育，成天背诵梵文的"四书五经"，甚至连印度最重视的英语教育也被禁止了。于是，父亲被别人质问："除了梵文，你就不让你儿子学别的吗？数理化这些现代教育呢？"父亲的理念是，先学梵文，别的以后再学。

这种教育方式让他的童年没有玩伴，家里虽然有个大他7岁的姐姐，但是很早就嫁人了。他从小就习惯了独处。他的世界里，只有梵文。以至于后来我有机会问起老人有什么有趣或者感伤的童年往事时，老人回答："没有什么太多的记忆，我从小就在父亲的要求下，为成为一个伟大的梵文学者而努力学习。除此以外，我没有什么别的童年回忆。"他很小就知道如何与孤独相处，从而把寂寞过成一种饱满充实。

1945年，当15岁的夏斯特利通过梵文的专业考试后，父亲认为他应该学习英语，要接受正规的教育了。这样一个满口"之乎者也"的私塾少年转到了正规中学，少年的夏斯特利在新学校里格格不入。他那远远落后于同龄孩子的英语和他奇怪的英语发音，常常引起全班的哄堂大笑。夏斯特利开始抱怨父亲，父亲只教自己梵文，现在把他教成了一个笑话。不过，他同时暗下决心，一定要学好英语和其他所有课目，要学得像梵文一样好。夏斯特利的语言天赋异禀，从英语字母学起，两年后，他以优异的英语成绩拿到了政府奖学金。

1955年，他刚到德里大学教书时，非常年轻，只有25岁。常常被误以为是一个学生，而不是一个教师。有一次，一个学生看见他在课堂里，就问了一句："在这里读书啊？"夏斯特利微笑着回答："我在图书馆里读书，也在自己家里读书，但是在这里，我教像你这样的学生。"那个学生当时就傻了。夏斯特利说很多年以后还能回忆起这个学生的表情。

当然，有了工作后，家里人就认为他到了该成家的时候了。他的父亲和叔叔都在为他的婚事张罗。有个女孩家里一听他的工资只有200卢比一个月，立刻就皱眉了；另一个女孩家里听说他是教梵文的，也没了兴趣。有一个女孩对他表示出了兴趣，女孩的父亲是个成功的商人，愿意出2.5万卢比做嫁妆。可是年轻的夏斯特利对这个女孩子没兴趣，觉得她不漂亮，也没有受过良好的教育。

一次，夏斯特利无意间听到一个懂梵文的朋友与不懂梵文的妻子之间驴唇不对马嘴的对话。这位妻子根本听不懂她丈夫的诗意与话外音。夏斯特利想，如果他的妻子不懂梵文，这种没有默契的对话也将发生在自己和妻子之间。于是，他决定要找一个也懂梵文的妻子。

这时，夏斯特利认识了一位朋友。这位朋友知道他是单身后，就谈起自己的小姨子，说她非常聪明，受过良好的教育，精通梵文，还获过奖。夏斯特利一听这个女孩子精通梵文，虽然尚未与她谋面，已暗自欢喜。但是对于婚事他没有决定权，他对朋友说，我是同意的，可你需要去找我父亲，得到他的同意才行。第二天，这位朋友就找到了他父亲。他父亲听说女孩子会梵文，也很喜欢。朋友又说："但是，我岳父不给嫁妆，他愿意将钱用在孩子的教育上，而不是用作嫁妆。他家的所有孩子都受过良好的教育。"嫁妆是印度婚嫁中极为重要的一个因素，有必要事先表明态度，以免对方有期待；而夏斯特利的父亲听了更是喜欢，说："我们不要嫁妆，我们就要教育。"

正式相亲是在女孩子的姐姐、姐夫，也就是夏斯特利朋友的家里。女孩子那天亲自下厨为大家准备了可口的点心。这一点也让夏斯特利一家非常满意。因为夏斯特利还在想，她可能会像许多受过高等教育的女性那样，表现出对厨房的怨恨；但是，她没有。会做饭，愿意做饭，对于夏斯特利这种传统的印度大家庭来说，这非常必要。女孩子的性格非常好，而且还很漂亮。婚事就这么定下了。

结婚后，妻子进了德里大学，成为梵文专业的博士生；而夏斯特利恰恰成为她的导师。系里的这个决定让他非常犹豫纠结。人家会怎么想，怎么说？夏斯特利跟系主任提出换人，说了好几次，系主任都说会考虑的，可是最后正式决定的文件下来，他仍然是她的导师。夏斯特利写道："我到现在都不知道那个系主任是怎么考虑的！"夏斯特利很认真地在自传里记录这一段经历，却把我看乐了。我只听说过把学生变成妻子的，没听说把妻子变成学生的。

夏斯特利成为德里大学梵文系系主任后，想得最多的是如何让更多的人对梵文感兴趣。这是每一个梵文工作者的责任。他开始策划许多新的项目。其中一项是组织一些梵文戏剧演出，效果非常理想，大家口耳相传，慕名而来。没位子坐了，就站着看。许多不懂梵文的人也来看戏。后来看梵文戏剧还成了一种身份的象征。这让那些持"梵文是死亡语言"观点的人，不得不改变看法。

1977年起，应泰国政府的要求，夏斯特利成为泰国公主诗琳通（Sirindhorn）的梵文老师。两人也结下了深厚的友情。到1979年底，父亲对他说，你已经在国外很长时间了，应该回国了。夏斯特利知道父亲年事已高，希望自己能待在身边。于是，他回到祖国。

夏斯特利的自传极少谈论他的母亲。我记得有一处，他说那时他要去外地教学，有点担心自己的母亲不会善待他的新婚妻子。而关于父亲的篇幅浓墨重彩，充满感情。例如父亲的生活爱好，父亲喜欢喝牛奶，不喜欢喝茶；父亲最爱的水果是杧果。又说父亲的书法极为漂亮。他写道："父亲书写的字母就像珍珠，这简直是视觉盛宴。"他一直珍藏着父亲给他的梵文书信，他说那些书信是自己最宝贵的收藏。至于父亲的梵文成就，他更是在自传中一一列举。

父亲不仅只是父亲，还是他的同行、他的导师。他说父亲一生追求真理，而且身体力行奉行实践。父亲给他起名 Satya

Vrat（真理），就是表达了父亲对真理的美好追求。父亲很少生气，几乎没说过让人不舒服的话。但正因为父亲善良真诚的天性，上过许多当。可是，父亲仍然为那些欺骗他的人找借口，总认为他们有难处，向来都是以德报怨。

有一次，父亲的一位朋友，一个高中梵文教师要买地，没有足够的钱，父亲就借给他一笔钱。之后再也没有听到他的消息，更别说还钱的事了。母亲要父亲把钱讨回来，父亲找到这个朋友，没想到这个朋友不但不还钱，还说了很多难听的话。父亲对此非常懊恼，但最终还是自我疏导，摆脱了困扰。后来，这位朋友意外地出现在他们家，告诉父亲自己的太太因癌症死了，孩子们也惶惶不可终日，总之，现在一大堆倒霉的事情发生了。这位朋友认为，这些都是因为自己对夏斯特利的父亲口出恶言及不还钱的报应，神正在惩罚他，所以他来还钱了。父亲听完朋友的遭遇，立即表示不会接受他的钱，说："你如今身陷困境，我们家不能收你的钱。如果收了，那我们就是不仁了。我们会遭受不祥报应的。你不用还了，就当是你的了。我们不求回报，就希望你们一家能尽快摆脱困境。"父亲还请他吃了饭，最终化干戈为玉帛。少年夏斯特利目睹了这一切，他在自传里写道："我为自己的父亲感到非常自豪，他是高尚的。"

夏斯特利描写父亲过世的那段文字非常感人。他说，那天父亲吃过饭，说自己累了，然后靠在躺椅上休息。夏斯特利轻轻地帮父亲按摩，父亲逐渐闭上眼睛，发出一声叹息，然后倒在他至爱的儿子的腿上——就这样安静地离开了这个尘世。父亲一生都不愿意麻烦人，就连他的死，也死得如此安静，不给任何人添麻烦。

夏斯特利在给友人的信中这样写道："我父亲走了，去与他终生崇拜的大梵天（Sabdhabrahman）会面了。虽然知道死亡是不可避免的，但仍然感到悲伤。心中有太多关于父亲对我和我儿子的爱的美好回忆，此爱之巨大，让我感觉整个世界都无所谓了。"可见夏斯特利对父亲的感情之深。

夏斯特利一生多次远渡重洋，传播梵文。他到哪里，哪里就是梵文。2011年5月他来到中国，见到一批中国的梵文学者和印度学专家。夏斯特利教授说，那是他极为美好的回忆。后来他听说，中国杭州佛学院开设了梵文课，只有400个名额，一下全报满了。周末，一些大公司的老板坐两个小时的飞机去杭州听课，之后又坐两个小时的飞机回去。这些大老板学习梵文，显然不是为了"为"，而是为了"无为"。夏斯特利教授听了非常高兴。当然，所有印度人听到这个故事，都很自豪。这就好像外国人告诉我们，他们最高雅的爱好就是学习中国的文言文。

夏斯特利教授的自传还专门介绍了自己那个了不起的私家图书馆。图书馆里有许多藏书，包括他独一无二的梵文期刊，其中许多还是独本和绝版。当然，这里不仅有梵文书，还有其他像历史、考古、宗教、医学和占星学等五花八门的丛书。当然，作为一名语言学家，他的藏书里也少不了词典。他有许多世界上最好的词典，其中有英文、德文、法文、俄文、马来文、泰文、老挝文、柬埔寨文词典，还有汉语词典。不仅是语种多样，版本更是繁多。夏斯特利教授说，这些藏书让他的房子"蓬荜生辉"，更让他体会到巨大的幸福。

俄罗斯学者贝诺格勒·列宁（Bongord Lenin）、瑞典学者西格弗里德·莱因哈德（Sigfrid Leinhard）、英国学者奥利弗·贡布里希（Oliver Gombrich）、意大利学者菲利普·斯蒂芬（Philipi Stephano）全都参观过他的图书馆。

我与夏斯特利教授总共见面4次，都是在2016年的冬天。

第一次是在印度文化关系委员会主席款待我父亲和我的宴席上，夏斯特利教授是出席嘉宾之一。那是我第一次见到这位印度的大学问家。我记得夏斯特利教授与我父亲坐在沙发上一起合影，然后他从手机里看到合影，认为不够亲密，说："好朋友合影应该更亲密些，我们应该这样。"于是，他用两只手紧紧握住我父亲的手，重新照了一张。当天，他非常热情地邀请我们一定要到他家做客。

第二次是在总统府为我父亲举行的"杰出印度学家"颁奖会上。夏斯特利教授和他夫人是出席嘉宾，坐在第一排。他们夫妇都是盛装出席，尤其是他夫人，打扮得非常庄重华丽。

第三次是我父亲离开德里的那个晚上，我们父女专门去夏斯特利教授家里拜访他。夏斯特利教授住在德里的一处高档小区，小区里停有宝马、奔驰等豪车，这在印度不多见。我在印度的马路上几乎没有见过什么豪车。夏斯特利教授家是三层小楼，门牌上写着"Dr. Satya Vrat Shastri（夏斯特利博士）"。印度有身份的人家门牌上都刻着他们的名字和职业，有点像我们以前的大户人家，门口挂有"金府""刘府"等门匾。

客厅里有他的一些照片，包括他与泰国诗琳通公主的合影。年轻时的夏斯特利非常俊美，我见到他时，他已人老背驼，身体状况也不是太好。后来我在他的自传里也读到这样的文字：自己年轻的时候通宵达旦、没日没夜地工作，就希望多工作一些，多写一些，从来不给身体一个休息的机会，等意识到这些时已经晚了，已经尝到恶果了。因此，夏斯特利教授说自己是个缺乏真正智慧的人。

那天，夏斯特利教授的精神状态非常好，兴致很高。他先是带我们参观了他的展览室，一屋子的荣誉。他重点介绍了几样，其中包括莲花奖。我问教授他最看重哪一个奖？他回答："智慧席奖（Jnanpith Award）。"他说这就相当于印度的诺贝尔奖。最后他指着他在2016年获得的奖杯，很幽默地说："这是第100个奖杯，我的世纪提早完成了。"

夏斯特利教授思维敏捷，非常健谈。在这样一位知识老人面前，我反而非常轻松，不需要不懂装懂，直率而朴拙地告诉老人哪些我不懂，不明白。夏斯特利教授爱怜这种朴拙，他体恤、宽容全世界的朴拙。只要你好学，他就有一身的热情将他的知识传授给你。

夏斯特利教授解释完了，会再问："现在你理解了吗？"望着他殷切的眼神，我都不忍说不懂，于是我说差不多吧。夏斯特利教授追问："你哪里不懂？"然后，又解释一遍，等着我的进一步理解。

那次的访谈中，夏斯特利教授否认了梵文一直只是以书面语形式存在，不曾进入民间口语的观点。他说，梵文曾经是日常交际语言。他举例说，今天的印度，还有那么几个村子的日常交际语言是梵文。夏斯特利教授又说，几千年下来，梵文都没有灭绝，那么现在也没有灭绝的理由。至于独立后的印度为什么要以英语作为官方语言，老人给出的答案也像我们所能听到的那些答案一样，即印度是多语言的国家，而且有的语言之间的差别甚大，不像中国虽然有各种方言，但写出来的汉字是一样的。在印度，选择任何一种语言作为官方语言都困难，都会有争议。我再问：就真的没有更好的办法了吗？老人又说，独立之初，有人提出用梵文做国语，曾经一度接近成功。对于今天任何一个印度人来说，如果梵文成为国语，都需要重新学习，所以不失公允。后来提案还是没有成功。我问，提案没有成功是因为梵文太难吗？老人回答说，其实语言无所谓难和易。如果从小开始学，学什么语言都不难。就像外国人认为学习中文很难，可是没有一个中国人认为中文难学。

夏斯特利教授的记忆力更是惊人。他给我们看了他的梵文版自传，对我说里面提到了我父亲，而且非常迅速而熟练地翻出那一页。可见老人的记忆之好。夏斯特利教授喜欢举例说明，例子说得很长、很久，我以为跑题了，但是老人很快来了一句结束语："通过这些例子可以说明这个问题。"我知道我多虑了。后来我在读他的自传时更深刻地体会到了这一点。比如他记载了2013年5月18日他去泰国出差，再次见到他昔日的学生泰国公主诗琳通时的一幕。诗琳通公主请他到她的宫殿就餐。因为他是素食者，那天公主专门准备了从开胃菜到甜食共9道菜，他对菜单记得一清二楚，包括南瓜奶油汤、绿色咖喱拌蔬菜、蚝油酱炒蘑菇。

我问夏斯特利教授是否用电子邮件，他说用的。我问他是否每天都会查看邮件，他回答，一天会查看好几次。因为向他请教梵文的邮件太多了，而且是从世界各地发来的。

这时，他夫人说："他经常受伤，受伤很严重。"

我问："此话怎讲？"

她说："他在图书馆里找资料时，经常由于过于专注而不小心摔倒了。每次都伤得很重。"

"这是天才常干的事，不是吗？"我顺口说道。

我想我的幽默还是善良温暖的。老人听到，微微笑了一下。

"你作为印度最著名的学者……"我还没完整表达出我的敬

意，夏斯特利夫人就温和地打断我，纠正道："是世界上最著名的学者。"

这一句纠正的话语足见妻子对丈夫崇拜有加。他太太话不多，但是每次开口，讲的都是重点。

于是，我的敬意又上了一个台阶："您作为世界最著名的学者，您所研究的领域如此偏门、高深，世界上真正能懂的人不多，您孤独吗？"

老人不正面回答，而是看了我一眼，笑着说："这是作家问的问题。"

告辞时，夏斯特利教授送我们出来。经过饭厅，看见家里用人的一个小孩子正在餐桌上做作业。那个小朋友看见我们，用很亮的眼睛对我们微笑。在印度，主仆关系仍讲尊卑有序；而这个小朋友铺开课本，大大方方在餐桌上做作业。那个画面非常温暖。我能想象夏斯特利教授对这个孩子反复且不停地说，一定要读书呀！不读书怎么行！事后，我也向夏斯特利教授求证。他说，那个小朋友的名字叫阿吉娜（Anjana），当时她读二年级，现在已经是三年级的学生了。可见夏斯特利教授非常重视用人孩子的教育。

第四次拜访夏斯特利教授，是我在印度的最后一天。那时我已经在印度游历了一圈，回到德里，准备返美。我想，如果还有什么想见、想听的，那可能就是夏斯特利教授。景区和晚霞永远都在，而86岁的老人不一定。刚到老人家，还没有寒暄几句，这时一位女士风风火火地向我走来，笑着对我说："你就是那个'女儿'吧？我父亲见过你后，说人家的女儿可聪明了，而他自己的这个女儿不行。"

我被一位如此学识渊博、德高望重的长者表扬"聪明"已经感觉意外，更意外的是在我的回忆中，我不认为自己给他留下多聪明的印象。因为他对我没大笑过，最多就是微笑。

告别印度后，我将我们的一些合照电邮给他。后来夏斯特利教授知道我要写一本关于印度的书，而且里面有一篇关于他的文章，就主动给我写了一封信鼓励我，再次说我给他留下了深刻的印象。之后我因为写这篇文章再次与他联系，一边读着他的自传，一边就不明之处用邮件随时向他请教。我给教授发邮件就像发短信一样随性、简短、口语化，还外加几个表情包。自从他看了我的邮件后，再也没有说过任何关于我聪明的话。教授每次回信都格式工整，语言讲究。永远以"亲爱的"开始，以"此致敬礼"结尾。教授的英语是古典的、书面的。英美人士今天都已经不再用词如此讲究了。他无论是说印地语，还是英语，都是地道、纯粹的，不混搭。这在印度的知识分子里很难得。我父亲会印地语，不太会英语，所以他听印度人说话有些困难，他们总夹着太多的英语词汇；但父亲听夏斯特利教授讲印地语就很舒服，因为他的印地语是经典、正宗的。父亲说，这就是他们在大学印地语课本上学到的那一种。

对我的提问，夏斯特利教授从来都不厌其烦地一一作答。每封信的最后一句都是"我希望我回答了你的问题""我希望我的回信能帮到你"。比如我问教授："你在德里大学教梵文时被人误认为学生是哪一年的事情？"因为我在他的自传中没有看到确切时间，根据上下文推算应该是1955年。我仅仅需要老人与我核实一下年份，老人给我回了一封长信，说我完全正确，那年他正是25岁。又说自己由于年轻的外表，一直被人以为年轻于自己的实际年龄，这种状态一直延续到他50岁。现在不行了，他的身体每况愈下，面临许多疾病的挑战。他说是自己年轻时工作太玩命导致的。现在工作时间少多了，不能那么玩命了。

我问教授现在每天工作多长时间，教授说，现在身体状况不好，这一两年每天只能工作8到10个小时了——这就是一个86岁的大学者说的不勤奋的工作状态。◉

05

一个婆罗门女人的故事

舒明经（Shubhra Tripathi）教授的故事，就是一个印度女人翻身做主的故事。这是我替她总结的。我听完她的故事，就对舒教授说："我感觉自己听到了一个印度女人平等独立意识崛起的故事。"

现年57岁的舒明经教授，住在印度中央邦（Madhya Pradesh）的首府博帕尔市（Bhopal），婆罗门种姓，她的夫姓Tripathi，意思是"三部吠陀经诵者"，意味着祖上能诵读三部吠陀经，"四部吠陀经诵读者"为最高阶层。她的中文名字"舒明经"是我父亲起的，不仅有音译，更有意译。她很喜欢。舒教授和我认识的所有婆罗门一样，深为自己的渊博文化根源而自豪。婆罗门才是真正做到了"万般皆下品，唯有读书高"，因为在古印度，婆罗门的地位比国王都高。今天，印度知识分子的收入依然颇丰，教授的收入在所有工薪阶级中也算是高的，而且配住房，因而教授在印度是极为体面的职业。这种传统和良性循环也让婆罗门更加注重教育，这远比其他种姓来得强烈。舒教授又补充道："教授这个职业虽然体面，但仍不是印度父母们的首选。今天印度的父母们之首选是叫孩子成为政府行政人员，因为这意味着权力与待遇；其次是让孩子学医学、商学、计算机，因为这些工作赚钱多。总之，现在就业热门就是权力与金钱；而选择教书这个职业是那些愿意过平静生活，同时没有太多物质欲望家庭的选择。"

可以看出来，舒明经教授年轻的时候很漂亮，有张窄窄的美人脸。舒教授很传统，冠夫姓，总是穿印度传统服装，每天点朱砂。她的女儿穿牛仔裤，已婚，不冠夫姓，也不点朱砂。我问舒教授每天点朱砂麻不麻烦，舒教授迅速把朱砂扯了下来，告诉我现在的朱砂只需要贴上就好了。我说那每天记得贴也不容易。舒教授又迅速把朱砂贴了回去，说，这就像出门化妆一样，成为一种习惯了。又说，不过现在的印度年轻人已经不再守着这些传统了，她的女儿只有在穿传统服饰时才会点朱砂，穿牛仔裤时绝不点朱砂。

作为印度中央邦的名门望族，她的曾祖父曾获得过英殖民时期的国家勇士勋章（Diwan Bahadur）。这是授予为国家服务人士的最高勋章。她的父亲曾经是中央邦警察署署长，相当于中国的省公安厅厅长。她父亲在成为官员之前是一名历史教授。作为婆罗门，他们都精通梵文，其曾祖父曾经将几部梵文著作翻译成印地语。她的家里仆佣成群，高门大屋。一般的外国人可以想象出高门大屋的情景，但很难想象什么叫仆佣成群。于是，我问舒教授，仆佣成群是多少人？高门大屋是多大面积？舒教授说，他们家曾经有36个仆人，他们住的那栋房子大得后来能直接改成一所医院。

舒教授很会照顾人，完全看不出她曾经是一位饭来张口、衣来伸手的大小姐，只是有一次聊到旅行这个话题时，舒教授说她喜欢旅行，喜欢在旅行中买大量的纪念品，于是箱子就特别重，但是旅行期间没有了用人，她需要自己拿行李，自己做很多事情。我笑了，说终于发现舒教授大小姐的秉性了。

今天的舒明经教授是中央邦一所大学的英文系系主任。舒教授并不懂中文，却通过不同的英文译本，加上与懂印地语的中国学者切磋、请教，花了4年的时间，将老子的《道德经》翻译成印地语。2017年，这本书出版了。舒教授把她父亲的照片附在她翻译的这本书上，于是一张英姿飒爽、风度翩翩、警服上一排排军功章的印度警察署署长的照片出现在印地文版的《道德经》里。舒明经教授的解释是，研读这本经典时，发现自己的父亲虽然从来没有读过《道德经》，却活出了老子的境界。舒教授翻译此书时，父亲身患绝症，仍然对舒明经的翻译工作给予许多鼓励。舒明经认为，父亲与老子在精神层面上有相似之处。舒教授时常想念她已经过世的父亲，非常遗憾父亲在他有生之年没能看到《道德经》印地文版的出版。

舒明经教授研究了大半辈子的英语文学，其中包括印度人用英语写成的文学作品和由印度语言翻译成英文的作品。她非常喜欢英语文学，为此追随过最喜欢的一些作家，专程去参观他们在英国的居所。舒明经教授还研究过那些移居英美的印度裔作家，他们用英语写作且获得成功。她甚至访问过像毛里求斯这样的地方，去研究以英语作为表达媒介的印度裔作家。舒教授还曾一度学习法语，因为法国的文学和历史影响了英国文学。

然而，2010年，舒明经教授来到中国后，她的整个学术生涯发生了意想不到的转变。童年时因为一次考试取得了好成绩，父亲赠予她一本书，叫《中国童话》，封面上的女人形象刻在了她的记忆中。但是到了中国，她才意识到中国和她印象中的中国有天壤之别。这个拥有丰富文化的古老文明，同时又飞速发展的国度令她震撼。"我对这里的一切都非常好奇，甚至有些不知所措。"舒教授说。同时她也立刻发现，印度和中国有很多共同之处，但就像之前的她一样，许多印度人并不怎么知道这些。也许是因为没有人做过这方面的工作，至少在当代是这样。当年，泰戈尔与中国的友谊是传奇性的，古代中国僧侣在印度的寻访更是传奇而且影响至今。但是，今天中印之间的互动是怎样的呢？一些印度作家在中国短暂停留并描绘了它，但这个数量微乎其微。舒教授在深圳访学期间拜访了几位在中国生活的印度商人及他们的家人，他们的下一代都能讲非常流利的中文。他们和舒教授分享了他们在中国的经历，但没有一个人将这些经历介绍给印度读者。相比之下，英美的印度侨民则用他们的写作展示了非常丰富的异国风情。舒明经教授决定用比较的方法来研究中国文学和文化。舒教授很谦虚地说："我想以自己微薄的力量，通过文学来促进两国之间的相互了解。"她知道这项任务任重而道远，不可能仅由她单独完成，她希望更多的同道中人加入。因此，中国是她职业生涯的"第二章"，在某种程度上更有意义。

那么，这样一位印度女性身上又会有什么样的故事呢？

印度人和中国人一样，民族性很强，外国人想真正融入，其实不容易。而我和舒教授却一见如故，立刻成为朋友。舒教授幽默、率真、坦诚，语言富有表现力，我们初次见面，她就立刻给我讲了她的故事：

从哪儿说起呢？从我结婚说起吧。我那曾经无忧无虑的美好生活，从此有了不同的走向。婚姻对于我，意味着无忧无虑的时代彻底结束，走向另外一段人生旅途——一段我曾经非常后悔的道路。

我做女孩子的时候，是一个很单纯、没有心事的孩子。只关注自己的学业，从来不想别的事情，也从不与兄弟姐妹发生争吵。父母问我晚饭想吃什么，我也总说有什么我就吃什么。我的父亲在当地很有威望，所以别人对我们都很客气。我也不认为有与人发生争吵的必要，因为我觉得每个人都很好，生活也很好。生活可以永远这样。后来想起来，我当时根本不知道生活意味着什么。

我们家和我丈夫家是世交。我那时已经完成硕士学业，正在读博士，同时在学校有一份教书的工作。我的公公当时是我的大学教授，他很喜欢我，总说我是他最得意的学生。他跟他的太太说，这个女孩子太美好了，他教书这么多年，从没见过一个女孩子脾气这么好。我的师母也很喜欢我，她对我说："我只有两个儿子，没有女儿。如果你做我的儿媳妇，我对你一定就像对自己的女儿一样。"我当时听了，心里庆幸自己能成为他们的儿媳妇，何况这还是一个有名望的家族，他们的儿子又是一个帅气的工程师。

嫁妆在印度婚嫁中是一个非常重要的议题，至少包办婚姻是如此。这一传统起源于古代，为出嫁的女儿提供一定的经济支持，使她能够在婆家过上好日子，而且也是对抗传统继承权的一种做法——因为女儿没有继承权，所以嫁妆就是对女儿的一种补偿。但在后来的岁月里，这一美好的愿望被扭曲和腐化了，成了生女儿家庭的诅咒。我的婚姻既不是包办婚姻，也不是严格意义上的自由恋爱。听起来可能有些可笑，也可能难以置信，但它确实不是两个家庭之间的包办婚姻，而是一对未来婆媳之间的安排。婆婆以为会有嫁妆跟着我，于是向我"求婚"了。儿媳妇接受了"求婚"，以为这是一个了不起的女人，她爱的是我，不是我父母能提供的嫁妆！

受过良好教育的印度人都将嫁妆视为不好的传统，因为那代表着迂腐落后。我的婆家没有要求嫁妆，至少她没有明说。我的婆家也不需要嫁妆，因为他们有很多钱和财产，而且我婆婆自认是受过良好教育的知识分子；我的父母也没有给嫁妆，因为他们也受过良好教育，拒绝沿袭嫁女儿要给嫁妆的落后民俗。给嫁妆，不是我们家的传统。我父亲年轻时曾拒绝过许多愿意带着嫁妆的有钱人家女儿的求婚，而娶了我的母亲——这个受过良好教育但不给嫁妆的美丽女子。然而我没有想到，"嫁妆"这条"毒蛇"在我婚后的生活中不断爬行，然后出乎意料地悄悄抬起头来。

蜜月期觉得什么都很美好，我每天都生活在蜜罐里。但正如人们所说，美好的事物都不长久。这些美好的日子很快就结束了。我的公公一直对我很好，而我的婆婆立刻变了样。那个曾经对我说，会把我当亲生女儿一样看待的师娘，现在立刻摆出了婆婆的架势。她对我说："你现在最重要的身份就是我们家的儿媳妇，照顾丈夫与家庭是你的首要任务。不要再工作了，也不要再去完成你的博士学位。女子出嫁后，婆家才是她的家。你不要总是那么频繁地与自己的家人通信，也叫你妈妈不要一天到晚给你写信。"

同时，我很不幸地发现，我丈夫的控制欲很强，脾气又大。我稍微打扮得漂亮一些，他就不高兴，说："你打扮得这么漂亮干吗？你想炫耀你的美貌吗？"他会故意在他母亲面前和我吵架。现在回想起来，我想他是在取悦他的母亲。我婆婆总是喋喋不休地挑剔我的各种不是，所以我丈夫就附和她，也当着她的面说我的不是。当时我太天真了，既不能完全理解整个处境，更没有努力去改变这种状况。我想我当时是被整蒙了，这种生活打击是如此出乎意料和难以置信，以至于我完全不知道该怎么办，只是感觉所有的关于幸福生活的梦想就此破灭。于是我的人生进入一个火山寂静期，虽然表面看起来是平静的，但我内心非常痛苦，备受煎熬。

我的婆婆并不是一个没有受过教育的家庭主妇，相反，她自己也是硕士毕业，在读博士期间结婚，于是就把学业放弃了。所以她想，既然她可以这样做，那我也应该这样做，可是她从没问过我的意见。她不认为有征求我意见的必要。她有一个愚蠢的逻辑，认为我丈夫仅有一个学士学位，如果我的学历太高，他会心理不平衡。我当时就应该告诉她，理科生的丈夫和文科生的妻子，为什么要在一起比学历？但是我当时没有反驳她，因为如果我大声地表达自己的想法，也会被视为对婆婆的大不敬，这一传统观点也是我保持沉默的另一个原因。我不知道我婆婆又是出于什么想法，接下来她提出我应该辞掉大学工作的"建议"，说是因为它会妨碍我作为一个妻子和儿媳妇及未来母亲的职责。我当时听从了，就把原本很好的一份大学教书的工作辞了。现在想来，那真是一个愚蠢的决定。我现在有时候还在想我那时怎么会如此愚蠢、无知和天真。但事实如此，当时的我就是这么愚蠢、无知和天真。

自那以后，我在这个家的处境更艰难了。我与我以前的世界失去了联系。我不能随便出去会见朋友和家人，除非得到我婆婆的许可，可我从来不敢开口问她我能不能出门。我父母给我的信，我婆婆会先打开看了后，再把信给我。我反感她的做法，却不敢反抗。我父母的信，我婆婆总能从字里行间读出不同的寓意，然后在我丈夫面前像受了天大的委屈一般眼泪汪汪，导致我丈夫对我非常不满——而这才是我婆婆整场表演的最终目的。而我的任何澄清都被视为不孝和不敬。我真的感觉冤透了，但什么也不敢说。我的父母知道他们的信要经过"审查"，写信也很谨慎，所以我对我父母的真实状况不得而知。而这一切都发生在我公公去学校教书、不在家的时候。如果我那时早点告诉我公公这一切，事情可能就不会这么糟糕，但是我没有。为什么我没有呢？我也说不清楚。可能是害怕事情会变得更糟，如果他不相信我呢？也可能是因为敬畏和距离阻止了我，他毕竟是我以前最敬爱的教授。

我还被告知既然我已经结婚了，我就只能穿纱丽，即使是别的印度服装也不可以，逻辑是我应该在我公公面前穿着"得体"！我婆婆忘了我公公早就在大学校园里见过我穿裙子、牛仔裤和其他衣服的样子，而我也"忘了"提醒她。我的婆婆会把昂贵的纱丽收起来，在特定的场合才拿出来给我，说是替我保管，其实真实的意图就是只有在她允许的场合我才可以穿那些纱丽。她需要通过操纵这些小事来支配我的喜怒哀乐，展示她作为婆婆的权威。我就像在牢房里一样没了自由。

我当时是一个涉世未深的年轻女子，并不知道婚姻什么样，也不知道男人什么样。在我的成长过程里，除了爸爸和哥哥，我没有接触过任何别的男人，对我来说，我爸爸和哥哥就代表着完全生疏的整个男性世界。我只见过我父母的婚姻，我母亲想做什么就做什么，我父亲对我母亲很好，我以为那就是所有婚姻的样子。到了我这儿，男人和婚姻怎么就都走样了？！这就是我少女时所期盼的美好爱情？那被文学作品装饰起来的"王子与公主从此过上幸福的生活"的幻想，被现实生活嘲弄得体无完肤。

我丈夫脾气不好，但在他妈妈面前却是个"妈宝男"。什么都围着他妈妈转，他妈妈永远第一。有一天晚上我们都睡觉了，他妈妈突然在隔壁房间咳了几声，我丈夫立刻从床上弹起来，飞奔过去。我想我丈夫都已经去了，那我就接着睡吧。我是一个睡眠很沉的人，从小就这样，沾枕头就着，而我丈夫当时也没叫醒我。第二天早餐的时候，我婆婆说："昨天晚上我不舒服，为什么只有我儿子来看我？我儿媳妇呢？"我当时心里想，不会吧，你又不是重病在床，要几个人去探望呢？儿子去看看就行了，为什么要小题大做？不过通过这件事，我也知道我婆婆对儿媳妇期待的是什么了。我婆婆又说："我的儿媳妇是个大户人家的大小姐，所以不把婆婆放在眼里。"而我的丈夫在那种场合永远不会为我说话。或者他认为他的母亲总是对的，或者他羞于公然支持妻子，或者他也缺乏经验来处理这种情况。不管他沉默的原因是什么，都让我感到侮辱和被排挤。这种伤害的根源不是来自婆婆，而是我的丈夫。我认为，作为一个儿子，孝顺父母是对的，但他也应该在必要的时候维护和力挺他的妻子。他们让我感受到了操纵，不同的是我婆婆对这份操纵是认真的，是存心的；我丈夫却对此毫无认识，只傻傻地跟在他妈妈后面。

我婆婆是一个表里不一的人，她说的和她想的完全相反。而我那时又是一个简单单纯的年轻女孩子，我只知道看我所看到的，听我所听到的，而看不到事物的本质，也听不出其他人的话外音。比如她说会对我就像自己女儿一样，我就信以为真了。事实上她对我从一开始就有一种嫉妒和戒备感，是超越婆婆对儿媳妇的情感，她似乎害怕我会将她的儿子从她那里抢走。再比如她说不要嫁妆，其实她心里特别想要。她认为就算她说不要，我们家这么有地位，也一定会给的。结果我们家并没有给，后来她又期望在各种节日礼品中给她补上。所以每次她对我娘家送的礼物都会特别挑剔，总觉得不够贵重。她总是当着她儿子的面表达这些礼物价值太低，即便它们是昂贵的礼物，她仍然要这么来诋毁。婆婆的脸总是拉得老长，认为我娘家轻视了他们家，其实我婆婆根本不了解我娘家。我的爸爸虽然是个高官，我们家也确实有地有房产，可是我父母并不是花钱大手大脚的人，因为他们并不看重物质。何况我从没告诉父母我在婆家的真实处境，所以他们并不知道我经历了什么，更不知道他们无意中得罪了亲家。可是我的丈夫就很容易被他妈妈蛊惑。我丈夫是个偏听偏信的人，又容易冲动，就真以为我们家瞧不起他们。

　　我刚结婚时并不会做饭，我婆婆是知道这一点的。她去过我娘家，知道我们家仆佣成群。然而结婚后，不会做饭竟然成了我最大的过错。她当着她的朋友和亲戚，会炫耀我的教育、我的学历，然而我独自一人在家时，她经常会说："瞧瞧我儿媳妇做的菜吧，我猜像你们那样的家庭出来的女孩子从来不需要学习烹饪。如果你不能喂饱家人，那么教育有何用？"读了太多书反而成了我严重的缺陷。总之，我的婆婆对我很不满意。可是有时，她又会在她的朋友面前热烈称赞我，甚至为她的粗鲁行为私下向我道歉。也许正是这一点使我平静下来，我总是选择原谅她，不去记恨她。

　　正当我对生活失望之时，我的丈夫又无缘无故地辞职了。在印度，人人都希望当公务员，希望能够在政府机构工作。我的丈夫就有份人人羡慕的政府工作，但由于他脾气不好，也不善于与人打交道，单位里有几个与他相处不好的同事。就这样，好好的工作，他一不高兴，就辞了。他的草率让我意识到，他是一个无法带给我安全感的男人，我指望不上他。

当时我非常不满意我的婚姻生活。我的父亲也很担心，他对我说："你应该完成你的博士学业，也应该出去工作赚钱。你一旦赚钱了，你就独立了，情况就会好转。"我父亲的话真是真知灼见。事后证明我父亲完全正确。

后来我丈夫又找了一份政府工作。这份工作的单位离我父母所住的城市很近，所以我们搬出了婆家，于是我们的生活有了短暂的平静。我担心以他的脾气和处世方式，这份工作他还是不能够做长久。那时我已经有了第一个孩子，一个女儿。我就偷偷地在家里继续修读博士课程，在我丈夫出门上班后学习。我一手抱着孩子，一手做功课，每天一听到丈夫回家的声音，就立刻把课本往抽屉一塞，装得没事人一样，我害怕他说我。他脾气不好，我尽量不与他发生冲突。任何两性关系，都是只要一方强些，另一方就弱些。那个时期，显然我丈夫是强势的一方，我是弱势的一方。

果不其然，不久，我的丈夫再次辞掉了他的政府工作。当时我就觉得我不能这样生活了。我对婆婆说："他两次如此草率地辞去工作，让我非常没有安全感。我要出去工作。"

我婆婆说："你已经几年没有工作了，你以为你现在出去就能立刻找到工作啊？！"

我平静却骄傲地说："我有博士学位，想找一份工作还是不难的。"

当时他们都傻了，他们的表情让我得意了好一阵，因为它让我发现自己原来可以很硬气、很自信地讲话。我那平静、骄傲的一嗓子就像尖锐的凿子一样，给我窝囊委屈的生活凿出一个口子来，从此勇气和自信哗啦啦地一直往外涌。很快我就找到一份大学教职的工作，从那以后，我开始自主起来了。对这个家庭的成员，我可以不与他们一般见识。

因为我在大学教书，是为邦政府工作，所以我有权得到政府提供的住房，于是我们搬进了一处政府提供给我的房子。生活不是完美的，但是过得下去。我丈夫又找到一份好工作，我们俩的工资可以让我们生活得很舒适。我儿子就在这个时期出生，我丈夫正在努力成为一个好父亲。我的父母为我提供了各种各样的支持，我丈夫的行为也有所收敛。不久，我公公退休了。我婆婆很有信心我们会为他们养老送终，于是，她说服我公公一起搬到我们居住的城市。

这个时候，我的小叔子结婚了。我的婆婆也用对付我的那一套对待她的小儿媳妇，但是这个小儿媳妇可不像我这么好欺负，她可是个厉害的主儿。我婆婆就纳闷了，她的那些小把戏用在我身上管用，可是到小儿媳妇那里怎么不管用了呢？其实是因为我们两个各自丈夫的不同态度。比如我的婆婆过生日，两个儿子、儿媳妇都会送礼物；但是，我的婆婆会私下问两个儿子："我的亲家们有没有送礼物呢？"我婆婆就是这种人，她的教养和教育告诉她不应该要求嫁妆、礼物，因为那代表着腐朽落后，但是她内心还是很希望得到。自欺欺人久了，自己都受折磨，我们也跟着受折磨。我是很晚才看清我婆婆的本质的。面对婆婆的问话，我的丈夫会回来跟我说："你们家也应该送吧？为什么不送？！"而小儿子就会语气讽刺地对他的妈妈说："你要亲家的礼物呀？"我婆婆瞪着眼睛说："什么话，我哪里是那种人！"小儿子又说："如果真想要，我现在就给他们家列个清单，说我的母亲要求以下物件。"羞得我婆婆以后再也不敢说这类话了。

你看，丈夫的态度很重要。我看着我的这位妯娌，也觉得很神奇。她并不漂亮，可就是可以把自己的丈夫管得服服帖帖的。

后来，我的妯娌也帮我出主意怎么对付婆婆。比如，不要跟婆婆说太多你和你丈夫之间的事情，也不要说关于你的任何事情，总之，什么都少说。婆婆的情报越多，她可以用来对付你的办法也越多。她还说，要在事情一有不好苗头的时候就抗议，不然，婆婆会变本加厉的。她说得太对了。回忆起来，我得说这怪我自己！是我自己允许婆婆这么对我的呀！如果她第一次看我的信，我就大胆地对她说一声："你干吗看我的信？！"她可能就会收敛。我一次又一次地错过了。失去这么多机会，让我越来越窝囊，婆婆越来越习惯操纵我。我看着我的这位妯娌，感叹我自己这些年的教育都到哪里去了，只学到了书本上的知识，连这些基本的生活技巧都不懂，还要一个比我年轻许多、学历没我高的弟媳妇来教我。当然，后来我才知道她帮我也有她的私心。我公公、婆婆住的房子是我丈夫帮着盖的，而且我们每天下班后就会去那里照顾他们，给他们做饭。我弟媳妇希望我们以后不要再来了，这样将来他们就可以拥有这栋房子。可是谁也没想到，我的丈夫后来会搬回那座房子，带着他的所有行李，独自一人搬了回去。

怎么回事呢？自从我婆婆搬来我们生活的城市居住，我们本来有一点起色的生活又被打回原形了。我的婆婆又开始故伎重演了，又开始无中生有地挑拨离间，导致我和我的丈夫几乎每天争吵。我们的婚姻之所以基础薄弱，是因为他母亲过多地参与其中，她总是扮演着极为重要的主宰者的角色。更糟糕的是，我丈夫开始酗酒。每天晚上，他都喝得醉醺醺的，我们全家人都会感到无比沮丧。孩子们的学习受到影响，我也无法把精力集中在工作或家庭上。我的父母很担心我，但只要我的婚姻仍然继续，他们就无能为力。事情变得不堪忍受，于是我向我公公求救，可那时他已经老了，已经无力改变这种局面。如果我早在15年前就向他寻求帮助，情况可能不会落到现在这种地步。在我公公许可之下，我与丈夫摊牌，告诉他要么改过自新，要么搬走。否则我就搬出去，把这个房子退给政府。我丈夫的眼睛瞪着，目光也很强硬，他说他会考虑的。显然他并没有认真地对待我，也没有严肃地对待这次谈话，我微笑着对他说："我不是在跟你讨论这个问题，我是在通知你！"我丈夫呆在那里。他的眼睛仍是瞪着，眼里的光芒却一点儿一点儿熄了下去。我从他那震惊的眼神中可以看出，他不相信我会这样跟他说话。他首先是恳求，接着是威胁，最后发生了暴力事件。这时我决定不再忍气吞声，不再害怕，而是反抗。多年以来压抑在内心的愤怒、沮丧和痛苦，如熔岩一样终于爆发了。第二天，我带着我的两个孩子离开了那里，同时带走的，还有我的希望和决心。未来对我来说是不确定的，但我肯定只会更好。

我丈夫仍然不敢相信我能离开他。他给我打过电话，但没有提供任何改变我们和孩子状况的方案。我从未要求他提供任何经济帮助，也没有向任何法院提起诉讼。我希望的仅仅是自己和孩子有一个平静的生活。我们居住的那个城市不是特别大，所以我们会遇到一些老熟人及共同的朋友，也会得到彼此的消息，但是我们独立生活，他和他的父母一起，而我则和我的父母一起生活。

在我父母家里，我的孩子们确实受到了最好的教育，享受着平静的生活，但是为了给孩子们一种真正的归属感和认同感，我需要有自己的房子、自己的家。于是我再次申请到政府分配给大学教师的房子，然后搬出来单独生活，我父母依然会花很多时间在我和两个孩子身上。我外出工作时，他们会帮助我照看两个孩子。我们每天一起用餐，要么在我家里，要么在我父母家里。好在我的房子和我父母的房子离得很近，而且我的父母都会开车。

而我丈夫在搬回和他父母一起住以后，他逐渐意识到很多事情——那些我曾经试图向他解释，而他永远无法理解的事情。当他亲眼看到他弟弟为自己太太做的事情，看到弟媳妇在家里的自由和权利，他才意识到我以前受到许多不平等的对待，也意识到他在父亲和丈夫的角色中严重失职。他也渐渐了解到他母亲如何在我们夫妻关系中的各种操纵和搅局。此外，正如我所提到的，我们居住的那个城市并不大，所以他知道我是如何独自抚养孩子，而我的父母是如何支持我和我们的孩子的。

当我女儿结婚的时候，我通知了我丈夫。毕竟他是父亲，他有权知道。在印度，嫁女儿是被看成和建造房子一样昂贵的事情，被认为是普通人一生的成就。盖一所房子需要巨额投资，而女儿的婚姻同样涉及嫁妆以及为了炫耀而做出的各种排场而花费的巨额开支。但许多受过教育的和明智的印度人已经摆脱这些无用的传统束缚，只是安排一些小型而温馨的家庭聚会。我丈夫出席我们女儿的婚礼时，第一次见到了我们的女婿和亲家。他惊奇地发现，在亲家面前，我从不藏着掖着，而是非常直接地告诉亲家，我与丈夫分居，且独自抚养孩子的事实，而且亲家也非常理解这一切，这在印度是罕见的。何况新郎是一个条件那么好的男孩子，他有一份被印度人认为是最好的职业。最重要的是，我们不需要为女儿提供嫁妆。这是我们的态度，也是亲家的立场。他们不要嫁妆的立场也说明他们家是有开放、先进观点的家庭。

渐渐地，我丈夫开始变好，他的脾气开始变得越来越好。偶尔他还会为一些琐碎的事情生气，但这不再妨碍我了，因为我们不住在一起。我也变得更有耐心了。现在，我们是好朋友，一起为我们子孙后代的利益着想。我们偶尔一起吃饭或出去。也许是因为孩子们长大了，也许是因为我们已经变老了，也许是因为我们意识到，我们失去了很多宝贵的时光，这些时光永远不会回来，于是我们互相帮助，彼此支持。但我们也知道，我们的品位、喜好南辕北辙，我们之间也尊重这些差异。

再说我那个婆婆，她在小儿媳妇那里吃了亏，后来想起我的各种好来。她没有当面对我说过对不起，但我从亲戚那里知道，她对她曾经的做法很惭愧。

2010年我第一次去中国教书时，我的丈夫很担心，说你为什么要去那里，你又不会中文，谁也不认识；但是，他也不敢像以前那样阻拦我，只是建议我最好不要去。我说："现在孩子们都长大了，我终于有时间、有精力做我想做的事情了。虽然现在我谁也不认识，但是我会在中国交很多朋友的，我在中国不会有问题的。"听我这么说，他就不再说话了，因为他知道我的社交能力很强，而这正是他不擅长的。而事实上也是，我在中国过得很好，交了很多朋友。后来，我在中国教过的几个学生来印度看我，我丈夫从她们对我的态度上能确认，她们并不只是我泛泛的朋友，她们是真的关心、在乎我。那天我丈夫很感动，眼泪都流出来了。他知道以后我还会再去中国，我并不会孤单。

我丈夫确实改变很大，有一次他还跟我哥哥理论，为我出头。

这事要从我父亲的去世说起。我父亲是一个有进步思想、很受他人尊敬的人，对他周围的人很好。1984年，博帕尔市北郊发生了一起重大的毒气泄漏事件，当时死了两万多人。我们家里的洗衣工也死于这起事件。他的妻子、孩子当时六神无主，是我父亲替他们去打官司，拿到了很可观的赔偿。

我父亲从来不重男轻女。相反，他坚定地认为女性应该受教育，应该有自己的事业。我母亲在结婚前是一名编辑，只因为我父亲的工作需要频繁地从一个地方调到另一个地方，母亲不得已才辞了工作。婚后，我父亲鼓励我母亲发挥她的写作才能，我母亲在当时许多著名的刊物上都发表过文章。在我的婚姻出现困难时，我父亲也给予我行之有效的建议和帮助。

在他的遗嘱中，不仅有我哥哥的名字，而且还将我和妹妹的名字也写了上去。印度的法律规定，女儿和儿子有同等的继承权，但在民间，通常只有儿子有继承权，女儿得不到任何遗产。这也是为什么要给女儿嫁妆的一个原因，其实是将女儿该得的那份提早给女儿。印度有很多矛盾之处，同时又有很多解决方法。比如，在分配遗产的时候，有姐妹依照法律告兄弟的情况，可在民间也有兄弟主动把自己继承的遗产分给姐妹的情况。印度很复杂，正如马克·吐温所说，对印度的任何评价都是正确的，但是相反的观点可能也是正确的。

我父亲很开明，把他所有的孩子都写进了他的遗嘱。我说过我父亲是一位有进步思想的人。他拒绝接受嫁妆或者给予嫁妆，尽管那是印度的传统，但那是落后的。我父亲让他的女儿们也有继承权，尽管这不是印度的传统，但这是法律明文规定的。父亲将祖上的家产都给了我哥哥，因为祖上的家产只有男性有继承权，否则整个家族的人都会讲闲话，但是父亲将他此生赚下的家产公平地分成三份。那是他自己赚的，他可以做主。

我的哥哥、妹妹经济状况都很好，虽然我的情况也不错，但是跟他们两个比起来还是差一点儿，而且我有两个孩子，我哥哥、妹妹都分别只有一个孩子——虽然我的哥哥、妹妹都身在印度，却都自愿地响应了中国"只生一个孩子"的政策，所以当时我父亲把他和我母亲住的那栋大房子留给了我。我问父亲，"这是你和妈妈住的房子，你认为哥哥以后会给我吗？""他应该会的，如果他不给你，那你就去法院告他，"我父亲说，"你要学会维权。"

我父亲过世后，我非常难过。我丈夫陪我去了火葬场。按照印度风俗，只有死者的儿子或男性亲属可以去火葬场，女儿不允许出现在那里，但是我妈妈允许我和我妹妹去火葬场。她认为我和妹妹都尽了孝，都尽了像儿子一样的义务，那么我们也应该享有和儿子一样的权利。应该说，我哥哥是一个思想进步的男人，他生了一个女儿后，就没有再生第二个孩子。不像许多印度人那样，将生儿子看成必须和重要的事情；然而，当我哥哥在火葬场看到我和我妹妹从车上下来时，他把我丈夫叫到一边，低声问："她们为什么在这里？谁叫她们来这儿的？"我丈夫听了很生气，说道："你知道你妹妹很伤心，你这个哥哥为什么不能开明一点儿，为什么不能让你妹妹去跟爸爸告别？"我说过我丈夫从来不知道维护我，他不是那种人。那是他人生中非常难得的一次，他为我挺身而出，因为他知道我与父亲的感情有多深；因为他知道我是如何无私地照顾我父母的。我丈夫对我哥哥说："这种时候谈的应该是爱，而不是传统习俗。"

父亲病重的时候，我照顾服侍父亲，我哥哥一点儿意见没有；我和妹妹要来分家产了，这时他有意见了。尽管他很有钱，但是他还是不愿意让我和妹妹继承遗产。他虽然不高兴，却仍然尊重父亲的决定，并没有对我说什么。反而是我的妈妈，她认

夏斯特利教授著作等身。这本书名叫《他著作的一瞥》，书名本身已经意味颇多。像他这样的人文学科的大家，一生都在默默无闻地研究、积累和吸收。在其他老人安享天年时，他们仍然在写作、研究，每天工作十几个小时。这才是真正学者的日常。非常遗憾的是，夏斯特利教授已于 2021 年 11 月 14 日离世，享年 91 岁。在这本书写作期间，老人给予我非常多的帮助，他曾经对我说，书出版了一定要寄给他一本。可惜这个愿望未能在他有生之年实现。（《他的世界里，只有梵文》）

夏斯特利教授于 2011 年 5 月第一次，也是唯一一次访问中国，见到了一批中国的梵文学者和印度学专家。图为夏斯特利教授（前排左三）与中国印度学专家的合照。前排左四为中国著名的梵文学家黄宝生教授，曾任中国社会科学院外国文学研究所所长、中国外国文学研究会会长，中国印度文学研究会会长。夏斯特利教授说那次访问是他极为美好的回忆，认识了中国老、中、青三代印度学研究者。如今这两位梵文学者都已经过世，黄宝生教授于 2023 年 3 月 23 日在北京逝世，享年 80 岁。（《他的世界里，只有梵文》）

　　舒明经教授年轻时是个美人。我看到这张她和父亲的合影时，对舒教授说："现在我明白为什么你丈夫不希望你打扮得太漂亮了，因为他怕有太多人看你，你太漂亮了。"舒教授听后哈哈大笑。(《一个婆罗门女人的故事》)

　　2017年11月，舒明经教授参加"北京论坛"。到会的世界各国著名学者约300人。舒明经教授非常喜欢中国，尤其是北京。她说北京是她最喜欢的中国城市。(《一个婆罗门女人的故事》)

为他们的房子应该留给儿子，儿子毕竟是儿子。而且我妈妈总认为我哥哥过得不好，因为他的婚姻不幸福，他的妻子并没有好好地照顾他，所以我妈妈总想弥补我哥哥。我哥哥对我说："既然爸爸把他们住的大房子留给你了，那你就要照顾妈妈。"我说："没问题。妈妈帮助我和我的孩子那么多，我很高兴能照顾她。反正妈妈和你的妻子也处不来，那就由我来照顾吧。"

打那起，我每天晚上都去看望妈妈。我父亲给她安排了很好的生活，她有自己的收入，有自己的仆人、司机、看护人员。她非常独立，但在内心深处，她变得像个孩子，渴望得到别人的关注和陪伴。所以我每天下班后，都会带着晚餐去她家里。我总是做让她高兴的事。我们会一直聊到深夜，或者一起看电视。后来，妈妈也认为把这个房子留给我是个正确的决定，如果把房子过户给儿子和那个合不来的儿媳妇，她住在里面可能没这么自在。有一天，我在闲聊中对她说："父亲把这个房子留给谁到底有什么关系？反正这都是你的房子。"她陷入沉思，小声回答："你会这么想，因为你是个女儿。"我明白妈妈话中的意思，也明白她没有说出口的话中的意思。

印度教非常重视儿子或男性的其中一个原因是，他们相信只有儿子或男性继承人可以执行自己死后的仪式，并为死者在天堂保留一个地方。当为我父亲举办"Saldh"仪式（一种宗教仪式，用来纪念和尊重逝去的灵魂，以确保他们在另一个世界幸福）时，妈妈让我安排仪式，并让我履行所有仪式。妈妈是虔诚的教徒，我父亲也是，然而他们并不盲目。今天有许多这样的印度教教徒，他们的观点是现代的，与时俱进的，他们信奉男女平等。

我说过，在我和我丈夫以前的关系中，他是强势的那一方，我要听他的，现在反过来了，我是强势的一方，他听我的时候多。有一天，他告诉我他很以我为荣。我说："噢，你多说点我的优点吧。"他说我的生存能力和社交能力都比他强，他不像我这么多朋友，这么受欢迎，因为我不仅能干聪明，还会为人处世，勇于表达，也善于表达。我永远这么多朋友，到哪里都能交到朋友，就连去一趟中国，也能交上很多中国朋友。在我丈夫眼里，这简直就是特异功能，因为人际关系正是他的短板。

当妈妈过世后，有一天我们全家去整理我父母的遗物，忙了一天下来，我丈夫说："你一定累了吧？你坐下歇歇吧。我来忙就好了。"我当时以为自己听错了，因为连我的两个孩子都没有察觉到我的疲劳，而我那个粗心的丈夫竟然如此细心地观察到了。现在他每个周末都要带我出去吃饭，说"你想吃什么就吃什么，你想去哪里我们就去哪里，反正什么都听你的"。现在我有什么需要，可以随时打电话给他，他都会照做。以前许多事情我都指望我儿子，现在相反了，从来不敢指望的丈夫现在可以指望了，而现在再让我儿子做点什么，最常听到的回答是"妈，我忙着呢"。生活就是这么难捉摸，因为你都不知道它会带给你什么。

现在我和我丈夫经常谈起以前的事情。他说自己很傻，那时对我不好，同时竟然允许他妈妈那么对我，让我受了委屈。我说傻的是我，竟然让你们那么对我。我说自己今天作为一个过来人，再看当年的自己，真是"哀其不幸，怒其不争"，然后我和丈夫都笑了。

舒教授是一个讲故事的高手，她语言生动幽默，故事讲得起承转合，还经常埋下伏笔，让我追着问"后来呢"。我对舒教授说："您不写自传可惜了。"她被我赞得有点儿激动了，问："真的吗？"我说："真的。没有好故事和坏故事，只有没讲好的故事。而您就有可以将任何故事讲得引人入胜的天赋。我连您的自传的主题都替您想好了。"

"哦？"

"就是一个印度女人自强自立、翻身做主的励志故事。"

她也笑了。我们有很一致的幽默感，甚至在择词用语方面都有惊人的相似。她说："你这么概括也是准确的。"

虽然舒教授的思想比以前进步多了，但是骨子里还很传统。比如有一次她说起印度离婚难的现象，她说自己的一个亲戚交了个男朋友，由于他的种姓低，家里人不同意。但是那个女孩婚前就有了外遇（affair）。

我笑了，忍不住打断她："舒教授啊舒教授，你那落后的、封建的旧思想又冒出来了！那怎么能叫外遇呢？婚后再交男女朋友才能叫外遇。婚前男未娶、女未嫁，你怎么可以用外遇这个词呢？人家就是正常的男女朋友关系。"

舒教授自己也笑了，改口说："对对对，就是说他们已经私订终身了。可是家里不同意，因为他是低种姓的，又给她找了一个同种姓的。她没有办法，就嫁过去了，可是婚后很不幸福。她也一直思念着自己的心上人。她就找了个借口回了娘家，再也不回婆家。她父母见她如此不幸福，也就不逼她了。她又去找以前的男朋友。丈夫见状，也找了别人。他们俩都想离婚，也都有了人，可是法院就是不批离婚手续，就这样拖着。"

舒教授来中国许多次。2010年，她第一次来中国时，发现中国跟她想象中的中国天差地别。她印象中的中国女人还是"文革"时期的打扮，到了中国后，发现中国女人这么时髦，这么自信，这么自主。回到印度，她积极向大家介绍今天的中国，有点像中国在她那个城市的发言人。有一次，她和她的朋友们一起出去吃饭，正商量吃什么呢，她的朋友就打趣舒教授说："要不要吃中餐？吃点你国家的菜吧。"她们把中国说成舒明经教授的国家了。

2016年，第二届世界印度学家大会在深圳召开，舒明经教授将她的女儿和两个外孙女也带到了中国。可惜舒教授的妈妈身体不好，无法一起前往。老太太生前最后一个愿望，就是能跟舒教授去一趟中国。她出生在巴基斯坦，一生经历坎坷。1947年后，印巴分治，印度的穆斯林教徒去了巴基斯坦，巴基斯坦的印度教徒去了印度。她母亲就属于后者，沿途目睹了太多的人间沧桑。老太太生前去过许多国家，去过美国，去过欧洲，就是没去过她的邻国——中国。

舒教授年轻的时候因为漂亮聪慧很招人喜欢，现在年纪大了，又因为善良温暖的气质，男女老少都喜欢她。舒教授的朋友特别多，走在路上，经常有人跟她打交道，从小摊贩到餐厅老板，所到之处，都是她的朋友。说真的，我真没认识几个像她这个年纪还这么多朋友的女人。舒教授也说自己在交友这方面很有天赋。有一天她的电话响个不停，我问她怎么这么忙，她有点害羞地告诉我，今天是她的生日，所以好多朋友打电话来跟她说生日快乐。

舒教授的一对儿女都斯斯文文、内敛文静，不像舒教授这么外向，充满生命的张力。有一次，我跟舒教授的女儿说："你妈妈太外向了，跟你不一样，跟我想象中的印度女人也不一样。"她女儿很自豪地说："我妈妈跟所有的印度女人都不一样，她是唯一的。"

后来我又跟舒明经教授重复起我与她女儿的对话。舒教授想了一会儿，对我说："我做少女的时候也那样，也像我女儿一样矜持内敛、腼腆文静。如果一直在顺境中，这种性格可以得以保持，像我的女儿，她嫁了一个宠她的丈夫，生活工作都很顺利，所以她的性格可以一直那样。我不同，是生活把我磨炼成现在这样。因为生活会给你最深刻的教训，你会从中学会如何调整自己。今天的我什么也不怕，什么都敢表达，哪里都可以去。"

　　我听出了不易。我想，舒教授的今天，包括她的自强、独立和自信，都是她努力赢得的，这并不是每个印度女人与生俱来的，是她自己一点儿一点儿积累下来的。◉

06

印度式包办婚姻

　　今天的中国，很多年轻人与家庭最大的抗争之一，就是反感父母安排的相亲。我认识一个中国年轻女孩子，我问她那个相亲的对象有什么不好时，她的回答是："他可能没什么不好，就是因为他是我父母介绍的，我就是不喜欢。我甚至不让我父母替我挑衣服，我怎么可能让他们给我挑丈夫？"她又说："你知道徐志摩与张幼仪的婚姻为什么失败吗？就是因为张幼仪是他父母安排的，所以徐志摩从心底里抗拒。"不知道为什么，我觉得女孩说得有些道理。她说她的对象绝不可以是父母交往圈子内的，因为那样太麻烦了。

　　几年前，我无意中看过一个在美国出生的印度裔中学生写的作文，大意是赞美自己父母的包办婚姻。父亲在婚前并没有见过母亲，只是见过照片，通过信。父亲回到印度，与母亲举办婚礼，母亲跟着父亲来到美国，从此"过上幸福的生活"，所以将来他也想这样。他认为谈不谈恋爱对婚姻的质量没有多少作用，像他父母那样就挺好的。

我对包办婚姻的认识还停留在"五四"时期，父母之命，媒妁之言，磨灭个体意愿。所以我很惊讶，一个在美国出生的印裔年轻人居然愿意接受包办婚姻。我就是带着对印度式相亲、印度式婚姻的无比好奇之心走进舒家大门的。

因为这几天，舒教授已经告诉我太多关于她儿子的故事。她的儿子26岁，没有结婚，没有女朋友，也从没交过女朋友。给儿子找个好妻子，成了舒教授的首要任务。这些信息量几乎是我一见到舒教授，一上舒教授的车子，她就倾泻而出。她快人快语地说："我现在最大的烦恼就是我儿子还没结婚。我希望他赶快结婚，真是愁死我了。"

我心想这个信息来得有点儿快啊，我们彼此还不熟悉啊。

"我有两个孩子。女儿已经结婚有了孩子，在大学里教英文写作。我的那个女婿就像我的另一个儿子。我女儿什么都很稳定，我不用为她操任何心了。就是我那个儿子，让我操心。他花太多时间跟电脑和车子相处了，他应该把时间多花在女孩身上。"舒教授又说，"现在我的首要工作就是帮他找妻子。"

我的反应是，"今天的印度还搞包办婚姻？现在中国的青年人可不希望父母掺和他们的婚事"。

"父母、长辈更了解小辈。父母毕竟是过来人，更理智，更有人生经验。长辈为你精心挑选的伴侣比你自己找的更适合你，他们会从秉性、性情、经济、家庭背景方方面面出发。他们为你考虑得更长远、更周全。婚姻毕竟是两个家庭的事情，不是两个人的事情。"

"这么说虽然有些道理，可年轻人希望自由恋爱。今天印度的年轻人，他们不反抗包办婚姻吗？"

舒教授听到"反抗"一词，内心可能很崩溃。她的表情在说：明明是个好东西，怎么会反抗？

我又问："印度的年轻人愿意吗？像你儿子，他愿意吗？"

"要我们帮他找妻子，正是我儿子的意思。他说，当年他读书的时候，我总跟他说，要好好读书，别总想着谈恋爱。现在，那些好女孩都结婚了，我又跟他说，赶快结婚。他到哪里去给我找儿媳妇！如果我想要儿媳妇，就去给他找一个。但印度包办婚姻的情况也已经发生很大的变化，我们不可能再强迫两个年轻人必须结婚，只是提供他们认识的机会。"然后，舒教授说了一句"过来人"的话，她说："婚姻就是一场赌博。不管是自由恋爱结婚还是包办婚姻，最后结果都是未知的。有父母帮你参考意见的婚姻可能会更有把握一些。"

今天，印度仍然盛行包办婚姻，结婚对象依旧是由家中长辈物色、介绍。舒教授就是因为她的大学教授和师母喜欢她，觉得给他们做儿媳妇不错，才有了自己的婚姻。舒教授的女儿顺瑞吉（Shreeja）的婚姻也是因为舒教授的妹妹看中了一个她同事家的儿子而牵线搭桥的。现在，全家人的火力又全部集中在这个小儿子身上。这个小伙子每天也面临着"催婚"的问题。只是"催婚"的压力更多地转移到了长辈身上，于是，家里的七大姑八大姨都出动了。

舒教授认为，有些人性格很复杂，想得很多，也不容易获得幸福感。她儿子不是。他是一个很单纯、开朗的男孩子，有一份他自己喜欢的工程师工作，如果再找个与他相亲相爱的妻子，他会很幸福的。他是一个能够从日常生活中感受到幸福和快乐的男孩子。

舒教授的父母过世后，把他们住的大房子留给了舒教授。

舒教授已经有栋大学分配给她的免费房子了，所以舒教授最初的想法是把父母的那栋老房子装修后租出去。因为房子很大，地点又好，他们可以收到一笔可观的租金。虽然这笔租金是她儿子工资的两倍，但是儿子却对她说："妈妈，外公外婆把他们最大的最爱的一栋房子留给了你，没有给你的兄弟姐妹，我们现在却拿房子去赚钱，让完全陌生的人住在外公外婆的房子里，那就意味着你的兄弟姐妹不能再去那里了。他们会怎么想？如果我们住进去，把房子保持得好好的，就像外公外婆在的时候一样，这样你的兄弟姐妹来了，我的表兄弟姐妹来了，就感觉外公外婆还在，这个家庭的凝聚力还在。妈妈你不用担心钱，我还年轻，赚钱的机会还有很多，但是不好拿外公外婆的房子去赚钱。"

舒教授听完这番话，决定不出租了，而是将学校分配的房子退掉，全家搬到了大房子里。我听了这个故事后，对舒教授说，以后给你儿子相亲时，就可以给人家讲这个故事。这个故事说明很多问题，比介绍你儿子喜欢什么运动、看什么电视节目、听什么类型的音乐都有代表性。

所以当我知道要见到舒教授的一双儿女——一个已经接受包办婚姻，一个愿意接受包办婚姻的年轻人的时候，我还是有点儿好奇的。

那天，舒教授请我去她家做客，说他们全家都等着见我。要见到舒教授总挂在嘴边的家人，我相当期待。一到她家，第一个出来迎接的就是舒教授的儿子舒瑞斯，他已经在那里等着啦。他高高瘦瘦，面带微笑，一看就是那种性情温和、心地善良的小伙子，果然与舒教授形容的高度一致。因为这两天听了太多关于这个小伙子的故事了，所以我一见到他，就感觉异常亲切，忍不住笑了起来。

小伙子远远地已经看到这个中国客人的笑容。那种深知内情的笑容和早已掌握情报的熟识，让小伙子立刻猜到了怎么回事——他那个快人快语的妈妈"出卖"了他。

"这两天我听了太多关于你的事情了，你妈妈总是谈起你。"我说，"所以见到你好亲切啊。"

"她都说什么了？"

"你说呢？"我反问道。

小伙子听我这么一说，更加确定他的猜测准确，他故意一阵小怪笑，意思是"早想到了"。

舒教授跟在后面笑着补充说明："我说了，我现在最需要解决的问题就是你的婚姻问题。"

小伙子"哈"了一声，意思是"又来了，又来了"。

于是，我们一群人进屋。舒教授一家已经准备了丰盛的午餐。舒瑞斯的婚事是这个家庭餐桌上永恒的主题。姐姐顺瑞吉说："爸爸在外地工作，两个星期才回来一次。他每次回来，我们全家人谈的都是我弟弟的婚事。为什么他还不结婚啊？他什么时候结婚啊？我弟弟被我们搞得很烦很烦，他说他都透不过气来了。"

今天家里有了客人，小伙子舒瑞斯可能想，今天的话题怎么也不可能再落在他身上了。

可是，今天的话题仍然围绕着他。

我问舒瑞斯："你们家每次吃饭时的话题是不是都是你的婚事啊？"

小伙子无奈地点点头。

我再问："你是不是不胜其烦啊？"

舒瑞斯说：“我经常出汗！”

我说：“今天你可能更要不胜其烦了。因为我也要加入这场谈论，我作为一个外国人，对印度式婚姻太好奇了。”

餐桌上的人都笑了。小伙子也冲我怪笑，可能觉得我还真不拿自己当外人。

舒瑞斯说自己想在事业上多奋斗奋斗，并不着急成家，所以他希望大家别老催他。

顺瑞吉说：“有一次，我弟弟带了两个女性朋友回家，她们只是弟弟的普通朋友，但是我妈妈看见她们就好像看见猎物一样，表现出过分的友好和好奇，一直问人家各种问题，搞得她们很尴尬。我弟弟为此很生气。”

舒教授听笑了，连忙承认错误，说：“那是我的错。我儿子已经说过我好多次了，我也意识到那天的行为不妥，以后我不会了。我已经决定了，以后我儿子带任何人回来，我都要像一个慈祥的老太太，安静地坐着，一言不发，只是微笑。”

舒瑞斯“哼哼”笑了两声，意思是“我才不相信呢”。

小伙子话不多，只是安静、容忍地听着这些没完没了的讨论，表现出他作为一个男性对女性集体的包容和不计较。

我问舒瑞斯：“你想找什么样子的女孩子，有什么条件吗？”

舒教授抢先回答：“我仍然希望她是同种姓的。”

“除了同种姓的，还有呢？”

舒教授又抢答了：“我希望她能讲英语。”

“这一点在印度并不难。”我说。

“大多数印度人都能说英语，但是讲一口漂亮的英语仍然需要受过良好教育。”

舒瑞斯听了，没有反驳，可见他是认同的。

"还有呢？"我说。

我见舒教授的参与精神太强了，就打断她说："舒教授，我没问你，我问他。"我把头转向小伙子。

舒瑞斯加了一条："我希望她有工作。"

"有工作这一点很重要吗？"

舒教授又说话了："我们家里有用人，如果太太不工作，她在家里一整天无所事事，就等着丈夫回家。丈夫上了一天班回家，已经很累了，可是妻子一天的节目才开始，这样很容易吵架。如果两人都工作，回家后都已经很累了，也就没精力吵架了。"

舒瑞斯听了，微微点了点头。

舒教授说，他们不要女方嫁妆："找一个受过良好教育的、有好的教养的女孩子，比找一份嫁妆重要太多了。"

"舒教授，你对儿媳妇的三大条件：一是婆罗门种姓，二是一口流利英语，三是有工作。一个一口流利英语、有工作的婆罗门女子，就意味着她是一个受过良好教育的独立女性，她本身的条件就是自己的嫁妆。"

舒教授笑了。确实如此，越来越多的印度家庭像舒教授家一样，希望找一个受过良好教育、有工作的女子，而不是一份嫁妆。

接下来，我们谈到了婚礼。舒教授说："印度的婚礼花费太多了，没有必要，还不如将这笔钱留给年轻的小夫妻。他们可以花在更重要的事情上。旅行结婚最好。"

小伙子听了，又微微点了点头。

我说："这是一个好主意。想在哪里旅行结婚？"

"不知道，出国旅行结婚是个不错的主意。"舒教授说。

小伙子又微微点了点头。

可见，对于未来儿媳妇，从条件到婚礼，再到婚后生活安排，大家如何相处，他们一家都反复谈论过，并已达成高度一致。关于爱情与婚姻，他们在日常生活中的交流沟通中，已经达成高度的共识。我想，如果在一个意见、观点高度统一的家庭，包办婚姻和由长辈介绍的相亲，自然也就有他的土壤。

这时，电话响了，小伙子离开餐桌去接了一个电话，估计也想顺便出去通通气。等他回来时，看见三个女人仍然意犹未尽，就他的婚姻问题"叽叽喳喳"个没完，我估计他都要晕了——他的妈妈和姐姐已经够烦的了，现在这个中国客人也莫明其妙地对这个话题这么感兴趣。小伙子真是一个脾气很好的大男孩，只是偶尔发出一两声小怪笑，意思是"你们拿我娱乐够了没？"

舒教授的女儿顺瑞吉是个博士，女继母业，也在大学里教授英语写作。她以前是学金融的，曾经在银行工作，但她并不喜欢那份工作，又读了博士。顺瑞吉文文静静，话并不是很多，是一位举止非常得体、知分寸的女性。她虽然已经为人妻为人母，但还保持如闺秀一般的矜持，笑起来也像少女一样腼腆。她的婚姻也是家里长辈安排的，丈夫是她小姨给介绍的。

舒教授有个妹妹，比她小七岁。舒教授从小对待妹妹就像对待女儿一样。所以当舒教授生了女儿后，她刚刚上大学的妹妹非常吃醋，觉得舒教授的爱被这个孩子抢走了。可是后来妹妹每天来抱这个小婴儿，抱着抱着，顺瑞吉就成了她自己的女儿。

顺瑞吉刚刚过了21岁生日，出落得亭亭玉立。那正是印度女人最绚丽绽放的年纪，而且顺瑞吉皮肤非常白皙，这符合印度人认定美女的审美观。小姨确认什么也关不住顺瑞吉的淑雅靓丽了，就对舒教授说："对我来说，顺瑞吉就像自己女儿一样，她的婚事就交给我吧，我一定要给她找一个好男人。"小姨在一次活动中认识了一个男孩子，男孩子刚刚参加工作，是一名公务员。小姨很喜欢这个男孩子，觉得他的各方面条件都不错，在交谈中得知，男孩子的父母还是自己的同事，知道男孩子来自一个不错的家庭，于是，小姨就问对方的恋爱状况。男孩子说他的父母正在帮自己物色新娘，但还没有找到。小姨说，我认识一个女孩，绝对的好女孩，你回家想想，和你父母商量一下，如果决定要娶一个好女孩的话，你再告诉我。几天后，男孩子就找到小姨，说自己和家里商量过了，愿意让小姨做媒。小姨这才告诉男孩子，她介绍的对象正是自己的外甥女，然后给男孩子看了外甥女的照片。男孩子一看照片便同意了。

听到这里，我就有一点儿听不懂了：什么叫同意了？是同意见面，还是同意结婚呢？我边想边把自己的问题提出。舒教授说，基本上就是同意这门亲事了，只要女孩子与媒人所说相符的话。我说，男方没见过女方，只见过一张照片，他就同意这门亲事了？舒教授笑了说："是的。"男孩子从小姨那里要到了顺瑞吉的电话，两人通了电话，彼此介绍了自己。男孩子正式去见顺瑞吉之前，先去拜访过舒教授。舒教授介绍了家里的情况，也介绍了女儿的情况，说如果有一天你们结婚，我不会过分地介入，自己是一个开明的家长。又说会给女儿一个小型而温暖的婚礼，让女儿有一个美好的回忆，却不赞成在婚礼上浪费太多的钱。男方对此很赞同。

双方正式见面是在顺瑞吉的小姨家里。双方都很满意，之后双方家长都进行了"Kundali"（一种占卜活动，像我们中国人看八字合婚一样）。顺瑞吉和丈夫总共见了几次面，就结婚了。

事后，我问顺瑞吉，如果她和她丈夫的八字不合，他们就不结婚了吗？顺瑞吉说，可能他们还是会结婚，因为那只是一种仪式；但有些家庭会认为，两个人的八字合不合还是很重要的。

顺瑞吉的婚姻是印度式包办婚姻的成功代表。在印度，一段成功幸福的婚姻不仅只是夫妻关系和谐，而且还包含两个家庭的关系和谐。舒教授对她的女婿也非常满意。就像中国人说的那样："丈母娘看女婿，越看越欢喜。"舒教授好几次跟我提到她的这个女婿，说："他就像我的另一个儿子。"

在印度的婚姻市场，公务员很受欢迎，是被所有丈母娘"猛扑"的对象。政府规定，印度的公务员不可以收嫁妆；然而，挡不住丈母娘们要送——悄悄地送。两口子关上门过日子的事情谁也不知道，所以这条规定形同虚设；但是，舒教授家确实没有给嫁妆。这是舒家的态度，也是婆家的态度。他们不愿意进行婚姻交易。

舒教授说，自己的公务员女婿级别尚且不高，但是她很看好女婿。因为自己的父亲是官员，她从小就目睹官场现状，"眼见他起高楼，眼见他宴宾客，眼见他楼塌了"。贪污腐败是印度社会的最大硬伤，许多官员都在奔向更大权力的途中跌倒在腐败这一关上，权力会让人起贪念。她的女婿很清楚这一点，从来不会为了眼前的利益而影响自己的前程。舒教授说："我们很欣慰，他是一个正直、有智慧的人，他又有能力。只要他保持这种品质，他的仕途将一片大好。"印度培养官员，是先让他们去小城市、小地方训练、工作，然后再一步一步提拔，让他们去德里这样的大城市工作。她的女婿就正在训练和培养过程中，以后他会去德里。

舒教授说，13年了，这个女婿从来没有对她或者她的女儿说过一句重话。女婿对自己非常尊重和照顾，知道舒教授这几天有朋自远方来，经常打电话问舒教授有没有什么需要他做的，还把他的司机也派给了舒教授使用。包括我住的酒店，也是舒教授的女婿亲自去看过后订下的。舒教授又说，女儿顺瑞吉也是非常好的妻子。她从来不嚼舌，不说一句不该说的话，不卷入婆家的家事。她只管好自己的小家庭。舒教授说，顺瑞吉虽然话不多，但是天生有一种女性的智慧，就是远离大家庭的纷争，凡事保持一定的距离。顺瑞吉曾经对舒教授说，只要是丈夫没跟她说的事，她就不表达立场，就当作不知道。

舒教授还说，印度流行一句话："女儿是女儿，直到永远；儿子是儿子，直到他找到老婆。"可见，我们以为的印度的重男轻女现象不完全正确，至少城市里越来越多的家庭喜欢生女儿。我说，中国也流行类似的话，就是"女儿是给自己养的，儿子是给别人养的"。在现在的中国城市里，10个老太太里有8个丈母娘。舒教授说，现在印度也渐渐开始有了这种现象。因为一来印度的妻子们开始赚钱，在家里有了话语权，愿意和自己父母生活在一起；二来女婿总是好相处的，儿媳妇并不总是。舒教授说，她的女婿也跟她说过，"不用担心你们的晚年，我和你女儿会照顾你们的，你们也可以选择和我们一起住"。女婿的话让她很温暖，但是她目前还是打算和儿子以及未来的儿媳妇生活在一起，主要是为他们着想，因为儿子刚参加工作不久，她有现成的房子、车子，住在一起可以帮儿子、儿媳妇省下不少费用。将来他们有孩子了，她也可以帮忙照顾。

午饭后，顺瑞吉陪我出门逛了一会儿。我们单独在一起时，我也从她那里得知一些印度年轻人的婚恋观。我问顺瑞吉："你如何确定你们的包办婚姻一定成功？"顺瑞吉说："我相信我小姨的判断。我们知道两个人必须在一起，所以会认真相处，更多地去看对方的优点，而不是缺点；而且，我们俩也见过几次面，知道我们合得来。因为我们性格都有些沉闷，不太喜欢热闹和交际，都喜欢把时间花在家庭上。"

顺瑞吉也告诉我："印度的包办婚姻在这一二十年已经有了很大的变化，尤其在城市；不过，广大农村还是很传统的。城市的包办婚姻，其实许多时候就是长辈们介绍相亲，然后让年轻男女自己相处，由年轻人自己决定要不要结婚。父母越来越开明，孩子自身的意愿越来越重要。"

"对于家里人安排的对象，年轻人会不会有很大的压力？就是万一处不好，两家的长辈是不是也会受牵连？"我问。

"会有的。所以介绍人会特别谨慎，会物色一个他们认为你会喜欢的人。而且，现在的家长已不像以前那样权威，现在的孩子也不那么容易因屈服于压力而结婚。"

顺瑞吉并没有和她的公公、婆婆住在一起，因为她的公婆住在另一座城市。多数情况下，印度的年轻人还是和男方父母生活在一起；不过，这种现象也在逐渐改变中。越来越多的小家庭独立出来过日子。

"印度的年轻人会网恋吗？这在中国和美国都很普遍。"

"目前还是比较少的。因为大家都不知道网上认识的人的情况是不是属实，所以比较谨慎。"

"今天的印度年轻人有婚前性行为的多吗？"

我之所以问这个问题，是因为我读过印度作家奇坦·巴哈特（Chetan Bhagat）的小说，他小说里的年轻人都很开放，约会几次就开房了——与今天的美国或者中国的年轻人无异。然而，我在旅途中又时常感觉印度社会仍非常保守、传统，所以非常好奇今天印度年轻人的开放程度。我想我要是问舒教授这个问题，舒教授会吓得面红耳赤的。因为她连她们家的那个亲戚婚前交过男朋友，都认为那叫"外遇（affair）"。顺瑞吉是个年轻人，一些话题比较容易谈。

　　果然，顺瑞吉很大方地说："大城市有的。小地方的人传统些，很多男人仍然有处女情结。"

　　"印度有没有上门女婿？就是'倒插门'。"

　　顺瑞吉不太明白。于是，我花了一点儿时间解释什么是上门女婿。等顺瑞吉明白过来后，那么斯文的一个女子竟然叫了出来："中国的这个现象太好了，太聪明了。"

　　"这是中国的民间智慧。"

　　"如果印度也有这种传统，困扰印度的许多问题就都能解决了。"

　　我问："在印度，是女的管钱，还是男的管钱？在中国，现在基本上都是女方管钱。女人在家庭中掌握经济大权，说话比较有分量。"

　　顺瑞吉说："多数时候还是男方管钱，如果跟公公、婆婆住在一起的话，那也可能是男方家庭管钱。有时候，就算女方有工作有收入，也需要将她的收入上交；但是，现在这个现象正在改变，越来越多的女方开始掌握财政大权。至少她们可以先掌握自己的收入，不再上交；然后，她们也开始掌握丈夫的收入。我们家就是我管钱，我丈夫把他的钱交给我管。"

"你怎么称呼你的公公、婆婆？是像美国人那样直接叫名字，还是像中国人那样叫爸爸、妈妈？"

"爸爸、妈妈。我丈夫也叫我父母爸爸、妈妈。印度大部分家庭都这样，也有一些家庭叫叔叔、阿姨。我们不像西方人那样直接叫名字。这在印度人看来是非常没有礼貌的行为。"

这是我从舒教授一家人那里得到的关于对包办婚姻的看法。不仅舒教授一家这么看，我认识的其他印度人对包办婚姻的看法也大致如此。所到之处，所见之人，他们都这么告诉我：

"外国人对包办婚姻有偏见。印度的包办婚姻也在改变，并不是像你们以为的那样落后。父母包办的婚姻可能比自由恋爱的婚姻更坚固。"

"包办婚姻比恋爱婚姻更好"，这个观点被当作好的传统被广大印度民众接受并继承，就像中国人把孝道作为中华民族传统美德来接受一样。

当然，印度今天的包办婚姻的性质也正在发生巨大变化，不能再将婚姻简单地归类为"包办婚姻"或"自由恋爱的婚姻"。许多时候两者之间是"你中有我，我中有你"。比如，父母安排了结婚对象，也会让两个年轻人先相处看看，年轻人有最终的决定权。又比如，男孩和女孩彼此相爱，相互了解，他们可能是大学同学或同事，一旦他们决定结婚，他们的家人也别无选择，只能"安排"他们结婚。

告别舒教授一家后，我回到德里。在我住的酒店餐厅，我遇到一对来印度参加朋友婚礼的美国夫妇。我们闲聊起印度行的感受，也谈到印度式的包办婚姻。美国旅客说，简直不可思议，印度真的是"行走在传统和现代之间"。这是一个自由民主的国家，可是也同时保留着许多传统的东西，例如包办婚姻。

我立刻就把这几天接收到的信息转手出去，说："我们外国人对印度的包办婚姻有误解。其实包办婚姻并不像我们想象的那样。美国人都是自由恋爱，自由结婚，结果，离婚率高达50%。美国有一个关于结婚的段子：有人说，结婚的时候，一想到有50%的可能性要与同一个人终身厮守，就很害怕。可见在美国，离婚已经成为常态。婚姻就像下注一样，有父母押宝的赌注胜算的可能性更大。"

　　说完后，我对自己的脱口而出感到诧异。◉

舒教授和她的用人们

　　我对印度用人好奇，却不自知，是舒明经教授指出来的。她对我说："你对我们家的用人好像很感兴趣啊。"听了舒教授这话，我才意识到自己问了很多关于用人的问题，像他们老家在哪里，工作多久了，对未来的打算……搞得用人都纳闷，为什么这个外国客人如此关心他们的生活。用人们都不会讲英语，于是，我列了一个问题清单，请舒教授和她的女儿顺瑞吉帮我去问他们，进行社会调查。这些用人绝大多数都没念过书，这下子感觉像是被人拉去做功课了。

　　我好奇的原因是，我们普通外国观光者很难有机会真正了解印度底层人民的生活，所以印度用人是我了解印度底层社会的一扇门。

　　我认识的印度家庭都有用人。这些家庭并非都是大富大贵之家，许多只是普通的中产阶级家庭。在印度，用人是必需品，不是奢侈品。舒教授说，一来是因为印度的用人人工便宜，二来是因为印度的灰尘太多了，一天不打理都不成，没有用人不行。加上印度非常炎热，许多家庭没有冰箱，于是，买菜做饭就更耗时耗力。所以，请用人——至少请个钟点工就显得非常有必要。舒教授说，她有些朋友移民到了美国、英国，房子也很大，没有用人，他们打理起来并不觉得有什么问题，买菜做饭也很方便。而有钱的印度人家，虽说现代电器种类齐全，但他们认为这些现代电器都不如用人用起来方便。总之，各个阶层的印度家庭都觉得请用人是方便且划算的。舒明经教授说，她可能是最后一代可以一生完整享受用人服务的印度人，因为总有一天，用人会成为奢侈品——就像在大多数发达国家一样。

"印度的用人和老爷之间约定俗成的礼制，是在维系和强化社会的等级制度。"印度外交官瓦尔马（Varma）在《印度人特征》（*Being Indian*）一书中如此写道。印度至今还保留着用人阶层，但是用人制度已经发生了很大的变化，尤其在这十几年。舒教授几乎目睹和见证了这些变化。她一生不同时期经历了不同的用人，可以写一部印度用人发展史。所以用人这个话题，舒教授有发言权。

我们就从舒家了解一下印度的用人"进行曲"。

舒教授的曾祖父是一位德高望重的律师，曾在英殖民时期被授予国家勇士勋章（Diwan Bahadur），这是对为国家服务人士的最高荣誉。她的曾祖母，是一个富有人家的千金小姐，当她14岁出嫁时，娘家给她的众多嫁妆中包括了一名用人，这很像中国以前陪嫁丫鬟。只不过那个时代的印度用人多是男性，所以陪嫁的是一个只有13岁的小男孩。这个男孩一直跟随舒教授的曾祖母。他结婚生子后，他的后代继续为这家人服务。他把自己当成这家的人，一生忠诚于主人。忠诚来自他的本性，也来自他的需要，他需要依附于主人一家才能生存下来。舒教授的曾祖母也一生善待这个男佣及他的家人，后来还培养男佣的儿子当了司机。这是那个时代的主仆关系。

后来到了舒教授父亲的时代，她父亲当年是印度中央邦警察署署长，家里曾经配了36个用人。我一听，首先问他们家房子得多大，才能装得下36个用人？舒教授笑了，说政府给配了一栋很大的房子。他们搬出后，这栋房子直接被改成了医院。那是1984年，博帕尔市发生了历史上最严重的工业化学事故，被称为博帕尔毒气泄漏事件，造成2.5万人直接致死，几十万人伤残。当时，舒教授家的老房子正好空着，就直接被改成临时医院了。

我又问36个用人如何分工，舒教授说，其中两个站岗，五六个巡逻，三个开车，五六个打理花园，一个专门负责接电话记录留言。家里还养了奶牛和水牛，有专门的用人负责挤奶。用人的分工很细，每个"工种"都有特定的印地语名称。比如，有一个工人是专门洗衣烫衣的，他的工种就是"烫衣工"。用人之间，我不干你的活儿，你也不干我的活儿。比如，厨师是与食物打交道的，他们都来自高种姓，所以厨师绝对不做洗衣、擦地这些低种姓才做的粗使活儿。当然，那是以前的传统。舒教授说，现在能找到做事麻利的用人就不错了，管他什么种姓呢。

成长在一个佣仆成群的大家庭，舒教授小时候口渴了要喝水，只需要摇一摇小铃铛，就有用人把水送来。那个年代，用人管舒教授叫"小姐"（baby sahab）。舒教授可以直接叫用人名字，但是用人绝对不可以直接叫小主人的名字。

舒教授很会照顾人，总是先想到别人。我们出行的时候，她总会先问别人"累了吗？渴了吗？"看不出来她曾经来自一个用人成群的大家庭。舒教授说，一个人的成长环境与勤劳吃苦的能力并无必然关系，有些人出身富贵仍然能勤劳吃苦，有些人出身贫苦却也怕苦怕累。何况她的母亲也总是教育几个孩子，享受的是待遇，不是真正的生活。母亲不让用人整理两个女儿的衣帽间，她们必须自己整理。母亲还教她们女红，母亲自己就是打毛衣的好手，所以舒教授也会打毛衣。尽管家里有厨师，但是母亲总是亲自下厨做饭，或者指导厨师做饭。

舒教授说："做饭是妻子的责任，这是印度的传统。我的父亲也期望我的母亲为他和孩子们做饭。这种传统到我们这一代仍在继续。这是一个妻子、一个母亲的责任。丈夫期待看到妻子为他精心烹制的晚餐，感觉到妻子的温情，不是有一句话说'要想抓住男人的心，先抓住他的胃'。孩子也从小产生食味上的记忆，以后会说，我最喜欢吃的就是我母亲做的这道菜。如同教授母语，母亲把味觉记忆深深地种植在孩子的心里，熟悉的味道就是家的方向。现在，这个传统开始改变了，从我女儿这一代人开始。她会直接叫用人做饭，她可以完全不参与，或者只做一道菜。现在，印度丈夫们开始不再期待妻子给他们做饭了。那个时候，尽管我们有36个用人，但是我母亲仍然亲自下厨。"

36个用人一直工作到1984年舒教授的父亲退休。退休后，政府仍然为他保留了3个，其中，一个厨师、一个司机和一个做内勤的用人。因为习惯了家里有很多用人，舒教授父亲自己又雇了两个，所以家里一直有5个用人，直到其父亲过世。舒教授的母亲最近也过世了。我问舒教授，那些用人现在如何安置？舒教授说，那个司机已经有了去处，舒教授的母亲在世时为司机在政府单位找了一份差事。母亲还有一个年轻的小女佣，她上过学，她的工作就是为年老眼花的母亲读报。这个会读报又年轻的女佣，早就找到了一份不错的工作。另外两个也找到了工作。只有一个耳聋的老女佣，跟了母亲20年，她找不到工作。舒教授觉得自己对这个老用人有责任，于是把她留在自己家里工作。

到了今天，舒教授家里只有两个用人。其中一个是跟了她20年的四五十岁的女佣，她的名字叫查图白（Chaturbai），在印地语里是智慧的意思。"智慧"管舒教授叫"Didi"，即印地语"姐姐"的意思。用人叫女主人"大姐""阿姨"，在印度已经越来越普遍。她偶尔也管舒教授叫"Mummy"（妈妈、大妈）。我问舒教授："她什么时候会叫你大妈？"舒教授笑道："多是逢年过节我给她礼物的时候。"而舒教授的孩子管"智慧"叫"Chaturbai Didi"，翻译成"慧姐"应该是最恰当的。

从称呼上就能看出来，印度用人的地位和处境也已经有了很大的改变。舒教授父亲那个用人成群的家庭，用人们叫男主人"老爷"（Sahab）、"少爷"（Baba Sahab），叫女主人"太太"（Baisahab）、"小姐"（Baby Sahab）。现在基本上已经不这么叫了，只有落后地区才仍然称呼"老爷""太太"。现在，用人一般叫雇主"先生"（Sir）、"夫人"（Madam）这些英文称呼，或者是"大姐""阿姨"。用人称呼雇主家的孩子，也不需要叫"小姐""少爷"，而改叫"姐姐""哥哥"。即使雇主家的孩子还是小朋友，为了表达礼貌，也会使用敬语，叫他们"姐姐""哥哥"。很多时候，也可以直接叫雇主家孩子的名字，这在以前绝不可以。这是一个很大的改变。现在，孩子们也不再对用人直呼其名，而是根据用人的年纪称呼"阿姨"或"姐姐"，跟我们中国人管保姆叫"张姨""红姐"的习惯相似。当然，中国的保姆是"家政人员"，而印度仍然保留"用人"这种职业，从两种职业的称呼上就能听出区别。

舒教授又解释，在印度的今天，"姐姐""哥哥"这类称呼只是一个泛泛的礼貌用语，就像在中国一样。比如，到小卖部，你想买一瓶水，又不知道店员叫什么，哪怕是一个比你年轻的男子，你也可以叫人家一声"大哥"。这一点跟中国的习俗也非常相似。今天中国的职场也时常会称呼同事为"刘姐""王姐"。但印度的职场不是这样，他们仍然保持着英国职场的规矩。

我问舒教授，慧姐是从哪里找的？印度有没有像中国那样的家政服务中心？舒教授说有的，她曾经从中介那为母亲找过一个夜间护工，但是慧姐不是从家政服务中心找的，而是邻居介绍的。舒教授更倾向于熟人介绍。

那时，慧姐还是一个和丈夫一起刚来城里打工的年轻小村姑，穿着纱丽，每走一步，都带着一种谦让和防御的羞涩模样，像是走错地方一样，畏首畏尾，心也总是悬着，担心自己做得不对被主人骂。慧姐先在别人家里做用人，后来，这家人出国了，就把慧姐介绍给正在找用人的舒教授。慧姐人聪明又勤快，而且还会按摩。会按摩这一条对舒教授很有吸引力，因为她的肩膀经常酸痛，于是，慧姐很快就成了她家的得力助手。

那个时候，舒教授的两个孩子还小，慧姐的两个孩子更小。舒教授就把她的孩子穿不下的衣服送给慧姐的孩子。慧姐很容易就被这点儿小恩小惠感动了，而且还把自己的感动化成更努力的工作。总之，那时的慧姐话不多，害羞，老实，笑得内敛而克制，很容易满足。在这20年中，舒教授看着慧姐一点儿一点儿地变化、成长。

慧姐真正的成长是到城里打工以后开始的。她一天学也没上过，是社会这个大课堂催育了她的成长，她就像竹子拔节似的噌噌上蹿。到了城市，见了世面，从舒教授身上，从她接触的各种人身上，尤其从电视里学到太多的东西。舒教授说："可不能小看电视这个东西啊！"慧姐的各种意识都被电视引发出来了，什么男女平等啊，什么平权啊，这些意识像打开的水龙头一样，关不上了。

慧姐刚进城打工时，需要将所有赚来的钱都上交给丈夫。有时候，因为在外面打工回家晚了，没来得及给丈夫做晚饭，丈夫就会打骂她："我的晚饭呢？你又没给我做晚饭！"丈夫认为慧姐12岁就嫁给他，便是他手上的泥，想怎么捏就怎么捏。有几次，慧姐向舒教授请假："Didi，我今天可以早点儿走吗？"舒教授说："可你的活儿还没有做完呢。"慧姐说："我知道。我明天给你补上，可以吗？""为什么呢？"慧姐说："我要回去给我丈夫做饭，不然他会生气的。"印度丈夫把妻子给自己做饭这件事看得无比重要。慧姐的丈夫还酗酒，喝醉后就打慧姐。丈夫最常挂在嘴边的是："喝点儿酒怎么了，有什么大不了的，我又没偷没抢！"丈夫给慧姐的唯一饰品就是酒后留在慧姐身上的伤疤。

后来，情况彻底改变了。有一次，丈夫又喝醉了打她，慧姐急了，打了丈夫一巴掌，然后说这就是被打的感觉，又说："只有无能的男人才会打比自己更弱小的妻子。"慧姐的丈夫当时就被打醒了，也被这句"很不慧姐"的话给吓醒了。其实，那句话不是慧姐自己想出来的，是电视剧里的一句台词。那以后，丈夫再也没有打过她，因为慧姐已经警告过他，再动手，她就去警察局！丈夫知道慧姐早已不是那个清瘦的、低眉顺眼的、捏方捏圆由他来的小村姑了，慧姐已经成为一个壮实的大妈，腰间均匀地堆积着一层又一层的脂肪。她仍然穿着纱丽。露腰的纱丽恰恰最容易暴露肚子上多余的赘肉，每走一步，每动一下，它们都会发出不同幅度的颤抖。今天的慧姐浑身是劲儿，也浑身是胆，甚至有些泼辣、"没羞没臊"和"倚势仗势"。

比如,慧姐会直接对舒教授说:"Didi,你的这些纱丽都已经很久不穿了。如果不要的话,就给我吧。"慧姐需要水果时,就会随手从舒教授家后园的树上摘几个下来,然后说:"今天果子掉了很多下来,我就拾了几个带回家了。"舒教授跟我讲这些时,一边说一边笑。显然,她是当作笑话跟我讲的,她允许慧姐在自己面前耍些小聪明。

当慧姐知道舒教授一家离不开她时,她就想涨工资了,又不知道怎么跟舒教授说,于是就动了些小心思。她一边给舒教授按摩,一边告知:"Didi,我妈妈身体不太好,我要回老家看她了。"舒教授从小生活在有36个用人的家庭里,没有慧姐的日子,舒教授需要"自立",一两天还可以,日子久了就有些撑不住了。舒教授对慧姐的心思心知肚明,慧姐的妈妈"病重"了几次后,她直接对慧姐说:"我的工资每两年就会涨一些。我涨工资的时候,就给你涨同等比例的工资吧。"从这以后,慧姐的妈妈也不随便"病重"了,慧姐回农村老家的次数就固定了下来,每年两次,每次两个星期——这是慧姐的带薪假期。

今天的慧姐有了自己的银行账户,她已经抢回了财政大权,因为她现在赚钱比丈夫多。丈夫也在一户人家做用人,但是并不稳定。偶尔,丈夫也去集市卖一点儿气球之类的小玩意儿,他也想努力多赚一些。丈夫每次出门干活儿都会朝慧姐看看,意思是说:看见了吗?我也在干活儿,我也没闲着。

有了财政大权的慧姐就可以给自己娘家汇钱了。在印度农村,嫁出去的女儿就是"泼出去的水",没有收入,没有地位,怎么可以给自己娘家寄钱呢?现在不同了,慧姐赚钱了,而且还是家庭的主要经济来源。丈夫也不敢说什么,如果他开口,慧姐就会说："既然我们要照顾你的父母，那我的父母呢？我赚钱了，我当然也要照顾自己父母。"今天，像慧姐这样的印度农村妇女越来越多。

她家里的负担很重，除了要照顾父母，还要挣孩子的学费。慧姐夫妇俩都是文盲，他们省吃俭用，送两个孩子去英语学校。现在，慧姐在家里很有地位，两个孩子都站在慧姐这一边，因为孩子们从小就看到母亲为他们起早贪黑干活儿，一个人打几份工，就是为了送他们去英语学校。她从雇主家拿回来一些水果和食物，自己也舍不得吃，全"孝敬"给孩子和丈夫了。孩子们叫慧姐也吃点儿，慧姐淡淡一笑说，在雇主家吃过了。孩子们恼了，朝她叫："谁要你省给我们了？"慧姐只是带着牺牲精神任劳任怨地一笑。这样的慧姐让她的孩子们常常觉得亏欠了她，一生都亏欠了她。所以，丈夫一对慧姐吹胡子瞪眼，两个孩子就群起而攻之。丈夫势单力薄，常常只落个两眼翻白、哑口无言的份儿。

进城打工后的慧姐就像一个精干的主妇，总是释放着永不衰竭的能量，如同张开翅膀的母鸡，保护和支持着她的孩子，还有她的丈夫。而丈夫针对慧姐的抗拒和抗拒不成后的忍受也日益明显。丈夫在家里变得弱势，有点儿失落，于是迷信一位"巴巴"（Baba）。"巴巴"就是宗教头目的意思。丈夫视这位"巴巴"为神明，跟随他参加各种宗教活动。慧姐经常因为这个和丈夫争吵，慧姐认为丈夫应该多花时间在养家糊口的营生上，而不是跟随"巴巴"。当慧姐大声质问丈夫又去哪里了、孩子的学费怎么办时，丈夫当然能听出慧姐对他没有赚到钱的抱怨，为此他就又两眼上翻，无力辩解，只能无声无息地忍受着，要不就理屈词穷地回敬："神自有安排。"后来，这位"巴巴"因为一起强奸案被抓，上了新闻。慧姐知道后，愤怒地冲丈夫嚷道："看看你都跟随了什么人吧，跟着这样一个坏人，只会学坏。"丈夫却至今还坚信警察抓错人了，认为这位"巴巴"是好人。

20年过去了，舒教授的两个孩子都已经长大，现在家里已经没有太多的活儿给慧姐做了。慧姐就只在舒教授家做半天活儿，每天早上6点半就来了，给雇主一家煮姜茶。印度人的一天是从姜茶开始的。一杯上乘可口的姜茶的制作需要几道工序，先将一块姜削皮捣烂，再加水加茶叶以及大量的奶，煮上几分钟，还要加大量的糖。早上喝姜茶是印度人的习惯，慧姐也会顺便给自己准备一杯。如果慧姐在自己家里煮姜茶，她会少放一些牛奶，在雇主家，她就想加多少就加多少。然后，她为舒教授一家准备早餐，再为他们准备中午的便当。舒教授一家人用早餐时，慧姐就会收拾屋子，像整理房间、抹地，也洗一些衣服。舒教授家的衣服大部分用洗衣机洗，也有些料子只能手洗。慧姐做完屋里的活儿，就去后园浇水。舒教授家的后园种了各种水果，像杧果啊，木瓜啊，慧姐很精心地照顾这几棵果树，同时密切注意果树的长势。就像前面提到的那样，她会摘一些水果下来，对舒教授说，水果掉在地上了，她可以拿几个回家吗？

舒教授又一次听到这些老把式的言语，又一味地说"好的呀"。她完全不计较，不戳穿慧姐重复使用的这些伎俩。后园的水果这么多，她不介意慧姐拿一些回去。相反，舒教授很体贴慧姐。慧姐愿意早上6点半就到他们家，就是为了也能喝上一杯可口、美味的姜茶。时间对慧姐来说并不值钱，没有姜茶值钱。慧姐没有钱，慧姐有的就是时间和力气。

舒教授一家大概9点半离开家上班。慧姐也在那时离开这里，去下个雇主家工作4个小时。慧姐在她家的工作时间是每天早上6点半到9点半，舒教授付给她5000卢比。慧姐有两个雇主，所以她一个月的收入有1万卢比，相当于1000元人民币。

慧姐已经在城里定居下来，不想再回农村生活。她宁愿在城里住狭窄的小屋，也不愿回农村，只是一年回农村两次，看望她的家人。每次从农村返城，慧姐都说以后再也不回去了。那里生活太艰苦了，经常停电，卫生条件又差，而且蚊子很多。说是这么说，过了6个月，慧姐又会回农村探亲，回来再接着抱怨。可慧姐的孩子们连回农村老家探亲的愿望都没有。

慧姐的两个孩子都是在城里长大的。女儿已经大学毕业，而且找到一份不错的工作。她在警察局的呼叫台工作，就是有人打电话来投诉、反映情况的时候，她是接线员。儿子还在读书。慧姐一天学没上过，连自己名字都不会写，所以很欣慰她的两个孩子都受到了完整的教育。他们的生活比她好，做用人的生涯就在慧姐这一代结束了。舒教授说到这里时，很认真地对我说："你看到不同了吧？以前用人是子承父业，现在用人的孩子已经不可能也不再需要当用人了。"

20年下来，舒教授和慧姐的关系已超出了一般的主仆关系。慧姐和丈夫都没有上过学，慧姐遇到困难时总想起舒教授，因为她认为舒教授有那么大学问，什么都懂。遇到与孩子上学有关的事情，他们就会请舒教授帮忙。慧姐知道舒教授一定会帮助她，因为她对她们的主仆关系有这样的信心。当然，许多时候，她们也是一对说话的伴儿。慧姐也会将自己的生活跟舒教授说，什么丈夫迷信"巴巴"像是中邪了似的，什么丈夫这个月又没赚到钱啊，当然也包括她12岁结婚的事情。舒教授知道这一细节后，一脸疑惑，好奇地小声嘟囔了一声："12岁？"舒教授话还没说完，慧姐一下子就意会了，她急匆匆地阻止舒教授"罪恶"的想象，一脸郑重地大声纠正道："没有啊，不是你想的那样啊。结婚后，我娘家又养了我几年，把我养大了才把我交给我丈夫的。"舒教授也立刻对慧姐的解释心领神会。这么一问一答后，两个女人都看着对方心照不宣地笑，明白了对方的心思。两个女人都这把年纪了，索性就笑出声来。

舒教授跟我讲这个细节是为了告诉我两件事情：一，印度的童婚跟我们想象的并不完全一样，正常情况下，是等新娘具备生育能力后才开始同房。二，慧姐人很聪明，很多时候，不用说透，她就已经明白了。慧姐也很会聊天，语言能力很强。慧姐吃亏就吃亏在没有接受教育的机会。

聊天是慧姐的强项。慧姐有一帮用人朋友。印度的用人们也有自己的小团体，他们相互攀比，比较他们雇主的地位，开的车，还比较彼此的收入与待遇；接下来，也会相互支招，交流如何与自己的雇主交涉。更多的时候，是在一起七嘴八舌地八卦雇主家的事儿。这一幕好眼熟啊，就像发生在中国某小区楼下的保姆的故事。用人之间不仅互嚼舌头，还会回来跟雇主报告他们了解的一些消息。比如，有一次，慧姐看到舒教授女儿顺瑞吉家的一个用人在另一户人家的花园干活儿，她立刻及时地向舒教授汇报了："Didi，你知不知道×××又找了一份额外的工作？"慧姐认为她有向雇主家报告的义务，同时她也去打听这个园丁是得到雇主允许，还是偷偷地背着雇主在外面多打了一份工。

慧姐经常在舒教授家看电视。最近，她在电视上看到不粘锅的广告，才意识到舒教授家用的也是这种锅，就对舒教授说："Didi，你们家的锅好像跟广告上的一样？"舒教授说："过去我们做米饭，会放一点儿油，现在年纪大了，不适合吃太多的油，所以就改为不粘锅了。这样，做米饭时就不用放油了。"慧

图为舒明经教授与她女儿顺瑞吉一家。顺瑞吉的婚姻可称得上包办婚姻的幸福范本。在印度，所谓的婚姻幸福范本，不仅需要夫妻恩爱，还需要双方家长满意，两家人关系和谐。顺瑞吉的公婆对这个儿媳妇非常满意，同样，舒明经对女婿也是越看越喜欢，说他就是自己的"半个儿子"。（《印度式包办婚姻》）

这是舒明经教授的女儿顺瑞吉出嫁的场面。新娘顺瑞吉手上这种名叫"曼海蒂"的手绘艺术在印度最早可以追溯到5000年前。在印度有一句话,即"没有曼海蒂,婚礼不算齐"。(《印度式包办婚姻》)

姐听进去了，觉得好有道理呀，她的年纪也大了，也不适合吃太多的油，是不是也应该改用不粘锅呢。慧姐立刻问舒教授是在哪里买的不粘锅，舒教授听出了暗示，说："不用买了，今年排灯节的时候，我就把这套不粘锅送给你。我再买一套新的就是了。"慧姐很高兴，之后又几次提醒舒教授："Didi，你要记住排灯节时把这套不粘锅给我哦。"以后，慧姐再擦洗这套不粘锅时，就格外精心，因为就相当于是在为自己擦洗了。

舒教授对我说，现在跟以前可不一样了，现在需要经常给用人一些好处和礼物，这样他们才会做长久。以前是买方市场，现在是卖方市场了。当然，好处不仅是一些纱丽和不粘锅，还有别的。慧姐的女儿考大学时，舒教授帮她进了政府大学，因为印度政府办的学校对女生免学费。后来，这个女儿结婚了，舒教授也包了1万卢比（相当于1000元人民币）的红包。

我问舒教授，慧姐跟你这么久，她有没有做过什么让你很讨厌或者很感动的事情？

"她跟我20多年了，越来越想偷懒了。这就像任何一份工作，工作久了，跟老板熟了，就懈怠了。我最近经常发现厨房不干净。说到她让我感动的事情，我得想一想。"舒教授想了一会儿后，说，"真有。那是很多年以前，我的儿子还小，有一天晚上，他玩滑板把门牙给摔掉了，我吓坏了。我们就带他去看牙医，把我女儿独自留在家里。我女儿害怕，我就叫人去找慧姐。慧姐知道了，没有说这么晚了她不能来，而是把自己的两个孩子留给丈夫带，跑来我家陪我女儿，直到我们回家。这是多年以前的事了，我都忘了。谢谢你问我这个问题，让我想起她的好来。你知道，这几天，我正为她的偷懒生气呢。现在，我觉得我不应该总盯着她的不完美处，而应该多想想她的好。"

我在博帕尔市参观期间，每天接送我们的是舒教授女婿家的司机。舒教授和她的女儿女婿住得很近。司机是一个穆斯林，这几天都是他接我们出去参观、游玩。他曾经带我们去参观塔吉乌尔清真寺（Taj-ul-Masajid），据说这是印度最大的清真寺。舒教授说，这几天司机和我相处下来，他都被逼得蹦出不少英语单词。我要是再待久一点儿，司机的英语可能会讲得更好。一次，司机通过简单的英语，再加上舒教授的翻译告诉我，他喜欢带舒教授和我出去参观景点，这比带男主人去办公室或者外出工作有意思多了。

　　我曾经问舒教授的女儿顺瑞吉：印度有如此多不同宗教，信仰不同的老百姓在日常生活中的关系如何？信奉不同宗教的雇主与用人之间有矛盾吗？

　　顺瑞吉说："在一些情况下，确实有矛盾，在某些时候甚至很激烈。比如，印度教和伊斯兰教就是非常不同的宗教，人们当然还是更愿意跟自己有相同宗教文化背景的人打交道；但是，我们也习惯了多元文化、不同宗教，因为印度是多宗教多元文化的国家。所以，原则上讲，信仰不同的印度老百姓会在日常生活中找到能彼此容忍、融合的相处之道。说到我们的司机，他是一个认真做事的人，我们从来没有因为他的宗教而与他有过任何不愉快；而且，他一直为印度教雇主工作。穆斯林在这个国家的大多数邦都是少数，他们就业时通常不会挑剔雇主的宗教信仰。我相信，他也是喜欢为我们家工作的。"

　　舒教授为了让我了解今天的印度用人如何今非昔比，给我举了个例子：她有个朋友最近新找了一个用人，用人做了一个星期后就抱怨工作地离自己太远了，要求雇主给他买一辆自行车。雇主不同意。用人说："那我就自己买，但是你得先垫上这笔钱，然后每个月再从我的工资里扣一点儿。"雇主答应了。

舒教授给我讲完这个故事后，说："这种事情在我年轻的时候从来没有发生过。以前的用人是大家庭的一部分，他们忠诚于这个家庭，用人往往将服侍东家看作是命运和生活的一部分。现在的用人把这当作一份工作，如果有人出价更高，他们随时走人。以前，雇主可能一生就生活在一个地方，用人可以终生跟随；现在，雇主自己都要每几年搬一次家，用人不得已也要换新雇主。你叫他们忠诚于谁？以前的雇主还会打用人，现在可不敢了。用人的平等、人权意识越来越强。用人如果去告你，一告一个准儿。相反，现在经常在新闻里看到用人偷窃、抢劫甚至谋财害命的案子，老年人更是他们锁定的目标。所以，我们都不敢在家里放太多的现金。如果真的发生了失窃，很难查出是谁干的，因为大部分印度家庭都不止一个用人，用人之间会互相推脱、指证。"

我问了一系列问题，比如，印度的用人会在背后八卦雇主家的事情吗？用人之间会不会将雇主家的事情到处传扬？舒家母女乐了，说："是啊，会的啊！"

我又问，在印度有没有主仆之间发生浪漫史后女佣成为女主人的事情？这对她们来说，有点儿离奇。我解释说，中国和美国都有保姆嫁给男主人变成女主人的情况。舒教授说她没听说过，她说："在印度，就连离婚后再婚的情况都不多见，更别说跟女佣结婚的了。印度的阶级、种姓观念仍旧顽固，与女佣结婚这种事情即使没有跨越种姓，也跨越了阶级。只听说过男主人强奸或者和女佣发生不伦恋的。有一个印度男明星叫悉尼·胡加（Shiny Ahuja），他就是因强奸了他的女佣被告发致使锒铛入狱。可没听说有和用人结婚的。很多男人不负责，玩弄女佣后再打发掉，或者给一笔钱后让她消失，为什么需要结婚呢？！"

我说："现在中国保姆的收入不算低，在大城市，月薪为5000—7000元人民币左右；而普通大学生毕业后面临巨大的就业压力，有时候也只能找到2000—3000元人民币月薪的工作。印度有这种情况吗？"

她们说，印度现在还没有这种情况，但是可以预见这种光景不久以后会发生在印度。现在印度最烂的大学的毕业生也至少有1万卢比的收入。

我又说："美国的一些保姆都是大学毕业的，因为在美国当保姆没有什么丢人的，收入还不错。我的一个朋友最近请了一个硕士毕业的年轻保姆，而且她学的还是幼儿专业。中国目前愿意从事保姆的大学毕业生非常少。大学毕业生宁愿找一份2000—3000元月薪的工作，也不愿意做赚7000元月薪的保姆。我相信印度的情况更是如此。"

舒教授说这个离印度的现实确实还比较远，而且可能在未来很长时间内都看不到这种光景。印度的文盲比例很高，印度大部分用人都是文盲。

尽管舒教授一再强调印度的用人已经跟过去很不一样了，而且不断地"举例说明"；但据我观察，他们用人的身份和地位并没有发生根本的变化。因为我们的参照物不同，她参照的是过去的印度，我对照的是今天的中国或美国。比如，当我问用人问题时，用人一直站着回答。当时我就想，如果是中国或者美国的保姆，早就自己坐下来和我说话了，根本不用请。再比如，那天我问了舒家母女那么多问题，但是最让舒家母女吃惊的竟然是同桌吃饭问题。我问："用人可以上桌和你们一起吃饭吗？"她们大声说："不！"然后立刻反问："在中国是可以的吗？"我说："是啊，住家的保姆是和雇主家一起吃饭的。"她们"啊"的一声叫了出来。由此可见一斑。

我讲了不同时期印度用人的许多小故事。这是一部印度用人的"进行曲"，再过十来年，我希望还有机会将这部"进行曲"续写下去。那时的光景定是不同。◉

08

进城打工的小女佣满月

我是在舒教授的朋友南娜（Naina）家里见到满月（Poonam）的。她是南娜家里的小女佣。

那天，南娜请我去她家里做客，我很高兴地接受了邀请。这是了解一个国家最好的途径。以前我虽然也到印度当地人家里做过客，但由于彼此不熟，也只是礼节性问候参观，说的也多是外交性辞令，并没有四处参观，所以并不算真正了解印度人的家庭情况。南娜邀请我，就是有意让我了解印度人家庭，了解印度的真实生活状况才安排的。

这是一栋独门独院的两层小楼，门口写着"IAS"，后面写着男主人的名字。IAS（Indian Administrative Service）即政府行政人员，因为南娜嫁给了博帕尔市的一个政府官员。

在印度经常看见居民房子门牌上写着"某某博士""某某医生"，连名带姓，带职务。我脑子里首先冒出来的想法是，这多暴露隐私啊，多危险啊。于是，我问："如此暴露自己的职业、姓名、地址，包括种姓，不是很容易被坏人利用进行诈骗吗？！"

他们的大眼睛瞪得更大了，一脸天真地说："怎么会这样？！可能印度的治安还是可以的吧，我们没有担心过这个问题。"

我想，"隐私""信息保密"这些词对他们来说太后现代了。

不过，这家门牌上只有男主人的名字和中间的名字，并没有姓氏。也就是说，最能暴露种姓的姓氏没写。南娜解释说，她的丈夫来自比哈尔邦（Bihar），那个邦的许多人提倡去种姓化，就是不再告知别人最容易暴露他们种姓的姓氏。尽管她丈夫现在住在中央邦（Madhya Pradesh），但仍然保持这一传统。所以一般人经过他们家时，只会看到房主的职业和姓名，并不会知道他的种姓。

而且，这家的门牌是用印地语写的，异于四处可见的英文门牌。南娜又解释，各个邦要求不同，他们中央邦要求政府行政人员的名字必须用印地语，不能用英语，为的是让广大不懂英语的劳动人民也看得懂。她的朋友舒明经教授不是政府行政人员，所以舒教授的门牌用的是英文。

一个小小的门牌，反映了印度的许多风土人情。

这座两层楼的独立小院是政府分配的房子，谈不上豪华讲究，但是结实宽敞。以印度人的标准，是很体面的住宅；而且面积很大，大约有600平方米，前后院都有花园。政府分配的不仅只有大房子，还包括屋里的家具。搬进来前，政府还出资把房子粉刷了一遍。

许多公务员家境不错，在外面都有房产，他们会把自己的房产作为投资出租出去，或者给家人住。他们仍会选择住在政府分配的住房里直到退休，不仅因为免费，更是因为这些房子是身份的象征。除了房子、车子，更让我这个外国人感慨的是，这一系列的待遇还包括公家配给的好几个用人，像司机、厨师、园丁和做内勤的用人。难怪有人说：印度顶着英国式的民主制度，却保留着苏联计划经济的那一套。

当时，我一下子就明白了，为什么在印度，人人渴望成为公务员。因为印度公务员仍然享受待遇、特权，像一种等级制度、一种身份的象征。

南娜是一名医学博士，在公立医院工作，所以也是政府工作人员，也可以配有住房，但不配用人。她丈夫的级别比她高，她说，以她丈夫的级别，家里可以配更多的用人，可是他们实在用不了这么多，就只要了几个。

可是，几个用人在我看来已经太多了，于是我问："你们就一家四口住在这里，白天你们夫妇两人都去上班，两个孩子也去上学。用人会干些什么呢？哪有那么多活儿需要他们做？"

南娜笑了："是没什么活儿。他们就待着吧。"

我不知道南娜的丈夫是什么级别的官员，但有几次在和舒教授闲聊时，她都提到"我朋友的夫婿级别尚且不高"。"级别尚且不高"的政府官员家里就已经配有好几个用人，那么印度高官家里又配了多少个用人呢？

我到的时候，用人们已经准备好了午餐。在南娜家的那个下午，我只感受到用人的服务，没有感觉到他们的存在。用人们几乎是以"润物细无声"的存在，提供他们无处不在的周全的服务——更准确地说，是服侍。

吃完午饭，我和南娜坐在沙发上聊天。正聊着，一个年轻的女佣穿一身新娘红色纱丽进来了，她相貌姣好，细腰，塌肩。农村姑娘的善良、听话、乖巧是一目了然的，她的快乐也是一目了然的。她看到我，笑眯眯地直接向我走来，忽然弯下腰，用右手摸了摸我的脚，然后再摸了摸自己的额。

我之前只是在印度小说里读到"触脚礼"，这是印度人用于问候的最高礼节，通常是晚辈对长辈或对尊贵的人表示问候的一种行为礼节。触脚礼就是表示尊者的脚与自己的头相接触，表示"五体投地"的意思，或者说，触脚礼是"五体投地"的简易版。虽然之前在德里时我也去过一两个印度人家里做客，但从来没有经历过这套礼节，可能大城市家里的用人已经不再拘束于这些传统。这是我平生第一次体验到。当时，我有点儿措"脚"不及，脚一缩，很惊慌。几乎所有外国人第一次经历这套礼节时都会很不习惯，因为它跟世界上现存的礼节实在相差太远了。

南娜看出我的不自在，连忙说："她这是在向你问好、行礼呢。"

然后，女孩子又向南娜行了同样的触脚礼。

我连忙笑笑，心里总觉得过意不去，于是，从行李包里掏出一份小礼物送给年轻女子。她特别高兴。

事后，我问南娜："用人们每天都这样向你行触脚礼问好吗？"

"不是的，他们不会这样。我也不习惯这样。他们只是逢年过节才行触脚礼，因为他们知道我会给他们发礼物。今天是因为家里来了客人，他们才行触脚礼的。"

我和年轻的女佣简单地交谈了一会儿，南娜做翻译。

女孩儿叫Poonam，在印地语里是"满月"的意思。因为她是在满月的晚上出生的，所以父母就给她起名叫满月；但是，父母也只记得她是满月晚上生的，没有记住具体是哪一天，更别说时辰了。所以满月只知道自己22岁，并不知道自己的生日。如此年轻的印度人竟然不知道自己的生日，这让我很意外。南娜解释，印度有些农村仍然十分落后，满月的父母都是文盲，所以只记住了大概年份、大概月份，比如雨季生的，或者满月时生的，没有记住日子。她家的用人几乎都是这种情况。

我问，满月有身份证吗？如果有，身份证上的生日怎么写？南娜说，满月有身份证，只是上面的生日并不是满月真实的生日。满月不是在医院出生的，所以没有出生证明，真实的生日，满月的父母不记得了，就大概写了个日子。我说，那满月怎么庆祝生日呢？南娜说，那就根据印度农历的满月来过呀。满月过生日时，女主人也会给她一些钱作为生日礼物。

我问满月为什么这样盛装打扮？今天是什么节日吗？

满月说，她的公公、婆婆来了，他们马上要举行一种演讲会（katha）。南娜解释，这是印度教的一种宗教活动，有各种祝福仪式。进行这么一次宗教活动，对于穷人来说也不是特别容易，因为要花钱请祭司。满月他们没钱，祭司会少收一些，只收1000卢比。满月也不是经常能请得起祭司来做仪式，一般一年只做一两次，所以很重视，会把最好的衣服穿上。对于满月来说，她最好的衣服就是她的新娘红纱丽了。

我立刻问同为印度教徒的南娜："你也请祭司来家里做演讲会吗？"

南娜笑了："我们不那么迷信。我结婚13年了，大概只做过一两次；就算我们做仪式，也是平常的打扮。"

这让我想起一位印度学者，他在谈论宗教与迷信的区别时说："受过教育的人的信仰叫作宗教，没有受过教育的人的信仰则被称为迷信。"

南娜介绍说，满月是为我们准备午饭的用人哥尼虚（Ganesh）的妻子。在印度，像他们这样的"用人家庭组合"并不罕见，夫妇俩同为一家人工作，他们彼此也可以有个照应。

满月告诉我，她16岁就结婚了。在她们农村，女孩子差不多都是这个年纪结婚。我问："现在印度法律不是禁止童婚，女孩子必须满18岁才可以结婚吗？"

南娜说，禁止的是14岁以下的童婚，如果16岁结婚，印度政府也就睁一只眼闭一只眼。

说起来也是缘分，满月两姐妹嫁的是两兄弟。满月的姐姐嫁人了，姐夫的弟弟就是哥尼虚。姐姐的婆家人喜欢满月，满月的姐姐也喜欢哥尼虚。于是，两家人就安排哥尼虚和满月结婚。南娜补充道："这就是印度的婚姻。有时候，一桩婚姻会引出另一桩婚姻，就像滚雪球一样。因为印度人喜欢和他们熟悉的家庭攀亲，而不是找一个完全不相干、不认识的人。他们总觉得熟人圈子知根知底，而且在熟人圈子嫁妆也好商量一些。"

满月和哥尼虚来自同一个村子，那个村子离博帕尔市有五六个小时的车程。满月和哥尼虚到南娜家三年了，他们双方的父母只来博帕尔市看过他们一次，因为年纪大了，路又不平坦，一路颠簸，很辛苦。卧票车票要250卢比，坐票要180卢比左右，相当于18元人民币，这对于许多穷人来说仍然是一笔比较大的开支。

小夫妻会给公公、婆婆寄钱，但是不寄钱给岳父、岳母。南娜说，满月很传统，遵守印度农村的规矩，就是将婆家当成自己的家，不再随便参与娘家的事务。赡养父母也是印度人的传统；但是只赡养公公、婆婆，不能随便给娘家寄钱。在印度农村，女孩子一旦嫁人，就如泼出去的水，不再有继承权，也不再赡养父母。可我想，主要是因为满月现在赚得有限，将来赚多了，也会像慧姐一样。

满月每两三个月就会回农村老家一次，回去过节，参加村里的婚礼、puja（祭奠、礼拜）。满月非常热衷于各种印度教活动，当然也顺便看看家里人。丈夫哥尼虚工作不忙的时候，就陪满月一起回去。他们并不是每个周末都休息，周末通常都工作，一个月休息4天。这样，每个月他们都有4天的带薪假期，他们通常攒着假期，回农村老家时才用。

满月和哥尼虚都没受过多少教育。哥尼虚上到小学三年级就辍学了，满月则一天学也没上过。印度是世界上最大的文盲国家，文盲中以女性居多。尽管印度的政府学校对女生完全免费，满月还是没有读过书，因为满月的父母认为没有必要，反正满月将来也要嫁人生子，在家里照顾孩子照顾家庭，读不读书有什么区别呢。学校离她的村子又挺远的，每天上学也不是那么容易，何况家里有这么多的家务需要满月帮忙做。每天光取水就需要花很大的气力，走上好几里路。于是，满月就留在家里帮忙干活儿了。

记得有一次，我和舒明经教授经过一个农村，看见很多孩子在田间玩耍。我问，那些小朋友不上学吗？舒教授很有感慨地说："这些孩子大都来自低收入、低种姓家庭，都可以免费接受教育，可是他们只是在开学的那几天来。为什么呢？因为学校发校服，发课本，发作业本。之后就不来上课了。尤其到了农忙季节，父母还会把孩子叫回家帮助干活儿。他们完全没有意识到教育的重要性。"

哥尼虚就是由于农忙期间被父母叫回家干活儿，之后没再返校。哥尼虚辍学后回家务农，后来进城到人家里做用人，再后来，才到南娜家。满月也跟着哥尼虚，到南娜家干活儿。哥尼虚的工钱是公家出的，满月每天晚上到南娜家工作两小时，女主人南娜会单独付她钱。满月有自己的收入，虽然不多，但这是她自己赚的，她很高兴。

在印度，用人们都归女主人管。满月很讨南娜的喜欢，因为满月把两个小朋友照顾得很好，所以有时候主人一家外出，会只带满月一个用人。满月来这家时才18岁，比主人的孩子大不了太多。她经常和主人家的两个孩子一起玩，她们是玩伴。所以她是家里用人中唯一可以直呼两个孩子名字的，不需要使用敬语叫两个孩子"姐姐"。而两个孩子也不需要叫她"满月姐姐"，她们直呼她满月。

女主人喜欢满月的另一个原因是因为满月诚实。印度人差不多隔一天就上一次农贸市场，因为一直以来，新鲜的食材是印度人最为看重的，至今如此；极少像中国人或者美国人那样，食用冰冻食品、罐头食品和包装食品。这种传统与他们的阿育吠陀，也就是生命科学息息相关。而这就要求经常跑菜市场。南娜有空的时候自己买菜，没空的时候，就让家里司机带上用人去买菜。印度的菜市场大都是农贸市场，像中国20年前的菜市场，没有小票、发票一说，都是现金交易，也允许讨价还价。难免用人买菜时会揩油，但是也不算过分，只是揩几块人民币的油水。南娜说："那是在我预计之内，也是我允许范围之内的。想到他们为我省下的时间和麻烦，权当小费了。"

满月比较诚实，她从不揩油。南娜心里有数，她逢年过节的时候都会给满月一些钱奖励她。总之，满月特别讨女主人喜欢。想想主人家有好几个用人，都是公家出资，但是女主人仍然愿意自掏腰包来请满月干活儿，女主人得多喜欢满月啊，所以其他的用人难免有些妒忌。女主人说，连她也能感觉到这种妒忌。

虽然平日里其他的用人有些妒忌满月；但是有一次满月病了，所有用人都来帮忙，送她去医院，给她拿药。他们都是穷人，从小就知道团结才是力量。南娜说，她在穷人身上发现最重要的品质，就是"一方有难，八方支援"。她很感慨地说："他们很容易为一些小事就吵得不可开交，但是如果他们中一人有难了，他们又会立刻拧成一股绳。这是穷人身上很明显的特质，不像很多富人那样貌合神离。富人有难了，很难像穷人那样团结在一起。"

因为满月每天只工作几个小时，仍然有很多时间等待打发，她曾经想再到一户人家里做用人，这样可以多赚些。哥尼虚不同意。他担心满月贸然到一个完全不认识的人家里做用人，不是很安全；而且，哥尼虚知道满月并不喜欢用人这份工作，满月真正喜欢的是裁缝。哥尼虚希望满月能做自己喜欢的事。

受到丈夫鼓励后，现在满月会在家接点儿做衣服的活儿。满月的爸爸就是一个裁缝，她从爸爸那里学过一些手艺。附近一些贫民窟的大妈们会给满月拿一些活儿来，因为手艺还不算特别好，她就只收人家少少的一点儿钱。比如，外面做一件衣服的手工费是350卢比，她就只收人家60卢比。满月希望她的低收费可以吸引更多的顾客。她说，现在自己是边学手艺边赚钱，等以后她的手艺好了，她也可以收人家350卢比。满月想想就已经很开心了。

很多印度劳动妇女需要把所赚的钱如数交给丈夫，去供养丈夫的不良嗜好——酗酒，然后还会挨打，但是满月不需要把她的钱交给丈夫。相比广大的印度劳动妇女，满月算是聪明的、自主意识强的。我问南娜，满月一天学也没上过，她的自主意识是从哪儿来的？南娜说，自主意识跟教育程度并不一定成正比。满月天生就知道她有权处置自己的收入。哥尼虚没有不良嗜好，而且他也认为满月赚的钱可以由满月自主支配。满月赚钱后，女主人就帮她开了个银行账户，告诉她存好自己的钱。满月省下她赚的每一分钱，因为她将来想开一家缝衣店，这就是她最大的心愿。

满月小两口已经来城市三四年了，一次电影院也没去过。印度的电影票非常便宜，最好的黄金票（gold class）也不过550卢比，便宜的不过75卢比到100卢比，这比中国的电影票便宜多了；但是对于一个小女佣来说还是一笔不小的花销。就算花得起这笔钱，满月也宁愿把钱用于请祭司做演讲会，也舍不得花在电影票上。不过，女主人最近将自己家里的一台旧电视送给了满月，她可以在自己的房间里看电视了。

一个旧电视就已经让满月很开心了。她是个很快乐的女孩子，她从来不知道城里人说的"抑郁""焦虑""压力"是什么，她可容易满足了。满月什么都没有，就是有快乐。不像那些城里的有钱人什么都有了，就是没了快乐。满月最高兴的事就是赚钱。任何可以赚钱的机会都让她兴奋，兴奋得那么热烈，那么有感染力，让人觉得生活多么值得进行下去啊。雇主家要满月临时加个班看一下孩子，满月的想法不是"怎么又要我加班"，而是"又可以赚钱了"。附近贫民窟的大妈们给满月介绍一些手工活儿，满月也总是感激又有机会多赚些钱。她对介绍活儿的大妈说，多给我介绍一些，以后我给你免费缝衣服。

因为满月总是笑眯眯的，手脚又勤快，还有农村人那股子处于艰难困境而仍然对生活充满期待的劲头，所以很得雇主一家，还有她的客户们的喜欢。南娜家里进进出出那么多用人，连我这么一个去做客的外国人，都对满月印象最深刻。

满月夫妇也很喜欢雇主一家，很满意现在的生活，打算一直在这里干下去。满月特别喜欢女主人，因为女主人心地善良，为人宽厚。满月知道女主人读过很多书，但是并不知道女博士是什么意思。满月从没想过读书的事，所以也不认为没有读书是个遗憾。

交谈时，满月一直站着和我们说话。满月告辞后，南娜说，自己也是通过今天这次聊天，才知道满月这么多事情的。印度雇主不太过问用人家的事情，觉得没有必要，不像中国的雇主非要搞清楚保姆们的背景才放心。当然，在印度，用人更不敢问雇主家的事情，不像中国的保姆们，总想"进一步"了解雇主。

南娜见我对满月如此感兴趣，问我想不想看看满月家的演讲会仪式？

南娜家房子的后园有一排白墙的格子间，一小间一小间，像鸽子窝一样，这里是用人们的住所。其中一小间就是满月的家。满月家里，没有床，没有任何家具，可以用"家徒四壁"来形容。南娜解释，房间太小，放不下床，他们晚上打地铺，早上再收起来。我们到满月家时，看见一个祭司正带领一群人坐在地上，在一个窄小的房间里做法事。我看了一会儿就出来了，因为我不知道这样参观宗教活动是否礼貌。

我问南娜："有多少用人住在你家的后园？"

南娜说："有4个用人住在这里，另外4个住在外面。"

我问："有什么区别吗？"

她说："住家的用人工资低一些，住在外面的工资会高一些。"

我以为自己听错了，住在雇主家的后园里，一点儿自由和隐私都没有，难道不应该因此得到更高的工资吗？于是，我重复了一遍南娜的话，确定自己没有听错。

南娜解释道，在印度，住在雇主家里，意味着他们可以有比较好的住房条件。外面住宿条件可能会很差。

格子间的住宅条件跟雇主家的当然没法比，但确实比我见到的许多印度贫民窟的条件好太多了，至少房子是白墙。用人在自己的格子间里生活，烧火、做饭、洗衣服。雇主家里虽然有煤气，但用人家还是用柴烧火做饭，因为煤气比较贵。雇主一家白天上班的上班，上学的上学，用人从来不会趁着雇主不在的时候，去享受一下煤气和空调。

我想起我知道的一对夫妻朋友，妻子是中国人，丈夫是法国人。夫妇俩在孟买拥有一座庄园，他们每年只在印度住6个月，另外6个月住在法国。不在印度期间，整个庄园就交给3个印度用人管理，一直平安无事，反而是我们中国人听了这故事，都替人家担心：雇主不在，那些用人不会把自己家的七大姑八大姨带到庄园住上半年吗？至少也来个"庄园一日游"什么的？可是从没发生过这种事，可见印度的用人相当"规矩"。

满月小两口就住在雇主家房子后面的小格子间里。住宿免费，丈夫一个月能够赚8000卢比（800元人民币）。满月一天工作两个小时，女主人每月单独给她2000卢比（200元人民币），再加上她缝缝补补的收入（大概在4000卢比左右），两口子一个月能赚1.4万卢比左右。这是首府城市博帕尔雇用用人的行情。德里、孟买会贵不少，一个用人包住宿后大约是1万卢比起价。

晚上，我再次去南娜家时，又看见了满月，仍然是新娘打扮的她捧着一盘食物进来。南娜说这个食物叫prasad，是今天他们做法事的祭品，是满月自己做的。南娜说："这是献给神的祭品，现在满月送给我们吃。"南娜大概感觉她的讲法有些奇怪，于是开始给我解释为什么人也可以吃神的食品。她说："祭品已经受到神的保佑了，所以满月给每人送一点儿。"我想，如果我是西方人，大概需要她详细说明和解释；可是，我们中国人对祭品还是很熟悉的。于是，我接道："我完全不懂那些仪式，但吃祭品的传统，中国也有。比如，先敬菩萨，当然菩萨不会真吃，最后人自己吃了。"南娜笑了，说，对，正是如此。

对于我，Full Moon（满月）是个比Poonam更容易记住的名字，而且也很像个中国名字。我就一直叫她满月。后来，南娜和舒教授也随着我叫满月，跟我说起她，也是满月这个啊，满月那个啊。因为这本书写了满月，我请南娜帮我拍几张满月的照片，用在书里。女主人让满月把房间收拾一下，自己也打扮一下，"我要给你照相，你的照片要上中国作家的书了"。满月对这次照相看得很重，她又将自己最喜欢的新娘红纱丽穿上，但是这次照相让满月压力很大，那么爱笑的女孩子一下子不会笑了。照片上的满月严肃而紧张。我对南娜说，能不能再照一次？照了好几次后，满月脸上终于有了笑容，就是我印象中的样子。◉

09

赤身裸体天衣派苦行僧

12点，日当午之时，迎面走来一个赤身裸体的中年男子，他干瘦，低着头，面色凝重，后面跟着四个穿白袍的男子，亦是一脸凝重。

舒明经教授和我正穿行在农村的路上，乡间小路，人不多。偶然有几个路人，他们对这名裸体男子视若无睹。司机在开车，舒教授在打电话，他们亦视若无睹，突然听见我小声地叫了一声："他什么也没穿！"我有点儿像《皇帝的新衣》里的那个小孩子，打破了周围的寂静。

我想，我有理由大惊小怪。因为印度人传统、保守，我没有见过任何人穿着暴露。印度旅游和文化部长马赫什·夏尔曼（Mahesh Sharma）发出的印度旅游须知更是引起各界讨伐，其中包括呼吁外国妇女在印度不要穿裙子，不要单独去乡下，不要夜间外出，以确保自身安全。作为一名外国观光客，我打扮得很保守，突然见到一男子一丝不挂地经过，诚然惊到了。

舒教授连忙挂了电话，从肩头甩过一个微笑，像是安抚一个受到惊吓的孩子。她解释道：

"那个裸僧是耆那教天衣派的Guru（得道高僧、导师）。你认为他什么也没穿，他认为自己是以天为衣。"

"原来是宗教行为！"我又叫道，"我还以为他做错事了，被村民，就是那些后面的白袍男子游街惩罚呢。"

舒教授大笑不止。后来，她好几次莫明其妙地发笑，然后向我解释："我一想起你说他是被游街示众，就忍不住要笑。这个笑话太经典了！"

"我是少见多怪。"

"印度是个多元文化的国家。"

确实如此！

那天，我们改变了观光行程，去了耆那教的庙宇。我们参观的这座耆那教庙宇非常简单、朴素，除了我们两个游客，只有一个工作人员。

舒教授开始讲起耆那教的历史："耆那教来自梵语Jina，胜利者的意思，意为通过道德和精神生活穿越生命的重生之路的胜利之路。耆那教的座右铭是Parasparopagraho Jivanam，意思是灵魂的功能是彼此守望。耆那教中最常见和最基本的祷告为Namokar Mantra。"

我盯着舒教授，意思是"这么神秘、深奥、古老的东西，您觉得我能听懂吗？"

舒教授感觉到了我的理解吃力，就像一个听课听落下来的学生。作为教授，她总能深入浅出地总结："耆那教和佛教非常相似。"

听到这句话，我立刻能理解了。

耆那教与佛教产生于同时代，教义上有许多相似之处。正统耆那教承认的24位创始人中的最后一个就是大雄。而大雄的故事与佛陀也高度相似。一个王子享尽人间荣华富贵，却感受不到快乐；看到人间的苦难，却找不到出路。国王死后，即在王子30岁时，王子决定放弃一切，放弃他的地位、财富、妻儿，出家苦行，探索真理，寻找解脱不幸的途径。他苦行修炼，通过不间断的冥想和深度的忏悔，最终在一棵树下觉悟成道，大彻大悟，时年，他42岁。他就是耆那教最后一个创始者——大雄。

听起来，这故事是不是就像释迦牟尼的翻版？主人公都是古印度的王子，都发生于公元前6世纪左右，都出家修行，都创造了一门宗教，就连出发点都一样，即反婆罗门教的种姓制度，反宿命论。最后，耆那教却与佛教走上了不同的道路：佛教开始向东亚传播，却在印度衰落下来；耆那教没有像佛教一样名扬天下，只是在国外小范围传播，却在故乡印度顽强地存活下来。它虽是一个很小的教派，但也有400万信徒。

佛教有三宝；耆那教也有三宝，即正信、正知、正行。佛教有五戒；耆那教也有五戒，即不伤生、不诳语、不偷盗、不奸淫、不执着。耆那教反对杀生，讲究四大皆空、崇尚苦修，从而达到极致的境界。

不杀生也不伤害，因为"非暴力是最根本的宗教义务"。这条教义不仅是对人，同时还是对动物和植物及一切宇宙生物的态度，一切生物的福祉和宇宙本身的健康都需要尊重。耆那教禁止杀生，比佛教更严格，他们是严格的素食主义者，严禁对动物及其生命周期进行伤害，所以不吃鸡蛋。乳制品的摄取过程可能也会对动物造成一些伤害，也不建议食用。不过，今天相当多的耆那教徒还是食用乳制品的。连洋葱、大蒜这类根茎植物都被禁止食用，因为根茎植物被拔起时，植物的某些部分受了伤，就不能再发芽、生长了。耆那教认为，要将一切生物的感受视为与人类同等的感受，应该尊重和同情它们。耆那教信徒不从事以屠杀为生的职业，诸如军人、屠夫、皮匠等；也不从事农业，因为务农就会杀死虫蚁，这与他们不杀生的教义背道而驰。耆那教信徒主要从事工商业生产。为了不杀生，他们出行时会戴着一块面纱，以防虫蚁不小心飞进鼻孔丧生。当然，随着科学进步和现代化，也有不少耆那教信徒越来越开放，不再固守成规。

四大皆空，看破红尘，不执着于这个世界的任何事物，不仅包括名利这些外在的持有，还包括情感这些内部的持有，比如激情、愤怒、自我、欺骗和贪欲等，都必须抛弃。无欲无求，才能提升修行功力，舍弃一切财富。耆那教分白衣派和天衣派。白衣派主张僧侣穿白袍，否认裸体的必要性，主张男女平等，允许出家人拥有一定的生活必需品；天衣派包括衣服在内都不持有，以天为衣，以地为床，做到彻底的解脱，一丝不挂，无牵无挂。天衣派认为披袈裟也是一种牵挂，袈裟会旧，会坏，会脏，这些执念仍是世间的麻烦。有些耆那教连寺庙都没有，即使有寺庙，也朴素简单。基于信徒的慷慨捐献，也有一些耆那教寺庙富丽豪华，门上镶嵌着银器和大理石雕刻的作品，古老的寺庙尊奉有大雄的雕像及宝石制成的神像。

崇尚苦修，寻求达到最终的解脱。认为精神升华是以肉体痛苦为代价的。人的肉体越是遭受苦难，人的精神越超脱，越能得到修炼。耆那教的僧侣拔掉头发，一根一根地拔掉，不同于佛教僧侣只是剃掉头发，并不受皮肉之苦。耆那教奉行绝对的禁欲，不仅是性欲，还包括所有肉体和精神的享受，比如对音乐、艺术的需求。他们过着苦行僧的生活，被永恒的孤寂和枯燥包围着；但又不是自我消灭的意思，因为经过绝对的禁欲，已没有自我可以消灭了，只为清除旧业的束缚，消除所有的因果报应，以达到寂静，摆脱轮回，获得解脱。

舒教授接着说："耆那教僧侣每24小时只能进食一次，只吃水果和水，或者来自信徒供养的食品，以最大限度地减少对资源的消耗。他们每天睡眠时间很短。酷暑寒冬，刮风下雨，僧侣仍然一丝不挂。乡间山路，淤泥沼泽，仍然赤脚走路。24小时如此，一年四季如此。他们彻底脱离了世俗生活，彻底弃绝一切欲望，一生都在冥想修行或者云游天下，严格苦行直至离世。"

"他们的身体可以忍受？不会生病？"

"那个裸僧是Guru（得道高僧、导师），显然已经修炼到了这个境界，他对冷暖、饥饱、病痛，包括个人的情绪都已经无知无觉了。只有圣贤大哲才能全裸。后面跟着的弟子们还没到这个境界，所以仍然需要穿衣服，仍然在修炼中。"

舒教授又说，耆那教徒多数从事商业，有些很成功，很富有；但是耆那教戒私产，反对敛财，所以时不时会听到某个耆那教富商突然舍弃巨额财产，出家苦行。当然，大多数耆那教徒和普通印度人一样，穿着普通的印度民族服饰，有着正常的家庭生活；只是，他们是全素食主义者，过着简单朴素的生活。

舒教授是印度教徒，她陪我参观桑吉佛塔（Sanchi）和这所耆那教寺庙时都很自在。舒教授对佛教和耆那教都很亲切，认为它们都源于印度教。虽然今天的印度人已经极少信奉佛教，但仍然为佛陀无比自豪，仍然对佛教抱有最大的尊敬。舒教授的解释是，印度最早的宗教是吠陀教，也叫婆罗门教，但由于长期严格地执行种姓制度，主张"吠陀天启，祭祀万能，婆罗门至上"，导致渐渐衰落，于是追求"众生平等"的佛教和耆那教诞生，它们算是宗教改革的产物；但后来随着佛教的出走和耆那教的衰落，同时由于婆罗门教改革成了新婆罗门教，即现在的印度教，它又成了印度的主要宗教。

舒教授家里有一个神龛。很多印度家庭都有神龛。我曾经问舒教授，宗教信仰对她意味着什么，她说，每天她和她的家人都会去神龛问安请好，就像每天需要进食一样，是生活的一部分。

我们结束一天的行程回到市区时，听到了深沉浑厚的布道钟声。舒教授说："你看见的那个裸僧现在已经沿路走到了这里，正在对耆那教的信徒们布道呢。"几百成千的信徒聚集在此，有麦克风和扬声器，以便信徒们可以清楚地听到。

许多来印度旅游的观光客都没有见识过天衣派的裸僧，我偶然就碰到了，再次见识了印度的"不可思议"。后来，又有一个印度朋友向我补充材料，讲述了一个不可思议的故事：印度的塑胶大王、德里的亿万富翁都什（Bhanwarlal Doshi）放弃亿万家财，出家成为耆那教苦行僧。

都什是拉贾斯坦邦（Rajasthan）一个纺织商人的儿子，家里有一个小型的纺织企业。都什大学毕业后并没有接手父亲的生意，而是向父亲借了一笔钱到德里发展，一路摸爬滚打，历经苦难，后来建立了自己的塑胶王国。根据《福布斯》（Forbes）排行榜显示，他是印度前100名的富翁。1982年，他接触到了耆那教，就产生了出家的想法。他默默地等待孩子们长大，等待他们可以理解和接受他出家，捐出亿万财产，过完全灵修生活的决定。许多人不解，包括他的家人——人生在世，不就是要追求功名利禄，享尽荣华富贵才不枉此生吗？可都什说："只有无知的人才追求功名利禄、荣华富贵，享受美食和性爱。"

都什终于在58岁那年得到家人的同意。他的儿子已33岁，受西方教育成长，他说，这对他们家庭来说，是一个艰难的决定，但是他们尊重父亲的选择，而且为父亲感到自豪。儿子还说，尽管他们兄弟姐妹都受过西方高等教育，而父亲认为，任何教育都是世俗的教育，只有走上灵修之路，才是唯一的正途。

2015年，都什捐出他的大部分财产，放弃他的公司，告别他的家庭，以规模盛大的仪式受戒出家，告别尘世，一路奔向耆那教寺庙，从此苦行修炼。世间少了一个富翁，多了一个苦行僧。

给我讲故事的印度教授讲得很平静，因为这种故事在印度并不罕见。他告诉我，印度教文化将人生分成四个阶段：第一个阶段叫梵行期（Brahmacharya），这个阶段学习正法，类似中国的"礼"，同时学习人生技能和文艺、武艺、科学、军事等知识；第二个阶段叫居家期（Grihastha），这个阶段极为入世，结婚生子，养家糊口，建功立业；第三个阶段叫林居期（Vanaprastha），此时退居二线，将位置让给年轻人，自己去森林隐居，反思人生，过淡泊、简单的生活；第四个阶段就是遁世期（Sannyasa），此时已进入晚年，要放弃世俗生活，追求精神上的觉悟与宁静。

在见识和思考过印度教和耆那教的这些信仰和传统之后，我很想知道今天的信徒对这些宗教传统和信仰的坚持程度。这时我却发现，尽管他们在宗教活动中提到了他们的信仰和原则，但在现实生活中，生活在现代都市的印度教徒和耆那教徒则穿着现代服装，希望拥有现代化的工作和生活环境，喜欢使用笔记本电脑和手机。可见，抛开文化和宗教的差异，其实大家都有着差不多的想法和差不多的行为方式。◉

10

一个记者的阿育吠陀之路

我是通过舒明经教授认识印医潘卡吉（Pankaj）的。

那天，我与舒教授闲聊，说我现在开始看一些中医养生方面的书，感觉到了中国传统医学的神奇。她立刻说，她过去的一个博士生的丈夫是博帕尔一家日报的记者，也沉迷于印度传统医学，是阿育吠陀的实践者，同时也很想学中医。如果我愿意和他交流，那就太好了。

印度传统医学又叫阿育吠陀（Ayurveda），意为"长生之术"。Ayurveda由两个单词组成：Ayur指生命，Veda为知识、科学之意。因此，阿育吠陀一词的意思为生命的科学。阿育吠陀医学不仅是一个医学体系，而且代表着一种健康的生活方式。

见到潘卡吉，发现这个中年人仍然拥有一双非常明澈纯净的大黑眼睛，干净的眼神里绽放着谦和。他的开场白就是，"我今年42岁，我把人生中最好的20年都贡献给了记者生涯，现在就要为印度的阿育吠陀做贡献了"。

我问他，想学中医的目的是为了文凭，还是为了知识？因为如果想要一纸文凭，可能会有困难；如果是为了知识，我可以在网上帮忙找一些有关中医的英语资料和课程。

他说不需要证书，纯粹为了知识。他说，他学了很多印度传统医学知识，如果他再懂些中医的治疗方法，那就全面了。

可是，我那点儿少得可怜的中医知识哪里能够拿来交流，也就只能讲讲故事。比如，我最爱跟外国人讲的中医故事就是"上医治未病，中医治将病，下医治已病"。

魏文王问名医扁鹊："你家兄弟三人，都精于医术，到底哪一位最好呢？"扁鹊答："长兄最佳，中兄次之，我最差。"文王再问："那为什么你最出名呢？"扁鹊答："因为长兄善治未病之病，于病情发作之前，就把它预先铲除了，人们没觉得他治了病，所以他不出名；中兄善治欲病之病，于病情初起之时，一般人以为他只能治轻微的小病，所以他的名气只及本乡里；而我仅善治已病之病，于病情严重之时，一般人都能看到我下针放血、用药敷药，都以为我医术高明，因此名声大噪。"

我用这个故事作为中医的启蒙教育，经常给外国人讲，把他们讲得"云山雾罩"，一愣一愣的。他们听完后的表情是这样：不知道是不是真的，反正这听起来挺深刻玄乎的。只有潘卡吉听了我的故事，很有共鸣地微笑着。他说："上医属于养生学，就是我们的阿育吠陀；下医才是今天理解的医学。"显然，类似的道理和故事，阿育吠陀也有，所以，潘卡吉不像西方人那么新奇和吃惊。

潘卡吉来自中央邦一个叫贾布阿（Jhabua）的小镇的婆罗门家庭。他告诉我，农村人一直都比较相信传统医学，所以他小时候从当地人和他父亲那里学到不少印度医学知识。父亲务农，但务农只是他的经济收入来源，他真正的爱好是阿育吠陀。从1978年起，当时阿育吠陀还没被重视，父亲就开始学习阿育吠陀。

我问，阿育吠陀不是已经存在几千年了吗，怎么一直没有太被重视？

"现在风靡全球的瑜伽，在印度也有几千年的历史了，也就是这十几年才再次在印度本国流行起来。因为西方流行了，我们也跟着重视了。"潘卡吉说，"很不幸，我们是跟着西方的潮流走的——这就是印度的现实！"

潘卡吉说，虽然阿育吠陀也有几千年的历史，但是不断被现代医学边缘化，而且真正的阿育吠陀大师太少了，许多都是乏善可陈的江湖郎中，所以使印医更加边缘化。

就像中医一样，阿育吠陀不是可以靠看书就能自学成才的，它需要师父手把手地传授知识和经验。潘卡吉大学期间，得知两位阿育吠陀名医来一家很有名的诊所访问并帮病人看病，一位叫乔西（Joshi），另一位叫潘迪（Pandya）。一位重理论，一位重实践。潘卡吉就直接去诊所找他们，他的好奇心驱使他直接上前介绍了自己。这个小伙子不是学医的，却如此深谙阿育吠陀，而且充满激情，两位老人很惊讶。潘卡吉问："你们能收我做弟子吗？"

老人问了他两个问题：一、你为什么对阿育吠陀如此感兴趣？二、学成后有什么打算？

潘卡吉回答道："我很尊重阿育吠陀。学成后，希望造福于民。"

直到今天，潘卡吉还记得那番谈话，他当时语气坚决果断，一脸认真虔诚，几乎带着某种宗教的庄严，令老人感觉到这个小伙子内心洋溢着一种与生俱来的悲天悯人和对一切生命的平等尊重。

那以后，每个周末，他完成课业后，就去跟他们学医。潘迪医师主要教他诊病和药方。乔西医生讲的更多的是理论。他从师6年，从1993年到1999年，同时他也学完了学士、硕士课程，然后开始当记者。潘卡吉也遵守他的诺言，开始悬壶济世。起初，他只是用自己的医学知识帮助朋友和家人，他们都说他的方子疗效好，治疗方法对人体的伤害比西医少。潘卡吉29岁那年帮助一个不孕不育的女性朋友治好了病。西医当时建议她找个代孕母亲，现在，她已经有了一个非常可爱的女儿。潘卡吉说："那以后，我的这位女性朋友，还有我的其他朋友，都叫我开个诊所。"

在潘卡吉36岁时，他有了自己的诊所，完全对病人免费。

潘卡吉的这家诊所干净整洁，房子是一位病人朋友无偿借他使用的。这位朋友知道他看病不收费，就说："我有间不错的房子，你就在那里开诊所吧。"

潘卡吉仍然从事自己的记者职业，他是《博帕尔日报》的记者、编辑，他需要靠它安身立命，也需要靠这份收入来维持这间小诊所的生计。每天早上7点到10点，潘卡吉在自己的小诊所里工作3个小时，然后再去上班。印度许多公司的上班时间是从早上10点到晚上6点，比世界上大部分国家开始得晚，也结束得晚。有时候他也根据病人的情况来预约时间。

我问，印度医学在印度的境况如何？

"不好。"潘卡吉坦率地回答，然后他又说，"不过，有好起来的希望。现在，印医开始重新受到重视了。"

尽管中医也不断受到质疑和挑战，但中医之境遇相比印医，算是幸运的。毛泽东主席曾经说过，中医药是一个伟大的宝库，应当努力发掘，加以提高。所以现在每个城市都有中医院。我认识一个学西医的朋友，他私底下表达过对中医的一些质疑，有一次被请到电视台做健康讲座，被问到"老寒腿"与"受凉"的关系时，一面对镜头，他的声音也变了，婉转地表示："老寒腿是中医的观点了。当然，中医是祖国的医学啊，我们也很尊重，但我们西医没有老寒腿的说法。"显然，他知道，如果公开反对中医，公众比较难接受。

相比，在印度，印度传统医学长时间被边缘化了，甚至被视为迷信与愚昧，人们不再认为印医提供的替代治疗方案为真正的方案，直到这十来年才有起色。2000年以后，城市里的阿育吠陀中心明显增加。

博帕尔虽然是个省会城市，但是相对孟买、德里这些大城市，发展比较缓慢，生活相对悠闲自在，人们的内心也更加宁静淡泊、平和知足。所以，我才会在这里认识潘卡吉这位印医。而在孟买、德里那样的大城市，很少遇见像他这样的人。记得有一次，我和他，还有舒明经教授一起聊天，偶尔聊起中印两国的年轻人的追求，我说现在很多中国年轻人比较追求物质，喜欢一些奢侈品。潘卡吉听到一串奢侈品名字，就像听天书，他看了一眼舒教授。舒教授解释，就是一些西方名牌，一个包包就数千美元。潘卡吉听了，淡淡一笑。

潘卡吉在印地语里意为"莲花"，而他也是那种不世俗、不市侩的人，为自己的信仰始终保持内心的骄傲与宁静。潘卡吉内心蕴藏着对阿育吠陀的尊重与敬仰，他活得典雅而平静，在这个时代，似乎有一些不合时宜，却最终升华成了一种品格。他在造福成就他人的同时，也造福成就了他自己。

潘卡吉有一个网站，叫"我们——健康回音"，呼吁人们过更天然、更健康的人生。网站页面很漂亮，全是印地语。他解释网站用印地语的原因是他们的病人大多来自农村地区，他们并不怎么会说英语。他补充道，以前相信阿育吠陀的人多是印度农村地区的，现在城里人也开始相信阿育吠陀了。

阿育吠陀跟中医很接近，中国人理解起来很容易。比如，我们把人体分成体寒与体热，我说自己的体质偏寒，应该多吃热性食品。印度的姜茶就很好，离开印度后，我也经常给自己做姜茶喝。阿育吠陀把人体分成三种体质：瓦塔（Vata）体质由空间和气体组成，皮塔（Pitta）体质由火和水组成，卡法（Kapha）体质由水和土组成。中医讲望闻问切，印医也是如此，他们也可以根据把脉得知病人的身体情况。包括生活方面的健康小细节也很一致，比如，中医和印医都拒绝冷饮，像是冰激凌、冰镇饮料等都被视为过度消耗人体能量的食品。

我问他，病人主要是因为什么病来求医的？

他说，不孕不育及其他妇科病、类风湿关节炎、脱发、糖尿病、消化功能紊乱，还有精神疾病，像焦虑、抑郁等。

我又问："你的病人都是些什么人？"

他说，都是不再寄希望于西方医学的患者，不想进行手术治疗的患者。

我说，在中国，年长者比较相信中医，年轻人不太相信；农村的比较相信中医，城市的不太相信；女人比较相信中医，男人不太相信。印度的情况呢？

他被我的话逗笑了，说，印度的情况也相似，但是现在越来越多的城市里的人也开始相信阿育吠陀了。那些年轻人到了30岁以后开始面对荷尔蒙失调等问题，他们也会倾向于求助阿育吠陀。他也有25岁以下的病人，由于生活习惯引起的疾病，阿育吠陀绝对有更好的方法。

我问他具体用什么方法。

他说，在阿育吠陀医疗方法中，主要有三种实施方法：草药疗法、推拿疗法及瑜伽疗法。他主要使用民间流传的那些方法，它们都是一些在乡间很受欢迎的方法，现在城里人也开始一点儿一点儿接受，像穴位按摩、草药、身体排毒（Panchakarma）和肚脐调整（Navel Replacement）等治疗方法。

穴位按摩、草药，我都不陌生，就像中医的推拿按摩、中药。身体排毒（Panchakarma），我也能理解，这是南印度阿育吠陀派的观点，他们主张通过对身体进行清洁维修，认为人体就像一台机器，需要按时保养维修。这项清洁保养包括药液灌肠、呕吐清理、鼻饲清理等5项。身体清洁并不只是针对病人，对身体健康的人也适合。

就是没听说过肚脐调整的方法。我听他解释，大概的意思就是，根据印度的传统说法，身体中有7个脉轮。每个脉轮都有自己的意义和作用，其中一个位于肚脐之后。迄今为止，许多人没有认识到肚脐会移动，正如脊髓可能会发生错位一样，肚脐和腹部肌肉（腹直肌）也会发生错位。这种移动可能是由一些活动引起的，即拾取重物、突然扭转或弯曲运动。

他见我再三追问肚脐调整问题，就问，中医难道不讲究肚脐调整吗？我说，在我的印象中好像没有。

他问我个人对中医的态度。

我认真地想了想，回答："我比较相信中医，但是并不太相信今天的中医师。就如同我相信法律，不相信律师；我相信宗教，不相信教会。"

这是满月的家，为了节约空间，他们白天将被褥收起放在架子上，晚上睡觉时才会打开。（《进城打工的小女佣满月》）

满月听说要照相，便穿上自己最好的衣服——新娘纱丽，戴上她所有的首饰，在迦利女神的画像前留影。满月是想讨个吉利，得到迦利女神的庇护。（《进城打工的小女佣满月》）

这是印度中央邦一户官员家门口的门牌。这个小小的门牌有几个特色：第一，用印地语。印度的门牌上通常都用英文。但中央邦要求政府行政人员的门牌必须用印地语，不能用英语，为的是让广大不懂英语的劳动人民也能看懂。第二，门牌上只有男主人的名字和中间的名字，没有姓氏。因为中央邦提倡去种姓化，而姓氏会暴露他们的种姓。（《进城打工的小女佣满月》）

很多印度家庭都有一个这样的神龛。（《赤身裸体天衣派苦行僧》）

白衣派僧人。（《赤身　▶
裸体天衣派苦行僧》）

▼

耆那教分白衣派和天衣派。两派修行时，在穿着服饰，庙宇风格，戒律方面有所差异。天衣派以天为衣，以地为床，裸形外道，离开束缚。白衣派穿白袍可以拥有一定的生活必需品，像是一件白袍、一钵、一副防止小虫入口的口罩。

潘卡吉医生简朴的诊所。(《一个记者的阿育吠陀之路》)

潘卡吉医生在问诊。(《一个记者的阿育吠陀之路》)

Alone 'i'

can do so little

but together

WE

can do so

MUCH....

for this bigger change in our life

WE
Wellness Echo

invites you...

@ 9111448181

潘卡吉医生的宣传海报。
（《一个记者的阿育吠陀之路》）

潘卡吉在对他的病人进行印度
传统阿育吠陀疗法，据说这种方法
对失眠、焦虑、头痛脑热很有疗效。
（《一个记者的阿育吠陀之路》）

他笑了："有些哲学的意思。"

"中国唐朝名医孙思邈有段名言，出自《备急千金要方》第一卷《大医精诚》：'凡大医治病，必当安神定志，无欲无求，先发大慈恻隐之心，誓愿普救含灵之苦。若有疾厄来求救者，不得问其贵贱贫富，长幼妍蚩，怨亲善友，华夷愚智，普同一等，皆如至亲之想；亦不得瞻前顾后，自虑吉凶，护惜身命；见彼苦恼，若己有之，深心凄怆。勿避险巇、昼夜、寒暑、饥渴、疲劳，一心赴救，无作功夫形迹之心。如此可为苍生大医，反此则是含灵巨贼。'"我说，"可惜今天如此高尚的医生太少了。"

潘卡吉听了，感叹道："他的思想彰显了他的伟大。"

"你爸爸一定很欣慰，你不仅继承了他的事业，而且将它作为福利来帮助别人。"

他笑笑。

这间小诊所只有潘卡吉一个医生，还有两个也痴迷阿育吠陀的朋友帮忙。我问："你爸爸会来诊所帮忙吗？"

他说："我的病人更喜欢让我看病。"

我问："为什么？在中国，老中医更吃香。"

他说："我爸爸只会看以往一些常见的疾病，什么跌打损伤啊，什么气血不调啊；至于现代社会新出现的一些疾病，像什么抑郁啊，焦虑啊，荷尔蒙失调啊，我爸爸并没有太多的经验。因为他以前在乡间行医，那里的人并没有太多的精神问题；但是对于以往一些常见的疾病，他会给我一些很好的配方和书。"

我问潘卡吉："抑郁症怎么治？"这是世界性难题。西医目前的解决办法就是服用抗抑郁的药，我周围不少美国人都是如此。想想一生都要靠药物维持情绪稳定，这件事本身就让人抑郁。

他说：“草药和打坐都会有帮助。”

“你现在是大师了吗？”我问。

“不！”潘卡吉笑着说，“阿育吠陀学无止境。每一病例都有自己的特点。每天都能够从每一个病例中学到新的知识。”

潘卡吉不做任何广告，他说他没有钱做广告，只是靠口口相传。很多病人的病好了，就介绍更多的病人给他，大概没有比这更好的广告了。从2005年到2015年，潘卡吉的诊所完全免费，现在，他开始适当地收一些费用。因为他的病人越来越多，他已经承担不起了。他希望能在2020年后成为一名全职的阿育吠陀医师。他的家里人也很支持他的决定。

我说，今天中国好的中医师收入很不错。他笑笑，说自己对赚大钱没有兴趣，只要能养家糊口、安身立命就好，他只想实现当年对两位先师的承诺——造福于民。

今天还有多少像潘卡吉这样的医生？我想，恐怕已寥寥无几。

他说：“因为我的不少病人是从外地坐火车专门来找我看病的，我可不能让他们失望。”

我说：“金杯、银杯不如老百姓的口碑。”

他听了，感动得不行。

我问：“如果你要写一篇关于自己的故事，你会起个什么标题？”

“我的阿育吠陀之路。”潘卡吉回答，“这个标题可以概括我的人生。”

好的，我想，我就用这个标题。◉

11

瓦拉纳西的"解脱客栈"

圣城瓦拉纳西（Varanasi）有这么一个客栈，被称为"解脱客栈"：客人免费入住，期限两周，为死而来，求得解脱。客栈的名字是莫克提（Mukit Bhawan）。Mukit的意思是解放、解脱，Bhavan的意思是建筑物或机构。

这里可不是寻求安乐死之处，自杀更不被允许；但也不追求延长寿命，甚至不想为苟延残喘做任何有效的努力。来这里就是等待死亡，而且是内心安详地等待死亡，因为死在圣城瓦拉纳西，将获得"moksha（解脱）"。

"moksha"是印度教最重要的概念之一，就是真正的自由、解脱。印度有80%的人为印度教徒。印度教与佛教一样都相信业报轮回，认为人间充满苦难，轮回表示着苦难的继续，渴望往生，最高的果报是不受轮回之苦，灵魂得以解脱。虽然按照印度教教义，肉生在此世也能修炼成解脱，就是放下世间所有的欲望与执念，四大皆空。死亡那一刻获得的解脱，可以从生生死死的轮回中释放出来，得以自由。所以能够死在圣城，就成为印度教徒的心愿。因为如果死在瓦拉纳西，就能够直接升天。

这一允诺，使得不少信徒在弥留之际来到瓦拉纳西，入住这所不起眼的小客栈。

瓦拉纳西在印度北方邦境内，位于恒河中游，是世界上最古老且持续有人居住的城市之一。据说，这座城市是由印度教三主神之一的湿婆所建，是一座"永恒的城市"。马克·吐温曾说："瓦拉纳西比历史更遥远，比传统更古老，比传说更悠久。甚至把历史、传统、传说加起来，都没有瓦拉纳西一半衰老。"瓦拉纳西的地位如同耶路撒冷、麦加、梵蒂冈，是印度教徒、佛教徒、耆那教徒心中的圣地。高僧玄奘当年历经九九八十一难，渴望到达的西天极乐世界，指的就是瓦拉纳西。

从恒河前往城镇，在谜一样的小巷中，有无数个寺庙与神殿。每一个寺庙都供奉着一个印度教的神。印度教是个多神宗教，无以计数的神，瓦拉纳西有多达3000个不同的寺庙。于是，瓦拉纳西也被称为"寺庙之城"，无数朝拜者络绎不绝。莫克提客栈就位于这盘根错节的小巷。朴素的两层楼，10间客房，白色的墙，绿色的窗门，一个小寺庙和一个祭司。客栈破落简陋，墙角颓塌，屋檐斑驳，又因为朝向幽深潮冷，透着神秘。每年有200个家庭来到这间小旅店，让其亲人度过他们生命的最后时光。我问客栈负责人，到目前为止，共有多少灵魂在这里得以解脱？大约14700。数以万计的生命在这里死去，令人意外的是，到了这家客栈，却发现它是那么宁静、祥和。

入住这家客栈，不需要支付任何费用，客栈的运营费用来自捐款。客栈创办于1958年，已经经营了一个甲子。就算客满了，他们仍然接受来客，他们的原则是，不拒绝任何一个来瓦拉纳西寻求解脱之人。他们为入住者提供从恒河打来的圣水，为入住者24小时颂唱关于印度神的圣歌，死者可以在临死的瞬间听到印度神的名字。

关于Mukit Bhavan，有一部电影，名字就叫《救赎客栈》（Hotel Salvation），已经上映。令我不解的是：为什么叫《救赎客栈》？救赎与解脱根本是两个概念。于是，我专门请教一位印度的英语教授。她思考了一会儿后，回答我：因为"moksha"在英文里找不到更恰当、更贴切的解释。好在，"moksha"一词在中文有更准确的翻译。影片的主题是生老病死、灵魂、肉体、永恒、现世，还有亲情这些人生最重大的话题，而导演布提阿尼（Shubhashish Bhutiani）却是一个90后年轻人。

小客栈的经理苏克拉先生（Bhairav Nath Shukla）已经在这里工作、生活了40多年，一直在为这些临死渴望往生的灵魂祈祷。苏克拉先生全家都住在这个客栈，他的家人已经习惯于面对死亡。生老病死，晨昏四季，概莫能外，皆为自然。苏克拉先生学会将死亡作为人世的常态接受，不为其所动，不为其所伤。他记得每一次死亡，因为都在他眼前发生。他自己也已老去，面对死亡，他说：死亡是一个过程，死亡不是一个瞬间，死亡是一个程序。这个程序就是，在死者灵魂升天之前，将人间众多隐藏的情感，浮出表面。因为他看见太多面对死亡产生的情绪，将死之人的，及他们亲人的。

临死的人由家人陪同，从印度的四面八方而来。客栈只收容濒死之人，那些身体还挺得住的人会被拒绝。住在这间小客栈的提万瑞（Deware）老人正是如此。老人已经87岁了，住在离这里100公里的农村。在过去一个月里，他已经无法吃任何固体的食物，只能靠流食维持生命。老人感觉自己大限已近，作为虔诚的印度教徒，老人认为瓦拉纳西就是世界上最神圣的地方，是离天堂最近的地方，能够死在瓦拉纳西，是老人最大的心愿。老人叫家人把他送到这里。老人的妻子已经过世，他的长子和幼子都放下农活，一起把他抬上来。因为老人已经无法下地走路了，全家人陪着老人住在这里，等待死亡。

死亡，在我们可以想象的所有方式中，都是黑暗可怕的，但这家客栈提供的是另一种方式——解脱。到了这家客栈，才知道这里的人对待痛苦竟然如此平静，就像提万瑞老人这样。提万瑞老人平静的心情与他脸上痛苦的神色，相互作对，也相互作陪，于是他就这样平静而又痛苦地应付着眼前的时光一分一秒地在他眼前流逝。

苏克拉先生从众多的死者身上看到，宁静无争并不是天生自然的心境，它其实是一种被迫的状态，一场与这个世界的苦难相持不下的自我放逐。因为世间的苦难悲凉，令许多人内心绝望而彻底寒心，因而退出这个尘世的角逐。对死亡的向往，是对解脱的渴望。提万瑞老人也是如此，他完全不畏惧死亡，死亡只是意味着一切都过去，一切苦难终于结束。他面对死亡非常宁静坦然，虔诚的信仰慰藉使他终于可以摆脱生死轮回。何况，死在圣城瓦拉纳西可直接升天这一允诺，更是让那些深信此道的信徒心平气和地面对死亡，充满解脱的期待。老人说："这里离天堂只有一步之遥，这里有这么多的寺庙，这里有恒河，这里召唤我来，能够死在这里，是我的福分。"

老人的家人，却做不到像老人一样平静。尽管他们也知道此行的目的就是等待死亡，却难免有些感伤。

一个星期后，老人已经根本无法进食，就连流食也接受不了，数度昏迷，失去意识。老人的家人感觉他们将会随时与老人告别。苏克拉先生并不这么认为，他知道老人还能撑些日子。苏克拉先生经历了数以万计的死亡，他能相当准确地预测出客人的死亡时间。他说，有些人是自己走来的，但很快就离世；有些虽是抬来的，却还能坚持些日子。提万瑞老人属于后者。果然，又过了一个星期，老人能坐起来了，而且可以进食，还能吃些固体食物，身体好像好了起来。按规定，老人需要离开了，因为只可以在这里住两个星期。两个星期后没有离世，就要离开，回自己的家，或搬到别处，将床位留给别的将死之人。

老人的家人很高兴神延长了老人的寿命，准备带老人回家。老人也欣然同意，他说："神还没有召唤我，所以我要回家了。"他又说，"什么时候神召唤我，我随时回来，我随时准备着。"

一个月后，提万瑞老人再次回到瓦拉纳西，只是这次他是被藏红花包裹着运进瓦拉纳西的。原来，老人回到村子没多久，就死在自己家中。在瓦拉纳西升天的愿望终不能实现。于是，老人的家人将他的尸体运来瓦拉纳西进行火葬。

一路都会见到像这位老人那样裹着金闪闪、明亮亮、彩艳艳的长袍的尸体。每天大约有100具死尸从印度各地被运来，就是为了在圣城焚烧。

提万瑞老人的尸体被放置在码成堆的柴火上。根据印度的丧葬习俗，由死者最近的男性亲属——老人的长子点燃圣火，火葬大约持续两个小时。家人在旁静静观看着老人被圣火吞没。据说，这里的圣火可以直接送人去天堂。最后，由长子将一罐恒河水泼在死者的灰烬上，这是亲人对死者的告别仪式。这时，他们确定亲人往生了。

圣城瓦拉纳西横穿北纬30度，已经见证人世间的生生死死

3000年了。对于印度教信徒而言，圣城瓦拉纳西是死亡与生命、现世和来生的接壤处。人们来这里既是为了死，也是为了生。在瓦拉纳西，死亡司空见惯，并非悲伤之事，因为人生就此解脱了。

这座城市到处都是为了"解脱"而进行的仪式。最常见的就是在恒河沐浴和在恒河畔火葬。

信徒相信恒河水可以洗净尘世的罪孽，并能够净化灵魂。恒河也是幸福与希望的源头。恒河的水质被西方卫生组织多次警告，但虔诚的印度教徒却说，这是圣水，不以人间的标准来衡量。饮食起居、生老病死，一切与这条母亲河息息相关。恒河里不仅有祈祷的教徒，也有洗浴的水牛、祭祀的香火。河畔青烟滚滚的"巨大的露天火葬场"，每年在这里火葬的就有2万多具尸体。信徒相信，在这里火葬，可以直接升天，超脱生死轮回，真正从苦难中解放出来。

英国殖民时期，基督教传教士被瓦拉纳西的"解脱"仪式吓到了。他们先是看到那些死者、痛苦呻吟着的临死之人，被浸入恒河水，或被喂以恒河水喝，恒河里的尸体腐烂发臭；再看到"光天化日下当众焚尸"，黑烟滚滚，蔓延在瓦拉纳西的上空，加上恒河畔恶臭的垃圾和动物的粪便，及岌岌可危似乎随时有可能倒塌的古老建筑，对他们来说，在这里待上一分钟就已经要晕了。而在那些沐浴在日出时恒河里的虔诚印度教徒眼里，这里的一切都美好祥和，非常打动人。河上漂浮的垃圾及污物，由于缺乏基础维修而破败走样的城市面貌，在他眼里根本不存在。不由要问：他们眼里的瓦拉纳西和我们眼里的是同一座城市吗？可能前者看到的是人间的情景，而后者看到的是印度教的神的暗喻。无论如何，也不能够否认这个城市给你留下的深刻持久的印记，无论是美好的，还是糟糕的。

英国传教士反对印度教露天火葬的行为，试图将恒河边的露天火葬场迁移到郊外，因为"实在太不卫生了""实在太落后愚昧了"。基督教徒得出结论：基督教的"救赎"比印度教的"解脱"的概念更接近神的旨意。

但是，圣城瓦拉纳西坚决反对！这场关于不同价值观的争执持续了几十年，直到1925年，英殖民当局撤销他们的提案，争执才结束。报告上写道："火葬场并不是为了这座城市而存在，而这座城市却是因为火葬场而存在。"

这份档案至今保存在瓦拉纳西的城市档案馆。◉

12

我一生背负的"贱民"枷锁

我最早知道"贱民"这个形象,是在博尔赫斯(Jorge Luis Borges)的那篇著名的小说《沙之书》(*The Book of Sand*)中。书中写道,这一天,博尔赫斯在家里,有人敲门,非要卖给他一本非常神秘的书。书脊上面印着"圣书",下面写着"孟买"。书上的内容看过后,就不复存在。再翻回来,再也找不到。而且,这本书永远读不完,无穷无尽地多出页数,所以称之为"沙之书","因为那本书像沙一样,无始无终"。而这本书最初就是从一个印度"贱民"那里得到的。小说形容这位"贱民"是"谁踩着他的影子都觉得晦气"。

在古印度,"贱民"不能进入寺庙,不配接受教育,不可使用上游之水,不能够和他人同行,他们走过的足迹需要清理,连影子都不配与别人重叠。如果谁不小心踩到"贱民"的影子,要请祭司做法事消除"污染"。在5世纪初,中国高僧、著名的旅行家法显从中国到印度时,曾经简单地记载过:在印度有这么一个群体,他们远离城市，需要戴着铃铛走路，以发出声音来警告别人他们来了，别人好避开，以不被他们污染。法显法师描绘的这群人正是"贱民"。

那么，今天"贱民"的生存现状如何？我找到一个统计数字，是印度国家人权委员会报告的数据：

2015年——

每18分钟就有一起针对"贱民"的犯罪；

平均每天有两个"贱民"被杀，三个"贱民"妇女被强奸。

2010年——

37％的"贱民"生活在贫困线以下；

54％的"贱民"营养不良；

在28％的村庄里，不允许"贱民"进入警察局；

"贱民"在48％的村庄不被允许获得水源；

"贱民"小朋友在39％的政府学校被安排单独坐，不得与其他同学同桌；

在"贱民"家庭出生的每1000名儿童中有83人在第一个生日前死亡。

但它们仍然只是数字，我很难相信，也很难与自己联系起来。我想亲自去和一位"贱民"聊天，知道他真实的故事、真实的想法。

现实生活中，作为一个外国观光客，很难有机会和"贱民"打交道。一个偶然机会，我知道德里的尼赫鲁大学（Jawaharlal Nehru University）艺术学院专门研究佛教美学的阿隆南教授

（Y.S. Alone）正是"贱民"出身，而且是佛教徒。他是印度极少的佛教徒之一。我在旅途中遇到一些来印度朝圣的佛教徒，他们大多来自东南亚的佛教国家。今天的印度人对于佛教及佛教徒仍然抱有极大的自豪和尊重，唯独对本国的新佛教徒除外。因为印度的佛教徒往往与印度宪法之父、"贱民"出身的安贝德卡尔博士（Dr. Babasaheb Ambedkar）发起的平权运动有关。也就是说，佛教徒多是"贱民"。

阿隆南教授很开朗，很喜欢与人交流。听说他到中国做访问学者，给中国的大学生讲印度的种姓制度时说："你们知道什么是'贱民'吗？我就是！"听他这么一说，中国大学生们眼睛瞪得大大的，一脸的好奇：只在书本上读到过"贱民"，今天见到活的了，而且还活生生地站在眼前。

阿隆南教授的"贱民"身份，加上他的佛教徒身份，让我对他非常好奇。虽然知道阿隆南教授不介意谈及自己的"贱民"出身，"贱民"毕竟是个极为敏感且隐私的话题，在采访之初，我先小心翼翼地提醒他，如果我问了任何不当的问题，请他原谅，请他让我知道。

阿隆南教授听了哈哈大笑，爽快干脆地说，他什么都愿意回答，我什么都可以问。

他笑道："无论你问什么，都不会超出我所经历的。"

他用一句玩笑话道出了自己悲惨的经历。

我的第一个问题就是："从钱德拉布尔（Chandrapur）镇的'贱民村'，走到印度第一流学府尼赫鲁大学，你都经历了什么？"

"我来自马哈拉施特拉邦（Maharashtra，孟买所在邦，也是经济第一大邦）的钱德拉布尔镇，我们镇的'贱民'比例大约是

15%到18%。我的父母来自同个族群，都来自极为贫穷的家庭。印度的贫穷人口很多，而'贱民'又是这穷人中的最贫穷者。无数'贱民'家庭都被贫穷和歧视这两座大山压弯了脊梁，在肆虐的诅咒中，哀号一生。

"20世纪50年代，安贝德卡尔运动广泛地传播开来，钱德拉布尔就是安贝德卡尔运动最重要的地区。安贝德卡尔博士激励了无数的我们。我的父母都亲身听过他的演讲，积极响应安贝德卡尔运动。也是在他的领导下，我的父母及我们整个族群社区在1956年集体皈依佛门。从那时起，我们那个社区的人就对'贱民''种姓''平等''压迫'这种字眼非常敏感，对一切有辱尊严的对待非常敏感。当然，宗教信仰的改变也产生了不同的思想——就是我们不再相信印度教的神，而是相信自己的努力。1956年10月14日，在安贝德卡尔博士领导下，50多万人皈依佛门——那是印度历史上最大的皈依典礼。

"你知道普勒（Jyotirao Phule）吗？他是印度19世纪的思想家，第一个反种姓制度的社会改革家。以前'贱民'被剥夺受教育的权利，Jyotirao Phule是第一个提倡向'贱民'和女性开放、提供教育机会的社会活动家，所以'贱民'也可以接受教育了。但是我的祖父很早就过世了。父亲作为家中的长子，读到13岁时只能辍学，和我的祖母一起支撑起这个家。我父亲只能去做苦力，他做过砖头，做过各种杂工以养活他的3个弟弟妹妹，还供他们读书。我的父母从小就认识，青梅竹马，他们是自由恋爱。和我母亲结婚后，父亲还要供我母亲去完成教师培训课程。之后，我的母亲取得了教师执照，成为一名小学教师。我的父亲随后跟一个师傅学了会计，后来成了记账员，再后来在一个穆斯林开的店里当了财务经理。

"1963年我出生的时候，我父母的经济环境已经有了巨大的改善。我们盖了自己的房子，而且带厕所，带电路。你要知道，这在当时可算是奢侈品了。那时，印度很多人的房子都没有这两样，而我的父母通过他们的努力做到了。也是因为受安贝德卡尔影响，我父母越来越意识到教育的重要性。我父母最大的愿望就是让我们兄弟姐妹三个都接受完整的教育。我们小时候，父母最常对我们说的就是'安贝德卡尔博士多有学问，将来你们也要这样''你们一定要向安贝德卡尔博士学习'。总之，安贝德卡尔博士就是我们的榜样，我们渴望将来也能像他那样!

"所以无论读书这条路对于'贱民'有多难，都一定要走下去。学校那些有种姓偏见的孩子会嘲笑我们，经常对我们指指点点，骂我们，叫我们'马哈尔'。我们那个镇的'贱民'，积极响应安贝德卡尔运动。我们这些孩子很敏感，我们从小就被教育要捍卫自己的尊严。我们就对骂我们的孩子们说：'关你什么事? 我们又没要你们家养! 我们又不花你爸的钱!'有时候他们还会说：小贱民还挺把自己当回事。他们不仅侮辱我们，还侮辱安贝德卡尔。他们骂道：'你们和你们的那个安贝德卡尔博士一起去死吧。'侮辱安贝德卡尔博士，那是我们绝不能容忍的。我们就和他们打起来。我并不是班上唯一的'贱民'学生，我们总是集体跟他们斗争。

"暴力，语言和肢体的暴力，比较容易被识别，我们知道如何对抗；但是，更多的时候，暴力是在静音模式下启动的，就是那种眼神，那种指指点点，那种鄙视、嫌弃，包括学校老师也对我们少笑脸，少鼓励。那种冷暴力杀人于无形。

"今天的'贱民'不是没有受教育的机会，而是去学校接受教育的过程中要面对冷暴力。这种冷暴力普遍存在，却要每个'贱民'小朋友默默承受。一个小朋友需要多么坚强才能做到？不仅这个小朋友要很坚强，他的家庭、他的整个社团都需要很坚强。我算是幸运的，就是因为我从小就已学会坚强。我们家所有亲戚的孩子们，都会去反抗任何的不公平。我们的社团也很团结。我们学校有几个教师也是我们社团出来的，而且我的哥哥也在我们学校，他又是学校里最聪明的学生，总考第一名，加上我母亲又是一名小学老师，这些都让我的处境不算太糟。

"渐渐地，我们也和学校里的一些同学成为朋友。一次，我们一起玩，口渴了，一位同学叫我们到他家去喝口水。刚到他家，他父母就回来了。他父母对我们的态度就截然不同。他们给我们倒完水后，会立刻退到一边，一直同我们保持距离，生怕被污染了，好像我们是瘟神，然后还叫我们把我们喝水的杯子放到屋子外面。因为我们用过了，他们得分开洗，不得与他们的杯子一起洗。

"我注视着高种姓人那种永远挂在脸上公然的、肆无忌惮的歧视，感觉到彻骨的寒冷，于是我心里产生了一个疑问——我面前站着的这个高种姓者，他的优越感如此之高，高得早已盖过他的人性；他的人性已被他的优越感完全污染了，那么我面前站的这个人，还可以称之为人吗？这个疑问一直保存至今。

"那以后，我们再也不去别人家了。如果我们口渴了，也只去我们族群的人家要水喝。即使需要多走上几里路，我们也情愿。我对以前那些对我不好的人从来不怨恨，但是同时我也不畏惧，随时准备站出来对抗一切不公平。对这个世界，我只有两件事情决不妥协，一是侮辱我的智力，二是侮辱我的尊严。我们没有任何像婆罗门这些高种姓印度教徒所拥有的社会资本；我们唯一有的，就是安贝德卡尔博士倡导的务实、理性的思想，和在宪法框架内要求正义的渴望。

"我们兄弟姐妹三个，都受过很好的教育。我的哥哥是工程师，在州政府工作。我的妹妹是小学校长。我是教授。我是我们家族第一个博士，也是第一个考上艺术博士的'贱民'。你可以想象吗？这个国家是1947年独立的，宪法是1950年出台的，而第一个'贱民'是在1988年获得艺术学士学位的。这条路我们整整走了40年！从这一点，你就知道'贱民'受教育的情况有多么糟糕，'贱民'的生活有多么艰难。学艺术需要花很多钱，但我的父母对我说，别担心，你就好好读书，钱我们来想办法。后来，我哥哥当了工程师，他也对我说，我会给你寄钱的，你一定要读完博士。我还要补充一点，我的两位表兄弟早些时候也曾学习艺术，但因面临巨大的经济困难而无法完成他们的学业。另外，我有幸获得了大学拨款进行初级研究的职位。事实上，我是第一个获得这个艺术史学科职位的'贱民'学生。就这样，我一路把博士读完了。我之后，我的侄子也读到了生物化学博士，后来去美国读博士后。

"可就算我们读到了博士，成了医生、工程师、公务员，我们仍然背负着'贱民'的身份。'贱民'仍然是我们身上抹不掉的烙印。生是'贱民'，死是'贱民'，子子孙孙仍为'贱民'——这就是种姓主义者根深蒂固的观念。

"安贝德卡尔博士说过知识分子和受教育者的区别：前者有思想，他们希望改变；后者并不希望改变。受过教育，如果受的是带有自我优越感的教育，这种教育不但不会让他们成为有思想的人，反而会阻挠他们的思想进步。因为他们只为自己考虑，所以你会经常看到医生、工程师这些受过高等教育的人，在要嫁妆这一点上仍然死守不放。他们永远不会承认自己的自私贪婪，还美其名曰自己在维护传统，而作为印度人，维护古老的传统和文化是义不容辞的责任。可见教育对他们起了什么作用！教育本该是自我改变、自我完善的途径，而不只是为了得到一份体面工作的工具。

"我的妻子也来自我们那个族群，也是一名佛教徒。我们是去法院登记结婚的，没有举行任何传统的仪式。这在印度非常标新立异。我和我妻子选择在宪法面前宣誓结婚，而不是在那些愚昧落后的婚俗礼教面前。我的妻子是家里唯一的女孩子，我的岳父母不希望我们以这种方式结婚，可我妻子说服了她的家庭。我对我孩子的教育也是安贝德卡尔式的教育。比如，我的大儿子很小的时候就会和他的小伙伴辩论有没有神的问题。印度教徒的小孩子说有，我的孩子说没有。这就是我的孩子和印度教徒的孩子的区别。

"我刚刚被评为正教授，我们家庭和我们的朋友们为此小小庆贺了一下。他们都为我高兴，可是我能给他们的幸福也就这些了。我们的悲伤是集体的，我们的喜乐也是集体的。我的家人和我的朋友都为我感到自豪，因为我们的成功来之不易，任何事情都需要争取。婆罗门从出生就获得优势，能立即得到掌声和崇拜。我不在乎精英主义和崇拜，我只是坚持不懈地努力。我认为个人奋斗才是硬道理，所以我的学术成就不仅局限于艺术史。

"可惜我的父母都已经过世了，不能再与他们分享我的成功。我的父亲在2005年过世，我的母亲在2010年去世。我母亲是一名'战士'，一个非常勇敢的女人，遇到不公平的对待，她会挺身而出。我母亲在世的时候，她看到我去过荷兰、德国，没能看到我去更多的国家发展自己的事业。2012年我去中国时，我就想，如果我母亲还活着，我一定一定带她去中国。如果她看到我在国外的发展，在国外受到的尊重，她会非常非常欣慰的。我在中国时曾经与几个年轻的学者分享过我的愿望，并告诉他们我的遗憾。"

阿隆南教授谈到他母亲时，非常动容，有些哽咽。当他接连用了两次"一定"两次"非常"时，连我都跟着伤感起来。似乎那种尊重是他们在自己国家得不到的，而他们又将尊重和尊严看得比生命还重。

这次采访前，我做了一些功课，包括专门看了阿米尔·汗（Amir Khan）主持的关于"贱民"的那一集《真相访谈》（Satyamev Jayate）。节目采访了一个印度教的原教旨主义者，他说，作为一名印度教圣典的信徒，他相信种姓制度和"贱民"阶层存在的必要性，打破种姓制度就如同让一个人倒着走路，如果一个人头先着地走路，那不是很奇怪吗？被问到在印度宪法和《吠陀经》之中做个选择，他会选择什么，他回答："宪法不是我的宪法。宪法是反印度教的法律。"于是，我问阿隆南教授，极端的种姓主义者真的会这么认为吗？

阿隆南教授苦笑一声，说："那是他们内心深处最真实的想法，他只是愚蠢又诚实地把它大声说了出来。其他的婆罗门多少会虚伪地掩饰一些，但是他们内心都是这么认为的。如果你去问那些婆罗门，印度是否存在种姓制度的不公平？他们会告诉你不存在，他们会告诉你完全平等。他们没有感觉到不公，他们认为这一切都是正常的，'贱民'就应该被如此对待。他们自己生活在这种谎言中，而且到处散布这种谎言！婆罗门不愿意改变种姓制度，因为他们是受益者。"

"那么，今天印度的'贱民'处境如何？与以前，境遇有多大的改变？宪法不是已经废除种姓制度了吗？"

"没有根本性的改变。宪法已经废除了种姓制度，但是人们还在延续以前的习惯。今天，'贱民'的处境仍然糟糕，'贱民'只有在竞选的时候，才成为政客的选票银行，平日无人问津。他们不是因为做错了什么，而是因为种姓，从一出生就注定过着没有尊严的生活。在今天，还能看到'贱民'被人活活打死、烧死的新闻，却无人来管。这就是我们印度达利特人（Dalit）①的生活。这个国家已经独立了70年，可很多'贱民'仍然生活在奴隶的桎梏里。现实生活中，达利特人用过的杯子会被扔掉；达利特人坐过的位子，没人敢坐。"阿隆南教授义愤填膺地倾诉，"歧视、隔阂没有改变。唯一改变的是，以前面对歧视，没有意识到那是歧视，今天的'贱民'却已经意识到了。但是歧视的本质没有变，一直都在，只是以不同的形式存在——现在已经不再是赤裸裸的暴力了。"

　　跟其他千千万万被压迫的"贱民"相比，阿隆南教授是幸运的。他的父母都识字，母亲还是一名小学教师。从他父母那代人就已经有了很强的教育和平权意识，而且，他们家很早就住上了带厕所、带电路的房子。我问阿隆南教授，这是不是跟他来自钱德拉布尔有关？那里有点儿像"'贱民'的革命根据地"。

　　阿隆南教授说："是的，跟我们那里的安贝德卡尔运动密不可分，我们那里人的平等意识比较高；但是，这场安贝德卡尔运动只是让我们意识上有了提高，政治上我们并没有获得任何好处，政治上仍然是婆罗门掌权。当然，跟印度的其他地方比，我们的处境算是好的。你可以想象印度其他地方'贱民'的生存处境，尤其那些边远的农村。你在《真相访谈》看到的，都是真实

————————

　　①　达利特人是"贱民"的通用术语。

的，'贱民'就是要提心吊胆、战战兢兢地过完一生。"

"你算是印度独立后处境大有好转的'贱民'吧？"

没想到，阿隆南教授非常反感我的这一说法，他气愤地说："甘地没有为我们'贱民'做过任何事情。他跟英国人斗争了半天，到底在为谁战斗？他是在为自己的印度教斗争，他从来没有试图为我们的处境做过斗争。你可以查看1955年BBC对安贝德卡尔的采访，听听他怎么评价甘地，你就知道真相了！甘地在伤害'贱民'的政治权利方面起了关键作用。锡克人、穆斯林等团体认为自己不同于印度教徒，应当获得区别对待，成立单独选举区。安贝德卡尔认为'贱民'在四大种姓之外，也不属于印度教群体，也应该有单独选举区。甘地表示'贱民'仍然是印度教的一部分，他不能容忍这种分裂行径，并且又玩绝食那一套来抗议。在印巴分治的时候，当印度分裂的时候，甘地怎么不玩绝食来抗议？而且，他在国会会议上是投了分治的赞同票的，这个是有影像记录为证的。如果不是甘地反对安贝德卡尔的提议，我们的处境不会是今天这个样子！"

这瞬间颠覆了我以前对圣雄甘地的认识。之前，我听过这么一句话：在印度，只有两样东西可以跨越种族之间的鸿沟，被所有人所接受——一样是板球，一样是甘地。我对甘地的认识也就停留在此。阿隆南教授的说法使我不仅感到新鲜，而且诧异。事后我做了一些功课，包括看了自传电影《安贝德卡尔博士：一个未被告知的真相》（*Dr. Ambedkar: The Untold Truth*），开始疑惑历史的真相到底是什么。

当时，我只能继续根据我的问题提纲往下问。关于为什么印度人如此介意"贱民"用水一事，我在许多场合都听到"贱民"不能碰水源的故事。比如，他们不被允许在上游用水，只配在下游用水；他们也不被允许直接从村里的井打水上来，而是要由高种姓的人将水打上来，再倒给他们；学校的"贱民"小同学如果去喝水，不可以直接去接触水源，他需要由高种姓的小同学陪同，然后由高种姓的小同学倒给他喝。有些"贱民"小同学知道自己被嫌弃，为了避免麻烦，就在上学前咕咕咕地喝饱一肚子水，到了学校就再也不喝水了。我也在阿隆南教授的讲述中听到了类似的故事，于是问他这背后有什么缘由？

"因为他们认为'贱民'是不洁的，水源被我们接触了，那么水就被污染了。种姓制度不仅只是等级制度，还引入了纯洁与污染这些荒唐的概念。其实，没有任何逻辑、理性或者缘由可以遵循，却约定俗成地成为他们遵守的种姓义务和仪式。"

"你多大的时候意识到自己身份的特殊性？"

"很小的时候就知道了。"

"多小？"

"5岁左右吧。当我看到不同社区有不同处境时，我就意识到了我们的不同。我们社区的人会庆祝佛教节日，我们会纪念安贝德卡尔博士的诞辰，别的社区没有。他们不但不纪念安贝德卡尔，而且反感他。婆罗门心底排斥安贝德卡尔博士，因为他要颠覆婆罗门制度。安贝德卡尔博士是唯一一个在20世纪为'贱民'和所有受压迫的人民，包括为妇女和劳工抗争的英雄。婆罗门却把他说成暴力分子。婆罗门和印度教的种姓分子恨安贝德卡尔博士，也恨拥护安贝德卡尔博士的'贱民'社团。那些没有追随安贝德卡尔博士的'贱民'，婆罗门和印度教的种姓分子反而会给他们一条活路。"

"今天，人们对你的态度应该很不一样了吧？你的学生、你的同事，也包括那些儿时欺负你的小朋友。"

"今天，别人对我的态度已经很不一样了。小时候嘲笑我们的那些小朋友，现在都长大了，态度也都改变了，我们遇见了会彼此问好；那些坚持不改变态度的，我们之间不再说话。我的学生们都很尊敬我。我的一些同事内心可能会有一些想法，可他们能做的、敢做的，也就只有这些了。他们一般情况下不敢公然对我做什么，所以我也不与他们计较；但是，这次评正教授，我的那些同事又在我背后搞事情。我需要跟他们斗争。当然，有一些同事是支持我的。"

"现在你能自由地交到各种朋友吗？"

"我从来不会因为别人的背景、宗教信仰而有什么偏见，我愿意跟他们交朋友；问题是，他们是否愿意和我交朋友？！"当慷慨陈词的阿隆南教授说起"他们是否愿意和我交朋友"时，口气竟然有点儿像个小朋友，带着小孩子的委屈，让人有些心疼。

"那他们愿意和你交朋友吗？"我的口气也像在问一个小朋友。

"基于我今天的成就，许多人还是愿意的；但是，他们对待其他没有成就的'贱民'的态度可就不一样了。那些没有成就的'贱民'为什么不能成为他们的朋友？！"

"印度所有的大学都有硬性规定：必须保证保留15%的学位给'贱民'，可是永远招不满学生。这是为什么？"

"你一定也从我们的交谈中得知'贱民'上学有多么受歧视，同学歧视你，老师也很少鼓励你。老师会不由自主地给予那些高种姓的小朋友更多关注和宠爱。'贱民'小朋友去学校是去受保护的，是去接受教育的，不是去接受歧视的。多数情况下，他们选择放弃，不再读书，不再受气了，回到自己的社团算了。

当然，不能否认，另一个原因就是'贱民'的教育意识薄弱。我们邦的教育意识算高的，其他地方普遍教育意识薄弱。"

这时，我问了一个问题，把阿隆南教授逗乐了。我问："你们可以改一下自己的姓氏呀，或者搬到一个没有人知道你们背景的地方重新开始。这样是不是就没有人知道你们属于哪个种姓了？"

我问的时候是认真的，没有觉得好笑；可阿隆南教授听了，哈哈大笑。他说，我把问题想得太简单了，种姓制度非常森严，哪容你轻易逃脱，被发现后的惩罚让人难以承受。历史上，有人这么做过，后果非常严重。

阿隆南教授补充道："像我们家是安贝德卡尔博士的跟随者，这一点就已经暴露了我们的身份。"

"关于'贱民'的称呼有好几种，什么达利特人、不可接触者（Untouchable）、马哈尔（Mahar），等等，有什么区别吗？

"在佛教文本中提到'达利特'这个词，意思是贫穷、赤贫。除此之外没有其他文献提到这个词。伟大的思想家圣雄普勒（Mahatma Phule）用Dalit和Pada-Dalit特指'贱民'，意思是首陀罗和赤贫的首陀罗。Pada-dalit表示'贱民'，即极端贫穷的平民。现在，'达利特'这个词等同'贱民'。'马哈尔'是一个种姓的名字，本身并没有什么不好的意思；但是，有种姓偏见的印度教徒在使用这个称呼时赋予了恶意。后来，'马哈尔'成了一个骂人的词。'不可接触者'这个词，从字面上就可以知道是指不可接触的人，是从马拉提语和印地语'asprishya'翻译过来的，Untouchable是一个英语词汇，它捕捉了真实的社会性质。"

"哪一个是最少歧视色彩、最中性的称呼？我应该在我的书里用哪一个称呼？"

"达利特人是一个通用术语，它还能帮助'贱民'社团走到同一面旗帜下。也有人不喜欢这个称呼，但是这个词在学术文章中经常使用。在美国和英国，达利特人是比较流行的术语，大家也都知道，它指的是'贱民'这个种姓和其社团。你也可以使用其他术语，如'不可接触者'。"

"我仍然觉得，不可接触者，从字面意思上就很有歧视色彩，而我知道，甘地曾经给'贱民'起过一个名字，叫'哈里真（Harijan）'，即天民、神的子民，意思是他们是神的孩子。你对这个名字怎么看？"

没想到，阿隆南教授又愤怒了。他说："那是一个很糟糕的名字，没有尊严。神的子民，那么就是说'贱民'的父亲不明，这意味着这个人是狗娘养的，连自己的父亲都不知道。我们'贱民'和安贝德卡尔博士的信徒反对这个称呼。只有甘地和印度国大党的追随者坚持用它。我们从来不喜欢这个词，如果有人叫我们Harijan，我们就会回答说：'我们是我们自己父亲的孩子，而不是哪个混蛋的。'这就是所谓的革命领袖圣雄甘地对贱民的贡献？！"

"如今，会出现一个又一个'贱民'村突然集体改信伊斯兰教、佛教、锡克教或者其他宗教的现象。抛弃原先的印度教信仰，对于你们来说，心里会挣扎吗？"

"对于'贱民'来说，抛弃印度教信仰并不困难。'贱民'一出生就是印度教徒，我信你印度教，你印度教却如此对我，视我为草芥，给我非人待遇。改信他教，就是一种反抗，就是逃离几千年来对我们不公平的对待。我们受够了。安贝德卡尔博士在他皈依佛门前就已经立下誓言：'虽然我是以一个印度教徒身份出生的，但是我可以明确地告诉大家，我绝不会以一个印度教徒的身份去死。'"

"可改变宗教信仰，似乎不足以改变'贱民'的生存状况。不是吗？"我问。

"改变宗教信仰不可能立刻带来改变，这只是第一步。我们需要进行的改变远不止这些，还需要教育、就业、土地拥有权的改变。一个以清理粪便为生的'贱民'改信了佛教，昨天他是以清理粪便为生，一天赚120卢比，今天就算他成了佛教徒，他能以什么为生？如果还是清理粪便，他的经济地位能有改变吗？没有！所以，他的社会地位、现实处境也没有发生改变。我们需要斗争的，仍然很多。但是，改变宗教信仰，可以让我们摆脱宿命论思想，相信努力，相信自己可以改变命运。这让我们在通往美好生活的道路上又前进了一步。"

"当你们改变了宗教信仰，不再是印度教徒，就是告别了印度教的种姓制度，为什么还会被当作'贱民'对待？"

阿隆南教授激动地说："这正是问题所在！我们已经告别了印度教，我们已经跟种姓制度说了good bye；但是，印度的种姓意识没有跟我们说good bye，他们还在实行种姓制度。印度教的教义，就是要实行种姓责任。印度教的种姓主义者没有因为我们改了宗教信仰，也没有因为我们成为博士、医生而改变对我们的态度，'贱民'的身份仍然会终生跟随着我们，可见印度教的种姓观念多么根深蒂固。印度教的神是不讲平等的，直到印度教进行宗教改革，直到佛教的出现，才第一次出现'众生平等'的概念。所以，尽管我们改变了宗教信仰，却仍然要与种姓主义者做斗争。"

"印度是一个正在改变中的国家，年轻人的思想、观念都有了很多的转变。我跟印度的年轻人聊天，感觉他们跟他们父辈的想法完全不一样。"

阿隆南教授微微思考了一下，说："你说得对，也不对。我每天都在跟年轻人打交道。他们的思想观念确实可以很开放、很前卫；可是，一到跨种姓通婚的问题，他们开放的思想一下子就关门了。打开每周日版的报纸就知道了，有些征婚启事上会公然写着：婆罗门女孩子只找婆罗门男孩子，'贱民'勿扰。"

我也思考了一下，觉得自己在印度了解到的情况也大抵如此。今天的印度人很少会在日常生活中谈及种姓这个话题；但是，一到谈婚论嫁的时候，他们还是会讲究种姓的门当户对。对于婚姻，印度人还是会严守种姓这道关。据统计，目前印度只有5%的跨种姓婚姻。我说："在今天的印度，如果你优秀，可以靠自己的能力争取一份好的工作、好的生活，种姓可以被很大程度地忽略；可一涉及婚姻，种姓就很难被忽略。跨种姓的婚姻很少见。"

"准确地说，是没有见到幸福的、被祝福的跨种姓通婚。当然，跨种姓通婚少是少，但还是有的，像我的侄子，就和一个婆罗门女子结婚了。就是那个我提到的去美国读博士后的侄子，他娶了一个婆罗门女子，但那是很不幸的婚姻。她并不爱我的侄子，她只是想利用他去美国。我的侄子现在很后悔，但已经太晚了。"

"种姓制度在古代埃及和伊朗曾经存在过，包括中国元朝，将人分为蒙古、色目、汉人、南人四等，它在印度历史上表现得最为典型、复杂和持久。3000多年来的种姓制度并没有因为新型社会制度的演进而消弭，这是为什么？印度的种姓问题无法得以解决的责任在谁？"

"今天的政府有责任，今天的掌政者都是印度教信徒，多是婆罗门种姓，他们没有感觉到改变'贱民'生存处境的必要性。只要还信印度教，就很难消除种姓意识，因为他们的信仰就包括了各尽种姓的责任。像甘地、尼赫鲁、泰戈尔这些人都没有积极地反对种姓制度。甘地跟英国人斗争了半天，他在斗争什么？他是为这个国家的印度教徒在抗争，他是要让印度成为印度教的国家。"

"印度第10任总统纳拉亚南（K. R. Narayanan）是'贱民'出身，现在新一任的总统考文德（Ram Nath Kovind）也是'贱民'出身。那是不是说明'贱民'开始进入政界了呢？"

"印度的总统是象征性的，没有实权。纳拉亚南总统是唯一一个念自己写的稿子，而不是念那些印度教徒给他写的稿子的总统。"

"中国人有一句话：'王侯将相，宁有种乎！'所以，中国有很多朝代。为什么印度人没有这种思想，没有起义？"

我越是一本正经地探讨，阿隆南教授越不相信我这样的外国人会对他们的处境产生同理心。阿隆南教授小声叹了口气："这就是你们不理解的地方了。"

显然，我不是第一个问这种问题的外国人。他接着说："因为我们的人口比例太小了，只占总人口的10%到15%左右。我们会被一下子消灭掉的。所以，安贝德卡尔博士从不希望我们使用暴力。他是一个真正的民主人士，他不相信暴力！革命只会带来政权的改变，带不来思想的改变。思想的改变无法诉诸武力，而种姓意识是一种思想疾病。"

阿隆南教授的意思是，印度今天的种姓制度体现在社会、文化、习俗、生活中，是一种思维模式；思想意识的改变很难通过武力来铲除，只能通过思想的转变潜移默化地消除。

"阿隆南教授，展望一下未来吧，种姓制度会被消灭吗？"

阿隆南教授非常肯定地回答："我们对此的态度非常乐观。事实上，我们也看到社会在慢慢改变，至少在我们那个邦。只是这种改变太慢了。政府应该加强对'贱民'社区的支持，从生活改善到教育普及等一系列的工程。我们需要文化运动，改变人们的思想。政府并不热衷于文化运动。比如，印度的牛被称为圣牛，这是印度教徒相信的东西。这种圣牛形象就得到了印度政府的大力宣传和支持；可是，他们不会把这种宣传力度用在'贱民'的平权上。可笑吧，我们'贱民'的生命连动物都不如。"

"要怎样才能从根本上消灭种姓制度？跨种姓通婚吗？从血统上通通打乱吗？"

"你说得有道理；但是，这也不是根本的方法。比如，X种姓和Y种姓结婚了，生了孩子，只要种姓制度存在，这个孩子就需要归属一个种姓。所以，最好的方法是没有种姓。像我，就不会再给我的孩子任何种姓了。安贝德卡尔博士说，种姓的根源在于印度教。引发心灵意识的变化，对于根除根源很重要。"

"听你讲下来，我感觉消灭种姓制度只有一条出路，就是印度教的宗教改革。因为如果不进行宗教改革，印度教徒所恪守的种姓制度就是在尽他们的宗教职责。"

"你说得太对了！'改变'这个词也可以顶替'改革'一词，成为一种强有力的措施。"阿隆南教授听了非常激动，就像看见自己学生的智力有了一个突飞猛进的提升，他欣慰地说，"正是如此。这正是安贝德卡尔博士所宣传的！这正是安贝德卡尔主义！"

"除了通婚、宗教改革，还有第三条路吗？"

"没有第三条路。"阿隆南教授的回答简单明了。

"可是，这两条都很难。"

"所以，我们要不断地宣传这种思想。"

"你理想中的印度是什么样子？"

"没有歧视的印度，根据印度宪法规定的样子，是一个平等、公平的社会——这是我理想中的印度。一个国家的文明进程有四个标准：一是卫生保障，二是医疗保障，三是教育保障，四是对妇女的尊重。印度这个国家，一项都没有达到。"

阿隆南教授去过中国多次。他和他的家人都去过敦煌，作为佛教徒，尤其是佛教艺术研究者，那次敦煌之旅让他印象深刻。所以我请他谈谈对中国的印象，比较一下这两个国家。

"印度是一个种姓社会，中国不是。中国人很有责任感，中国社会井然有序。中国的经济发展是令人鼓舞的！中国政府确保没有饥饿致死的事件，中国政府将投资重点放在教育和基础设施这两项最重要的工程上，而这正是被印度政府忽略的。印度的教育不是公民的权利，而是把它当成一项投资。印度30%的人口是文盲，这个国家如何发展？！中国的高速发展让我惊叹，最让我感动的中国的最大成就是女性地位的提升以及她们享有的自由和安全感。这是印度女性望尘莫及的。印度的强奸率高得令人发指。我们可以反对现有政策和决策，要求获得宪法所赋予我们的权利。印度有许多像我这样的批评家，不过印度的政治言论自由正在被包括现任政府在内的种姓力量所瓦解。"

这次访谈分两部分，历时3个多小时。第一部分主要是阿隆南教授讲述个人经历；第二部分，我们就"贱民"相关的话题进行讨论。采访结束，我感觉不是他接受了我的采访，而是他特别想宣传他的政治理念。

　　此后，我经常通过邮件向他请教问题。因为我对"贱民"所知甚少，文章写着写着就遇到了困难，阿隆南教授总是不厌其烦地回答。他也时不时给我发来一些"贱民"被迫害的新闻报道，还给我布置"作业"，让我上网查几个案例，像2006年的可瑞兰吉屠杀事件（Kherlanji Massacre），1955年BBC对安贝德卡尔博士的采访等。我想写出一篇真实同时又有感染力的故事，而他也想让我替他，甚至他的族群发出心声。

　　一讲起"反种姓制度""贱民平权""安贝德卡尔运动"，阿隆南教授就情绪激动，慷慨陈词，就像马丁·路德·金在发表演讲。他在谈话中多次提到安贝德卡尔博士，一再引用安贝德卡尔语录，可见安贝德卡尔多么深入他心。他自己这么说："安贝德卡尔博士是我的精神导师。没有他，就没有今天的我。他是哲学家，他是革命家，他是思想家，他是改革家，他是精神领袖，他是真正为'贱民'和那些受压迫、剥削的印度人民的权利而奋斗的民主人士。"

　　阿隆南教授还提到，他于1994年还在读博士时，曾经两次见到安贝德卡尔博士的第二任妻子，他们有过非常温馨的谈话。他至今还记得，谈话结束后，她对他说："你是一个有思想的年轻人，你将会有一个非凡的未来。将来有什么需要我帮助的，我一定尽力。"

　　几千年来，印度的"贱民"不能进入寺庙、学校或任何公共场所，或与其他人同走在路上。正如马丁·路德·金为他的人民伸张正义一样，安贝德卡尔博士也是这样一位精神领袖，为印度的"贱民"发挥类似的作用。就像《沙之书》一样，这是一本没有结尾的书；然而，过去几十年的进展也给了我们希望——最

后一章可以在我们有生之年写成。◉

（阿隆南教授看完这篇文章的英文稿后，进行了一些改动和补充。显然，对于他，这篇文章并不仅仅是一个故事。阿隆南教授非常礼貌地回复道："我希望你可以接受这些改动。"我说："你在为我工作，我求之不得。"他的修改也让我更加深入地了解了印度社会和"贱民"的心态。这篇文章中，曾经有这么一句话："我们改变宗教信仰，我们成为医生、教授，这些都仍然无法让我们从'贱民'的身份中解放出来。"他对此提出了异议，而且很认真地告诉我："成为医生、教授无法让我们脱离'贱民'的身份；但是，改变宗教信仰可以让我们脱离'贱民'的身份，因为我们已经不再是印度教徒了，这可以让我们过上有尊严的生活。只是种姓仍然终生跟随着我们，我们还是被当作'贱民'对待。"我心想，讲了半天，那不是一回事嘛；但是，我还是根据他的意见，改成了"印度教的种姓主义者没有因为我们改了宗教信仰，也没有因为我们成为博士、医生而改变对我们的态度，'贱民'的身份仍然会终生跟随着我们……"

由此可以看出这位"贱民"教授内心的纠结和矛盾：一方面，他作为安贝德卡尔博士的跟随者，他必须坚信改变信仰是第一步；另一方面，他又很痛苦地接受现状，即改变宗教信仰，成为医生、教授，却仍然被视为"贱民"的困境。）

13

一个点朱砂的离婚女人

瑞莎（化名）的额头上有一颗红艳艳的朱砂，红得像心一样赤诚火热，也带着喜上眉梢的欢庆。它不仅只是装饰，还是印度女子婚姻的标志。首先，表示已婚；其次，表示丈夫健在；其三，表示她的家庭和谐美满。朱砂痣可以保护这个妇女和她的丈夫。

我以为52岁的瑞莎就是那么一位家庭美满的印度女人，至少这是她留给我的印象。一个大学教授丈夫和一双有出息的儿女，儿子考上印度理工学院，女儿是一名急诊医生。那次印度行，她请我去她家。我见过她的子女、她的房子、她的用人，还有她的狗，就是没见过她的丈夫。她告诉我，她的丈夫正好出差了。我也从来没有怀疑过什么，直到有一天她告诉我有关她的故事。

我是在印度中部的一个城市认识瑞莎的。瑞莎性格非常外向大方，幽默诙谐，笑容灿烂，而且西化。比如，我们第一次见面，我还在想是按照印度的礼节双手合十还是握手时，她已经张开双臂给了我一个拥抱。可能因为她是看英文小

　　这所不起眼的小客栈，可能是世界上最独特、最神奇的旅店。它位于瓦拉纳西，创办于 1958 年。每年有 200 个家庭将他们濒死的亲人送到这里等待死亡的降临。这里可不是安乐死医院，自杀更不被允许，只是为那些濒死之人提供一个免费的住处，让他们在这里安详地等待死亡。因为印度教徒相信，死在圣城瓦拉纳西，将获得"moksha（解脱）"。客栈不收费，运营费用来自捐款。已有数以万计的生命在这里过世，但如果你来到这里，却会发现这里异常宁静、祥和。（《瓦拉纳西的"解脱客栈"》）

阿隆南，从"贱民"村考入印度第一流学府尼赫鲁大学，成为其艺术学院的教授，一路走来非常不容易。"贱民"身份是个敏感的话题，但阿隆南教授不同，他到中国以"讲席教授"的身份做访问学者，给中国的大学生讲印度的种姓制度时说："你们知道什么是'贱民'吗？我就是！"然后，他就开始讲自己的经历，宣传他的平权理念。阿隆南教授是将"反对种姓制度"作为一生志向来奋斗的，他就像个五四青年，斗志激昂，澎湃激越！（《我一生背负的"贱民"枷锁》）

此照片拍摄时间为1978年。照相馆提供汽车、摩托车和电影明星剪影，即照即取。当时，能骑着摩托车照一张相令阿隆南很兴奋，因为拥有摩托车已超出他们的经济承受范围。（《我一生背负的"贱民"枷锁》）

这是请一家照相馆到阿隆南家拍摄的。这对当时他的父母来说，价格太贵了，但父母都坚持一定要有一张照片来留念。阿隆南的母亲决定从她的工资里支出拍照费用。（《我一生背负的"贱民"枷锁》）

阿隆南家的全家福。这张照片是在流动相馆照的。之前，印度曾经流行过流动相馆，收费比一般相馆便宜。后排右起站着的分别是阿隆南的哥哥、阿隆南、阿隆南的妹妹。前面坐着的是他的父母和他的表妹们。（《我一生背负的"贱民"枷锁》）

1947年，印度独立之后，宪法已经废除了种姓制度，而且明文禁止歧视。印度宪法的制定者安贝德卡尔，也被称为"印度宪法之父"，正是一位"贱民"。安贝德卡尔是"贱民"阶层第一个获得大学学历的人，后来去美国哥伦比亚大学留学，获博士学位，是印度著名的政治家，社会改革家。他深刻地感受到印度教种姓阶级制度的不公正。1935年，安贝德卡尔正式宣布，他不再信守印度教，并皈依佛教，呼吁印度的"贱民"也放弃印度教，以讲"众生平等"这更具普世价值的佛教作为皈依。他于1947年印度独立后出任首届司法部部长和宪法起草委员会主席，负责起草印度的一部宪法，于是一部世界上最冗长的宪法在印度诞生了。（《我一生背负的"贱民"枷锁》）

许多"贱民"家里都会供奉安贝德卡尔像，这样也就"暴露"了他们的"贱民"身份。（《我一生背负的"贱民"枷锁》）

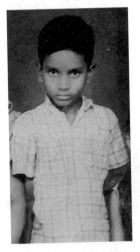

童年时的阿隆南。（《我一生背负的"贱民"枷锁》）

阿隆南教授发了一份征婚报纸给我，有些征婚启事上明确写着：只找高种姓。（《我一生背负的"贱民"枷锁》）

说长大的，又走南闯北旅游过许多国家，所以，我感觉她跟传统的印度女人不一样。

瑞莎是一位编辑，同时是一位颇为成功的作家、诗人，出过几本销量不错的英文书。瑞莎是这样一种女性：她安静地坐着的时候不显山不露水，别人倒也不觉得什么，可她一张口，腹有诗书气自华的才情立马让人印象深刻。我记得她曾经跟我讲起"贫穷产生故事"这一话题，以至于我后来很长时间内都暗自思索贫穷与故事之间是不是有着某种联系。她说，她之所以有这么多故事可以写，是因为她生活在印度——这个有着灿烂文明同时仍然物质贫穷的国家。西方太富有了，那种国泰民安的富裕地区宜居，不宜写作，他们没有故事，所以只能写玄幻、穿越、悬疑这类非现实题材的作品。而印度的精神富有和物质贫穷使印度成为一个故事的宝藏，好像每一个人身上都有一堆故事。她说，每一个印度人都是被故事喂大的，如果不把她听到的、看到的、知道的故事写出来，她都对不起这些故事了。

中国作家严歌苓也说过类似的话，她说，20世纪80年代她留学美国时，当时的中国是世界上最贫穷的国家之一，她身无分文，有的就是一肚子故事。她写"文革"，写土改，她的美国作家同学们很羡慕她，说他们没有这些故事，他们能想到的最猎奇的故事就只有乱伦了。

瑞莎的感觉是，在欧洲，一出门可能捡到钱包；在印度，一出门就能捡到故事。瑞莎对我说："故事，在印度。"于是，这句话成了我这本书的书名。在这本书的写作过程中，我经常向她请教一些问题，她非常热情地帮助我，成了我的印度顾问。

有一次，我就印度的女性地位问题请教她。瑞莎说："我也搞不清怎么回事，印度教里有许多女性神灵，女神有极高的地位，我们有力量女神杜尔加（Goddess Durga）、智慧女神室罗瓦蒂（Goddess Saraswati）、财富女神拉什米（Goddess Lakshmi）等，而现实中女性的地位却很低。印度的女性地位有很大的提升空间，我在西方国家看见男人抱着孩子逛街，在中国看见女孩子逛街男朋友负责拎包，我都感觉太不可思议了，因为在印度，重活儿、脏活儿都是女人干。你一定也注意到了吧？"

"我注意到了。"我说。尤其在印度的乡下，脏活儿、重活儿都是女人在做。在田间种地、疏通阴沟、搬运沙土、打扫街道这些活儿，基本是女人在干。

"你知道哪里是印度女人最不安全的地方吗？不是黑公交车或者火车，不是地下通道这些公共场所，而是家里。在印度，50%的妇女至少受过一次丈夫或者婆家的家暴。也就是说，在家里比出门的危险性更高。"

我问50%这个数字是哪里来的，这个数字高得离谱。

她说她就是知道，然后她突然说："既然到了这一步，既然你问了，我就告诉你吧。其实，我已经和我丈夫分居20年了。也跟家暴有关。"

我对瑞莎突然插进的这条信息惊了一跳。想象不出像瑞莎这样一个总是把笑容挂在嘴边、非常骄傲、非常西化的女人也经历过家暴。在我的印象中，这往往发生在没有受过教育的农村妇女身上，我从没想过会发生在她身上。我看着瑞莎额头上的那颗朱砂痣，它突然血腥得像一滴血了，触目惊心！

我曾经是一个有些自视清高的女子。我的父亲是一所大学的校长，他视我为掌上明珠。我大学学的是英文文学，是一个诗情画意的女性，一个文艺女青年。再说得直白一点，我是上了宝莱坞电影的当，以为婚姻就像电影里演的那样美好，我像所有的女孩子一样，对婚姻有着美好的憧憬和向往，带着浪漫的心愿走到另一个家庭。大学毕业后，父母给我物色了一个条件不错的丈夫。我出嫁了，带着浪漫的憧憬奔向另一条人生征途。出嫁前，母亲一脸凝重地对我说，夫妻过日子就是磕磕碰碰的，别一吵架就往娘家跑，要学会沟通与忍耐。大部分的婚姻也都是这么凑合下来的。我现在还能想起我母亲对我的叮咛，这是我第一次接受关于婚姻、关于家庭的启蒙教育。我当时有些不明白，为什么关于爱情婚姻的启蒙却长着这样一副无奈、沧桑的模样，不是应该优美、甜蜜的吗？母亲的推心置腹，母亲的谆谆教导，带着某种宗教的庄严，不容我质疑。我想，就算我不听母亲说的任何话，也要把这句话听进去。

　　我的公公是一名颇有名望的医生，丈夫是一个年轻的大学讲师。人家都认为我的婚姻郎才女貌、珠联璧合，是完美婚姻的范本。丈夫长得斯斯文文，身上颇重的书卷气给人一种谦谦君子的感觉；事实上，他却是个暴脾气、粗线条的人，从来不会甜言蜜语。我是个感情细腻的人，总是照顾周围人的感受。那被宝莱坞的优美情歌与坚贞不渝的动人爱情装饰起来的画面，现在变得遥不可及。我想，这就是婚姻生活。我以为孤寂与乏味的生活可能已经是最糟的了，但那只是开始。

　　新婚不久，丈夫的好朋友来了。他和我算是那种非常熟的陌生人。没有我丈夫，我们就是陌生人；有了我丈夫，我们就是熟人。就是这么一种关系。当时，婆婆和丈夫都在。我出于礼貌就给人家倒了一杯茶，我丈夫竟然指责我从纱丽露出的腰肢流露出所谓的"忸怩和兴奋"。然后，我就坐在一旁安静地听他们说话，我一动不动，安静得像一件家具，但我丈夫竟然又认为我浑身都显示出"邀请"的热情。客人刚走，我丈夫的脸色就不对了，我婆婆最知道如何把小事变大，最知道如何刺激我丈夫的敏感神经。这是她的强项。她明明知道儿子爱吃醋，这时她还撺掇儿子，挑拨离间。她说："你的那个朋友好像看上你的妻子了。"我的丈夫一听这种话，火得脸都红了，额头上的血管像一条条蚯蚓一样拱出来，上来对我一顿侮辱、谩骂，无法想象的是，他这样一个斯文的大学教师，竟运用全部智慧而构思出一堆庸俗、不堪入耳的辱骂。然后，他突然给了我一巴掌，我的头被这突然猛烈的一巴掌偏到了一边，完全没有头绪和逻辑。我的婆婆一时也呆住了，没了反应。这时更多的巴掌和拳头就上来了，我婆婆才反应过来，上来阻止。她阻止的方式竟然是说："好了，不要再打了，差不多就行了。"

我给父母打了电话，父母叫我哥哥去了解情况。哥哥来了，把我带回了娘家。丈夫当时非常害怕，立刻来到我娘家道歉，说永远不会再发生了。丈夫痛哭流涕，说他太爱我了，非常害怕失去我，他太没有安全感了，等我们有了孩子，他就不会这么没有安全感了。我说："你保证以后永远不会了？"我问时，悲从中来，我内心有一种莫名的悲愤与凄凉。我和他竟然还有"以后"？是的，我选择相信和原谅他。那时，我忽然意识到，我其实那些没有受过教育的印度妇女一样，面对暴力，我们同样给丈夫找种种理由，同样怯懦，选择忍耐。

以后，丈夫接着打我，接着忏悔，我接着原谅，接着挨打，进入了一个循环。只是，丈夫的眼泪越来越少，打的次数越来越多。那些巴掌、拳头在我的身心是有记载的，在他那里却没有。后来，他打完我，他看我痛不欲生的样子，还会有一点儿天真的不解，像是说：怎么了？至于吗？我也两眼大睁地看着他，我想读明白他的暴力和凶残是哪里来的，他的无动于衷又是哪里来的。我想读懂他。后来我懂了，答案就在我们的语言和我们的文化里。我们印地语管丈夫叫"pati"，pati的意思就是拥有者、主人。比如说crore-pati，就是千万富翁，字面上就是财富的拥有者；再比如说国王，是raj-pati。我是一个作家，对语言文字敏感，这种称呼已经包含太多的不平等了。暴力，在主子那里有太多的正当性。

你知道吗？农村那些女人被打了，会大喊大叫，意在让邻居们听到，也不忌讳告诉亲友，反而像我们这种受过教育的知识女性，我们被打了，不敢大叫，害怕被邻居听到，第二天还会戴上墨镜，告诉别人我昨天摔了一跤。我不知不觉中遍体鳞伤，却没有求医的本能，可见我是没救了。因为这种生活已经化名为"命"，慢慢腐蚀我，逼我对它俯首称臣。

有一天，丈夫告诉我，他去外地出差一个星期。我不仅丝毫没有恋恋不舍，相反，我心里说，谢天谢地，太好了，我终于可以安静，终于自由了。那个时候，我就很清楚我已经完全不爱他了；相反，我厌恶和害怕他。他出差回来的那一天心情不错，还问我想不想他。我心里说，想什么呀，想被你打的滋味吗？当然，这只是心理活动，我嘴上什么也没有说。这时，我的儿子看见了他爸爸，立刻转身就跑掉了。当时，我对我儿子的行为并没有太留意。我以为婚姻只要——也只能这样维持下去，带着深深的伤痕，那么，孩子们还有一个完整的家庭。

这不正是我留在这个家庭的唯一理由吗？如果离婚，我的一双儿女怎么办？印度仍然是一个如此传统保守的社会，离婚的女人在印度的处境艰难，单亲家庭的孩子能不能健康成长，会不会受到歧视？孩子的未来怎么办？我有太多的顾虑了，这些都是我没有离婚的理由；但是，终于有一天，我意识到我不离开不是出于对孩子的保护，而是出于自己的畏惧。

那一天，我正在家里辅导孩子功课，丈夫又因为一点儿小事情大吵大叫。当时，孩子们都在，我不愿意和他争吵，我只是用身体躲过他的毒言恶语，就是说，我不正面对着他。他急了，用手来拽我的胳膊。我就瞪着他说："你疯了吗？你赚钱，我也赚钱；你上班，我也上班；你有压力，我也有压力。"他看见我这样瞪着他，很受冒犯，听见我顶嘴，更气了，上来就是一顿巴掌和拳头。他用力掐住我的脖子。有那么一刹那，我想到这可能是我的最后一口气，因为他实在太用力了。我完全呼吸不了，眼前黑成一片。

我的女儿立刻跑出去找爷爷、奶奶。这时，他松了手。他打了一通后甩手轻松地走了，就像刚刚卸去负重的人，一身轻松地走了。我意外地看到我6岁的儿子，他站在门口，整个人都吓傻了。我连忙去抱住儿子，儿子就像一条冰棍一样直挺挺地半天没有回过神来。被吓坏的儿子是我认清丈夫的一面镜子，折射出了我自己最深层的软弱。

那一刻，我惊醒了，我儿子的惊吓给了我毛骨悚然的惊醒。我让孩子看到了什么？我让孩子经历了什么？我也明白为什么当丈夫出差回家，儿子不是扑向父亲而是转身跑掉了。一个母亲最切肤的悲痛和忍受的极限，就是看到自己的孩子受苦受难。我清醒地认识到，只有离开这个男人，我的孩子才能健康成长。

然后，我就冲到了客厅。我并不知道自己是什么样子，但他们知道。他们都吓了一跳，他们从我冲进客厅的架势就意识到要出事了。

我颤抖着说："生命来之不易，我已经在这里浪费太久了。我孩子的生命更不能浪费在这里。现在，我要带着我的孩子们离开这里。"我感觉自己的孩子暗中给了我力量，从此无所畏惧。

我丈夫和婆婆对这样的我毫无心理准备，我丈夫脸上刚才遗留的凶狠一褪而尽。他先是冷笑："你走好了。"他心存侥幸，以为我只是做做样子，吓唬吓唬他。

我的婆婆在一边说："一个女人带着两个孩子，可以去哪里？"语气既有吓唬，也有讽刺。

"一个女人带着两个孩子，照样哪里都可以去。"我当时精神劲儿上来了，浑身是胆。

丈夫知道事情严重了，又试图阻止我；但他永远只会用最愚蠢粗笨的法子。他说："好啊，你走吧。但是，这个家里的东西，你休想带走一样！"

"放心吧，我不会带走这个家里的任何一件东西，我连自己的衣服也不会带走，因为我讨厌这个家里的任何东西。我只带走我的两个孩子。"我越说越气愤，越说越精神。

他们又用两个孩子来威胁我，说孩子是他们的，我不可能带走。我说："既然如此，那我就去法院告你们。"

这句话让他们陷入深深的无语。都说印度的女性没地位，其实，印度的法律非常保护女性，只是很多没有受过教育的女性不知道如何使用法律来保护自己。他们知道我不是那种女性。我有知识，我当时没有的是勇气。

我的丈夫说："你走了，就别想回来。"

"我走了，就没想回来。"我冷笑道。

我的婆婆像念咒般地说："你会后悔的。"语气同样是既有吓唬，也有讽刺。

我很认真地对她说："我后悔嫁到你们家，但是我不后悔离开你们家。今天的决定是我一生最不后悔的一个决定。"

我婆婆听了，顿时吓唬、讽刺都没了，又反过来劝我说："你丈夫只是一时火气大，他会改的。"我漠然地听着。我和丈夫不可能完好无损地生活在同一屋檐下了。我的孩子们经历了太多丑陋、狰狞，现在已经殃及无辜了，现在性质不同了，我已经忍无可忍。

我给我父母打了一个电话，我问："我可以暂时搬回去住一小段日子吗？"

我父亲立刻问："发生什么事情了？"

我说："我想离婚。"

我父亲很敏感，说："他又打你了？"

我说："是的。我今天晚上就要搬出去。"

这时，我听见我母亲在电话那头很紧张地说："要不要再想一想啊，离婚后怎么办？"

我说："妈妈，如果我再不离开这个家，我可能只能在急诊室里见到你了。"

我父亲听了，回头瞪了母亲一眼："还没有听明白吗？我们的女儿在那里受苦受罪。你还要她接着受苦受罪吗？"

我母亲就闭嘴了。

我父亲在电话那头沉默了片刻，然后说："想好了？决定了？"

我说："是的，想好了。"

"既然决定了，那你就不要后悔，不要回头了。"

"我不会后悔，不会回头了。"

我父亲又说："就算前面的路再难也不要回头，自己选择了，就自己承担。"

我明白父亲的意思。虽然印度是一个多元的民主社会，同时仍然是一个非常传统的社会。一个离过婚的印度女人就好像白纸上有了污点一样，很不受人待见。像我这样受过教育的女性竟然也这么认为，在务实态度方面，我们比没有受过教育的女人心理负担还重。

我说："前面的路不可能糟过我已经走过的。"

父亲听到这里，说："好，明白了。我们现在就过来。"

就在我等待父母的同时，我婆婆最后没辙了，竟然说要检查我的箱子，看看我有没有带走不该带的东西。这时，我公公出现了，他本不愿干涉的，听他们讲话太过分了，他不得不出面。他说："你们闹够了没有？非要这样吗？"然后，他对我的婆婆和丈夫分别说："你也是有女儿的，你也是有妹妹的，你们希望将来她被人如此对待吗？"

他们听了，顿时都老实了。

我听了，走近我公公，最后一次对他行了触脚礼。我对他说："如果这个家里有什么让我留恋的，那么就是你了，爸爸。这个家我唯一舍不得的就是你了，你对我就像对自己的女儿一样，我永远不会忘记你对我的好。我走了，再也不会回来了。你永远都是我两个孩子的爷爷。你任何时候都可以来看他们。"

这时，我父母来了。我父母直接越过我的丈夫和婆婆，当他们是空气，因为他们不配跟我父母说话。我父亲直接走向我公公。我的公公当时非常悲痛，他想说点什么；但是，我父亲一摆手，说"什么也别说了，我们现在就把女儿和外孙带走"。公公表示了歉意，说自己没有管教好他的儿子和妻子，"没有保护好你的女儿"。

过了一会儿，我听见砸东西的声音。我丈夫把一个瓷器砸到地上。我笑了，砸得好。现在我正需要这么一声音响效果为我的离场拉上帷幕。我就这样离开了生活8年的地方。

之后有一段非常艰难的日子，不仅是物质上，更是精神上。物质上好克服，我的收入可以维持我和两个孩子的开支，我的父母也资助了我一些；但是，我的丈夫和我的婆婆到处说我的坏话，说我是个糟糕的儿媳妇，说我品行不端。丈夫可以打妻子，因为"我打的是自己的妻子"；而妻子要离开，妻子就是品行不端。这就是印度的女性地位。他们对我造成了极大的精神困扰，四面楚歌，有好几年的时间，我的情绪都处于抑郁、低落的状态。

无数个夜晚，孩子们睡下了，我独自一人盘腿静坐在院中，四周是海一般无边无际的黑暗。我身着色彩明艳的纱丽，被来自四面八方的冷冰冰的寂静吞噬。如果不是蝉叫声，我甚至都不知道自己身处何方。于是，写作成了自我慰藉、自我疗伤，我开始用文字疏导自己，我用文字宣战！我将心里的希望寄托在我笔下的人物上。这样，我才可以在现实生活中比较心平气和地面对铺天盖地的流言蜚语。

印度的法律和文化都不鼓励离婚。这也是为什么印度的离婚率如此低的原因。离婚报告递到法院，他们就拖着，不予办理，一拖就是好几年，直到你自己都放弃了。除非你很有钱，请到对的律师，但是一般人哪有那么多钱请律师。今天印度的律师非常腐败，律师在印度不是一种受人尊敬的职业，他们不再为了公正、良知工作。只有学习不好的孩子，当不了工程师、教授、政府官员才退而求其次成为律师。这跟世界上许多国家的情况不一样。所以，我与丈夫并没有正式办离婚手续；但是，我们已经没有瓜葛了，无论是情感上，还是经济上。按照西方的观念，我们不再是夫妻。

你不需要为我难过。其实现在是我最舒坦、平静的时候。我的孩子很好，我事业有成，我有很多朋友。我四处旅游，享受自由。我一点儿没有觉得缺失，相反，生活非常丰富。不是每一个女人都需要伴侣、需要婚姻的。我就完全没有这方面的需求。我的孩子有时会问我想不想找个伴，我说我非常不想，我享受单身的自由。单身不是一种生活状况，"单身"这个词，只是在形容一个人足够坚强，可以独立生活、享受生活，而不需要依赖他人。

我们出版社新来了一个年轻人，他对我说："你天生就有母性，你喜欢照顾人，喜欢救死扶伤，你对我们所有人都像妈妈一样，这个存在是你生存中最深刻的实质。"我想，他说的是对的。我最大的幸福和骄傲就是我的两个孩子，他们真让我骄傲！

我的女儿是一名医生，一名急诊室医生。现在因为头疼脑热来医院急诊的很少，来的几乎全是被丈夫家暴的妇女，同时，我女儿也在警察局妇女咨询中心工作，为遭受家暴的妇女儿童提供援助。她从来没有告诉我她为什么做这些，但是我心里知道。我的儿子他快从印度理工学院毕业了。我儿子考上印度理工学院的时候，他在自己的脸书上写道："俗话说，每一个成功男人后面都有一个伟大的女人。如果我有一点儿小成绩的话，我管我背后的那个伟大女人叫母亲。"我当时泪崩了，但是我没有跟儿子说。如果儿子知道我偷看了他的脸书，他会生气的。那个年纪的男孩子最受不了妈妈对他们说一些肉麻的话，他们总是以挖苦和轻蔑来表达爱与亲昵。

我丈夫后来一直回来找我，包括他的妹妹也给我写信，说她哥哥很想我什么的。他后悔了，想想自己是孤家寡人，没有老婆，没有孩子。问题是他曾经拥有这一切，是他自己搞没的。他母亲在晚年偶尔也有明白的时候，她说如果不是她在中间作梗，我和她儿子可能也不会走到这一步。

许多年后，丈夫给我写信说，他想见他的孩子。我同意了。我又一次见到了他，在阔别多年后，我们终于又见面了。经历岁月，他已经是一个与过去完全不一样的人了，老了，也柔弱了。我们第一次见面时，他竟然脸红了，微微缩了缩脖子。我看见他眼里的愧怍神情，完全是孩子式的。他看到我一个女人把两个孩子抚养得这么好，都这么有出息，没有要他或者他们家一分钱，而且自己还做出了成绩，出了书，他很惊讶也很惭愧。我说，是你成就了我，是你把我逼到这一步的，我是应该感谢你呢，还是恨你？

他并不是一个坏人，他甚至想成为一个好人，他只是不知道怎么做一个好丈夫、好父亲。他是我孩子的父亲，我从来不希望任何倒霉的事情发生在他身上，但是，我们也没有任何感情。今天的我已经原谅了他，但是我的两个孩子还没有原谅他。他现在最伤心的就是这一点。他年纪也大了，希望能和两个孩子融洽一些，也希望可以享受天伦之乐。他很努力想讨好孩子，那些暴力残留在孩子心里的伤痕，他想一点儿一点儿地消除。前一段时间，他把房子装修了一遍，专门给儿子留出一间大房间，但是，儿子不去住。儿子并不领情，说："晚了，太晚了。"我女儿已经到了出嫁的年纪。有一次，他问女儿想找个什么样的丈夫，我女儿看了一眼她爸爸，没好气地说："反正不能像你这样。"他由衷地惭愧起来，气氛尴尬，只能趿拉着拖鞋，悻悻地走开了。

我出嫁的时候，我的母亲对我的教育是，到了婆家别一闹别扭就回娘家，要忍！要像忍耐骄阳似火的印度夏日一样。这是我们那个年代母亲对要出嫁女儿的临行赠言，从来没有教过女儿没有必要忍，可以离开对你不好的丈夫。今天的印度开始有了这种教育，这也是我对我女儿的教育。她出嫁的时候，我对她说："妈妈希望你的婚姻幸福；但是，如果你丈夫对你不好，你就离开他。妈妈家的大门永远向你敞开。"

原本我是想向她了解印度女性的社会地位的，没想到直接就听到一个现身说法，搞得我很内疚，总觉得触碰到了她的隐私。她却一再让我不要难过，现在她很开心，因为那都已经过去了。为了尊重她的隐私，这篇文章用了化名，在技术上也做了一些处理，可我心中始终有一个关于朱砂的疑问。

离婚分居，司空见惯，美国的离婚率超过50%，中国的离婚率也接近35%。让我不可思议而且难过的是，印度的瑞莎需要隐瞒她离婚的现状，说她丈夫出差了。在认识瑞莎之前，我只知道"隐婚"，那是指隐藏已婚的事实，偷偷地摘下婚戒，好继续享受单身的优势。瑞莎的情况相反，她是隐藏没有丈夫的事实，仍然点着朱砂，假装仍在婚姻的状态中。这对今天的中国人，是有些难以理解的。而对于美国人，那就更匪夷所思了。我曾跟一个刚刚离了婚的美国朋友讲起瑞莎的故事，她说："她这样做，这里面一定有文化的必要性。如果一个美国女人这么做，我会认为她心理是不是正常，是不是应该看心理医生，因为没有美国女人会这样。当我与前夫仅仅开始谈到离婚这个可能性时，我做的第一件事情就是摘掉婚戒，我就是要告诉世界我恢复自由了，我是可以被追求的单身女性。"而瑞莎与丈夫已经分居20年，还点着朱砂，不想让人知道她单身的事实，可见印度离婚女人的处境。

孩子们今天已经长大成人，不知道他们小时候会不会像他们的妈妈一样，也隐藏了单亲家庭的事实。如果像美国那样，一个班级有一半的小朋友都来自单亲家庭，当然也就没有什么需要隐藏的了，也就不存在异样的眼色，不存在关于单亲家庭的歧视问题。

瑞莎说，她非常羡慕中国女性。中国女人可能是世界上婚前、婚后改变最少的，不冠夫姓，不点朱砂，甚至不戴婚戒，你都不知道她是单身、已婚、离婚，还是再婚，真的一点儿区别也没有。西方女人还冠个夫姓、戴个婚戒什么的，印度女人的改变就更多了，于是，离婚的女人被一眼识别。那颗朱砂对于婚姻幸福的女子会是一种祝福；但是，对于许多婚姻不幸福的女人如同烙印，每天早上还要在脸上画个朱砂，简直就是在提醒你的婚姻有多么不幸。现在，许多已婚印度年轻女性，也不再点朱砂了。有人说，她们不维持和保留印度的传统；而在瑞莎看来，这是一种进步。

这就是我的朋友瑞莎的故事——一个点朱砂却没有丈夫的印度女人。◉

14

印度史上最昂贵的出口产品

毕业于印度理工学院的维克斯（Vikas）是美国硅谷谷歌公司的工程师，长着一双印度人特有的大黑眼睛，一头浓黑带卷的头发，今年25岁，来美国两年了。维克斯告诉我，他的名字在印地语里是前进、发展的意思。我笑维克斯是"印度最昂贵的出口产品"。他笑了，露出一口很白很白的牙。显然，这种说法，他不是第一次听到。他听得多了，所以就只是笑笑。

我的"印度最昂贵的出口产品"的说法，来自美国访谈节目《60分钟》（60 minutes）关于印度理工学院的那一期。节目的开场白这么说："美国从沙特阿拉伯进口石油，从日本进口汽车，从韩国进口电视……那么，我们从印度进口什么？我们进口人才。"

印度三成的人口是文盲，就是这么一个文盲人数为世界之最的国家，却向世界输出了第一流的人才。而他们都有一个相似的背景，那就是大多都毕业于印度理工学院——这所印度最重要的大学，一所被称为世界上最难考的大学。

将可以想象的世界名牌大学，哈佛、耶鲁、麻省理工的声望都加在一起，大概就是印度理工学院这所大学在印度人心目中的声望。每年差不多有50万学生参加考试，只有不到1万名学生可以成为印度理工学院学子。不到2%的录取率，使它成为全世界竞争最激烈的大学。千军万马过独木桥的残酷，丝毫没有阻止亿万的印度父母削尖了脑袋也要将孩子挤进这道世界上最窄的大学门的愿望。因为拿到这所大学的录取通知书，就是拿到成功人生的入场券，同时拿到一张离开印度的出场券——一毕业就被全球跨国名企抢购一空，绝大多数都会去美国硅谷。世界500强的猎头似乎也喜欢印度理工学院的毕业生多于任何一所学校。后来，听说特朗普上台后移民政策改变，去美国不再像以前那么容易。这些学生就算留在印度，也立刻可以进世界级的大企业，收入丰厚。印度理工学院还有一个外号，就是"富翁的制造机"。于是，印度理工学院是富人家孩子彰显身份的金字标签，更是穷人家孩子翻身的跳板。

维克斯，就来自那么一个需要靠印度理工学院做跳板翻身的家庭。维克斯回忆自己的童年，没有贫穷过，没有挨过饿，但也仅仅是没有贫穷过，没有挨过饿，也不曾多过一件玩具，多去过一次游乐园。家里的日子并不宽裕，每一笔花销都要精打细算。父亲是一家公司小职员；母亲曾经是名小学数学老师，结婚生子后，就"自动"成了家庭主妇。维克斯说，因为印度那个时候没有产假这个概念。等他母亲生完孩子，工作也就没了。所以母亲就把全部精力都投在两个儿子身上，把家里的每一分钱都花在他和弟弟的教育上。

像维克斯这些广大中低层家庭的孩子，从小就被灌输这种观点："只要考上了印度理工学院，你就出人头地了；也只有考上印度理工学院，你的背景、种姓、家庭出身才可以最大限度地被忽略不计。"尽管印度宪法已经废除了种姓制度；但是，民间——尤其小地方，种姓观念依然根深蒂固。改变门第，对于广大的贫苦家庭来说，难如上青天。考上印度理工学院，就像进入一架直升电梯，是他们逆天改命的一个途径。

正如享有"印度的比尔·盖茨"之誉的纳拉亚那·墨希（Narayana Murthy），对于他的母校印度理工学院，曾经有过如此一番感慨："这是一个很容易让人失去希望的国家；这是一个很容易让人将期望一降再降的国家，而因为有了印度理工学院这所顶尖高校，因为有了这些顶尖的学生，就可以有希望。"

维克斯，小小年纪就背负着整个家庭的巨大希望，将考上印度理工学院作为对命运的一次逆袭。我想起20年前去中国偏远地区的中学，学校黑板报上全是"高考是改变命运的唯一机会"这样的标语。我去过很多发展中国家，似乎只在中国和印度这两个国家看到这种现象——就是非常渴望改变命运。

维克斯说，虽然家里靠父亲养家糊口，可母亲才是"家里的脑袋"。他说，如果母亲出生在条件好些的家庭，她就能考进印度理工学院。她是一个非常聪明的女人。维克斯说，自己对数字的爱好和敏感都来自母亲的遗传和培养。小时候，母亲就会和他们兄弟玩各种数字游戏。母亲可以心算出三位数以内的加减，而且她的记忆力也是惊人的。比如，他们路过一家小吃店，母亲抬头望一眼小吃店的餐牌，就可以告诉他们这家小吃店所有的餐名和价钱。

维克斯说："像我母亲这样的人在印度很多，可惜没有机会接受教育，被埋没了。"

我相信。我听过一个中国青年讲他的印度经历：在一间普通的印度小学，目睹数学老师对着他的计算机，心算三位数的加减算数。这位老师算完了，拉来另一位数学老师说，他也会。显然他们认为这没什么大不了的。这个中国青年说，那以后他再也不敢说我们中国人数学好了。

维克斯说，从上中学起，他就成了家里的重点保护对象。因为那时他要备战JEE（联合入学考试）。JEE是专为印度理工学院设置的考试，长达6个小时，只考理科，分别是数学、物理和化学。全家人为了保证他有一个绝对安静的学习环境，在家里都压低了嗓子，放轻手脚，看电视把声量调到静音的状态，全家人都在看默片。母亲总是把食指立在嘴唇上，告诫这个家里不要发出任何声音，别打扰到那个最重要的人，在做一件最重要的事情。所有的人都在母亲的手势下，噤若寒蝉。这个家庭笼罩着一种很壮烈同时很受压迫的气氛。母亲把食指立在嘴唇的动作，像一个符号一样伴随着他的成长。母亲看他的目光永远那么压抑，永远那么忍辱负重，目光里满是"一切都是为了你，我的孩子"的诉说。这让他的求学之路，甚至整个成长，都如履薄冰，诚惶诚恐。

在维克斯16岁那年，父母决定凑钱在他的房间装一台空调。父母想尽一切可能，为他创造他们可以达到的最好条件，但是维克斯拒绝了。我以为维克斯是因为家里条件不好，不想给父母添加负担。维克斯却说，不想给父母添负担当然也是原因，但是真正的原因是隐隐有种潜意识，就是不能太舒服了。"故天降大任于是人也，必先苦其心志，劳其筋骨，饿其体肤……"吃的苦越多，受的罪越多，才能苦尽甘来，考上印度理工学院。太舒服的空调房会折了好运。

俗话说，每一个成功的男人背后都有一个伟大的女人。这句话适用于每一个考上印度理工学院的学子。许多准备联考的学生的母亲，在最后备考的那一两年几乎什么都不做，只专心陪读。维克斯的母亲便是如此。无论他学习到多晚，母亲就陪到多晚。母亲不敢坐得离他太近，怕干扰到他，就坐在房间门口，随时准备服侍他。到处都是母亲对他无微不至的照料，甚至连倒杯茶，母亲都不让他动手，觉得是浪费时间。一定要争分夺秒。有一天夜里，他看见母亲睡着了，就叫母亲回屋睡觉。母亲立刻挣扎着醒来说不困不困，哄着他说她愿意这样陪着他，看着他，因为他考上印度理工学院后，那么就意味着他将来会去美国，那她以后想看他也不是那么容易的了。维克斯当时随口说了一句，那他就不去读了，也不去美国了。母亲两只手摁着他的肩头，凄然一笑，说必须考上印度理工学院，只有考上了，命运才可以改变，才可以不用像他们这样生活，全家的努力才都值得。母亲已由伤感变得悲壮，她说："记住：只要你考上印度理工学院，哪怕我们母子此生不再相见，我都无怨无悔，心甘情愿。"母亲两只手如此温柔恳切地在他肩头摁着，其实是把千斤重担卸在他身上，他从此不敢辜负，不敢造次。

"你母亲是抱着破釜沉舟的决心。她爱你爱到只要你好，她愿意随时牺牲自己的一切，包括她的个人情感。"我可以想象那位内心厚积了几千年深沉母爱的印度母亲一生一世的付出。

维克斯见我听他的故事听得眼圈都红了，就连忙安慰我说："其实，我上了印度理工学院，我们才更有机会在一起了。等我再稳定一些，就把我妈妈接来美国。"

JEE考试的那天，父母带着他12岁的弟弟一起送他去考场。带上弟弟，说是提早让他感受一下考试的氛围，因为弟弟将来也想考印度理工学院。到了考场，维克斯让他们回去。他们笑笑说，好的好的。等维克斯出了考场，看见父母和弟弟还在外面，脖子伸得老长。要知道，那是6个小时的考试啊。

维克斯说，每次大考完，母亲都会问，考得怎么样，有把握吗？那次是唯一的一次母亲什么也没有问，全家人什么也没有问。应该是事先商量后统一了意见，不问。因为知道问了也没用，现在唯一能做的就是祷告和等待。

接下来，就是一个月的漫长等待。不过，所有的考生都可以放心，这次联考是公平、公正的。印度理工学院被认为印度最没有贪污的机构。1961年，印度就以国家立法的高度制定了一部《印度理工学院法》。该法规定，不允许任何机构或个人干涉印度理工学院行使独立治校的权力，不允许学校与商业有任何瓜葛。这使印度理工学院避免了印度普遍存在的官僚主义和行贿受贿。大富翁纳拉亚那·墨希都说他无法把他儿子搞进印度理工学院。墨希是印度第一家纳斯达克上市公司——印孚瑟斯（Infosys）的创办人，被称为"印度的比尔·盖茨"。他的儿子没有考上印度理工学院，只能乖乖地出国读书。"因为印度理工学院没有腐败，完全凭本事竞争。每个进来的学生都知道他们之所以在这里，是因为他们的实力，是因为他们足够优秀。"墨希说。

一个月后，考试结果在网上公布。成绩是按照分数排的，从第一名开始排。每个人都知道所有人的成绩，没有隐私。再过一个星期，会收到正式的录取通知书。排名靠前的孩子除了可以优先选择他们想去的校园和想读的专业，他们还会上报纸——那是一份无上的荣誉。

我问维克斯："考上印度理工学院后，你母亲一定很开心吧？你也一定很开心吧？"

维克斯说："开心当然是开心，但更准确地说是释怀，觉得终于没有辜负我母亲，我非常害怕辜负她。"维克斯的微笑中透出一丝疲惫。我很能理解那种释怀，愿望终于得到实现，所有期待的眼睛平静了，所有紧绷的神情安宁了。维克斯说，那几年实在太紧张了，完全沦为考试的工具，完全没有生活，知道考上了，终于松了一口气。

我说："可以松一口气的不仅是你，你母亲也终于可以松一口气了，终于解放了。"

维克斯却说："我是松了一口气，我母亲没有。她一转身又开始为我弟弟考印度理工学院做准备了。"

我说："你弟弟那时不是才12岁吗？"

他看着我，郑重其事地说："在印度，想考印度理工学院的孩子12岁就要进入备战状态了！"

维克斯说，想进印度理工学院的孩子和他们的家长，从孩子们上学的第一天就开始准备，在10岁左右就基本知道自己是否有理工科的天分，是否与印度理工学院有缘。

我问，如何得知是否有缘？

维克斯说，你会在学校的各种考试、各种奥数竞赛中得到反馈，仅仅在学校里拔尖是远远不够的。在12、13岁时就开始进入备战的状态，到16岁时就进入冲刺的阶段。那就意味着，他们得每天参加从凌晨4点半到早上8点的JEE联考的补习班，然后再去学校上学，放学后还要一直学习到深夜。

我说，这听起来像是进了联考集中营的感觉。

维克斯苦笑着说，如此卧薪尝胆两年，他们才有机会。

"后来，你弟弟考上了吗？"

"很可惜，没考上。就差一点儿。"维克斯问我，"你知道我弟弟为什么没有考上吗？"

"为什么呢？"

"可能是因为他答应在房间里安了空调吧。他受的苦不够多。"

我笑了。

"本来想叫他再考一年的。你知道吗？以前，印度有许多人会连续几年一直报考印度理工学院。在已经入学的新生中，有一半的人是考了两三次才考上的。后来，不允许这样一直考了，出台了新规定，每人最多只能考两次。我们打算叫我弟弟再考一次；但是，这一次他必须考上，否则他就永远没有机会了。这时，他收到了MIT（麻省理工学院）的录取通知书，而且是全奖。我弟弟不想再熬一年了，压力太大了。我们也害怕他再考不上，就同意他去MIT了。现在看来，让我弟弟去MIT是明智的选择。因为特朗普的移民政策改了以后，像我弟弟这样在美国受教育的人留在美国的机会可能比印度理工学院的大。"

美国名校是印度天才学生退而求其次的选择，可想而知，这些孩子多聪明。这就印证了印度流行的那句话：一流学生进印度理工学院，二流学生进美国名校。维克斯很骄傲地向我介绍印度理工学院精英式教育的辉煌，他说："就是像我弟弟这样，被印度理工学院淘汰下来的学生，进美国名校也是易如反掌，并且能获得全奖。"

维克斯又说，MIT的课程太轻松了，相比于他们以前在印度理工学院的课程，所以弟弟的大学比起他来容易读很多。维克斯说考进印度理工学院的每一个孩子，都是自己所在中学的佼佼者，可是进了印度理工学院后，才知道什么叫山外有山，人外有人。这里竞争非常激烈，课程压力巨大，每天早上7点半就开始上课，下午五点半才下课。每学期修6门理工课程，毕业前要修满180个学分。每5个星期，学校要进行一次全校大考，成绩全校排名。

我问维克斯未来的打算是什么，如何设想自己的人生。

维克斯说，他有很大的抱负，他经常和他的印度理工学院校友聚在一起探讨各种新点子。他不仅想改变自己和他家庭的命运，他还想改变他的国家和时代。他说，他同时又是务实的，他刚刚拿到绿卡，绿卡对他很重要，因为虽然他有创业的激情，也有不少点子，但是没有绿卡，就得需要找一个美国人一起创业。现在，接下来是把自己的生活搞好，赚更多的钱。维克斯说，弟弟在MIT有全额奖学金，每个月有2000美元的生活费，所以他不用为弟弟担心。他现在经常寄钱给父母。他已经帮父母买了房子，希望父母的生活可以得到最大的改善。自己在工作的同时也会享受生活，比如，多去几个国家玩玩，再就是找一个女朋友。

我说："维克斯，你是印度理工学院毕业的，又在美国工作，这种条件是不是在印度找女朋友很容易？"维克斯笑了。我问他，对女朋友有什么要求？

维克斯不像一般理工男那样只列出"漂亮、善良、容易相处"这些抽象的条件，而是非常具体，落实到细节上。维克斯说，他和她必须可以对许多事件进行探讨。他说，自己是个思考者，甚至有时是个过度的思考者，所以希望对方也是个思考者、探讨者，受过良好的教育，有自己的事业。维克斯又说："我希望她有一项我不具备的、可以让我从她那里学到的新的才能。比如，她会瑜伽、会下棋什么的。我也希望她能从我这里学到新的东西。我还希望她喜欢旅游，同时也有一些旅行经验。"维克斯说，自己下一步的计划就是去很多很多的国家旅游，如果可以找到一个志同道合的女朋友一起旅行，就太理想了。当然，如果对方会烹饪，而且喜欢烹饪，那就更好了。他说，自己现在正在学习烹饪，愿意和未来的女朋友一起做饭。

维克斯说："印度的男人都不做饭，这太糟糕了。我们家就是这样，我妈妈承包了整个厨房，我们兄弟和爸爸从来没进过厨房。"

我以为维克斯接下来要说"我母亲太辛苦了""印度女人太辛苦了"，没想到，他说："搞得现在我到美国后什么都不会做，要从头学怎么做饭。像我爸爸也是，如果我妈妈不在家，他就只能点外卖了。他什么都不会做。"

"这是你的总结啊？！"我说，"应该总结的是：把家务全部推给女人是不对的。"

"噢，把做饭责任都推给女人，这当然也是不对的。"他立刻笑着补充道，"以后，我是不会让我太太承担全部家务的。"

一天，维克斯打电话给我，说他要和他的校友聚会，我可以一起参加，多认识几个印度理工学院毕业生。于是，我和维克斯的三个校友沙姆、拉吉、兰图一起吃了一顿饭。

因为我去过印度，知道印度人多为素食者，知道印度人把牛看得很神圣，我把"印度教徒不吃牛肉"当成真理来接受。跟这几个印度年轻人吃了一顿饭后，这个真理就粉碎了。我担心他们都是素食者，所以就只点了一盘色拉，没点荤菜，担心冒犯了人家。一长排的男性都清雅地吃素，我一个女子吃肉，这个画面想想都有失和谐。没想到，沙姆点了牛排，还很娴熟地跟服务生说，他要七分熟。当时，我十分诧异，小声问："你吃牛肉？

印度教徒不是不能吃牛肉吗？"他自我解嘲道："这不是印度的牛，所以可以吃。"看他如此自在享受的吃相，应该不是第一次吃了。

我说，中国有一句话叫"橘生淮南则为橘，生于淮北则为枳"，用在他们身上也合适。年轻的印度人，尤其离开印度的印度年轻人，与他们的父辈，与在印度本国的印度人，有很大的区别。他们在种姓、宗教、饮食和生活方式上的态度和观念，都已经有了很大调整。比如，他们只认为自己是印度人，不再约束自己是什么种姓的印度人。再比如，他们具有时间观念。那天，我根据我在印度的经验——就是印度人不守时的经验，我特意晚了十来分钟才到，但这几个年轻人都很守时地出现了。

我问他们当年考印度理工学院的情景，他们都笑着说，实在不想回忆，那是一段不堪回首的痛苦经历。我说，那读书经历呢？他们说，相比备考的经历，印度理工学院的求学经历反而不那么糟糕。

我问他们在美国的生活情况，有空的时候喜欢做什么。他们说工作很忙，有空的时候就抓紧时间睡觉，不设闹钟的睡觉是他们最喜欢的。再有空的话，他们时不时就会聚会，谈谈有什么新的创业点子，仍然喜欢印度食物，喜欢看印度电影，喜欢和自己的同胞打交道。我问他们在国外最思念印度的什么，他们回答，家人，只有一个说用人。他说，在美国凡事亲为，他才意识到有人打理你的生活多么幸福。维克斯则回答："我爱印度；但是，我不思念印度。"

他们都在脸书、苹果、谷歌这些大公司工作，收入都差不多，都有很不错的年薪；但是，几个年轻人过出了不同的生活质量。这跟他们的家庭环境有关。有些只需要管好自己的生活，有些需要帮衬家庭。兰图刚刚来美国两个月，只是租了人家家里的一间房子。他说自己每天工作十几个小时，回家倒头就睡，在家的时间很少，所以不想花太多的钱在租金上。周末也因为租了人家的一间房，不太想待在那个房间，所以，他周末到处跑，反而走了很多地方。其实，他是把钱省下来寄回了印度。

我问他们几个校友，是来美国后认识的，还是在印度理工学院读书时就认识的？

维克斯说，他们几个在印度理工学院时就是朋友。他们那一帮朋友有5个，只有1个留在了印度，而且已经结婚生子，现在发展得不错。另外4个前后脚都来了美国。

这是印度理工学院毕业生的常态。至少三分之二的毕业生都"出口"了，尤其是"出口"美国。印度理工学院在学术界具有世界声誉，被称为印度"科学皇冠上的瑰宝"，这里的学生有一流的专业实力。每年的12月，各跨国公司会纷纷进驻印度理工学院的7所分校征招人才。通常在两个星期之内，所有学生都会被美国科技公司"抢购一空"。许多这样的情况：其学生一离开学校，就直接去了机场，登上前往美国的航班。

这，好像不是建校的初衷。当年尼赫鲁建立这所学校时说："人才是印度的富强之本。"这所以美国麻省理工学院为样板创办的高校，从建校之初就集万千宠爱于一身，尽举国之力，将国家大部分高等教育资源集中在这所担负着国家使命的高校。这所学院不仅是印度孩子"改变个人命运的机会"，也是印度这个国家"改变国家命运的机会"。

尼赫鲁当年肯定没有想到，印度今天会成为"脑力出口大国"。于是，有人感慨：在印度这么一个文盲率极高、科学普及率极低的国家搞精英教育，成就一个精英的同时，损害几百个孩子的普及教育，结果却使印度理工学院毕业生成了印度最昂贵、最有价值、最抢手的"出口品"。曾经有幅很著名的印度漫画，画的是一头母牛，吃的是印度的草，挤牛奶的却是一群美国人，反映印度的人才流失，是印度"民族发展的致命伤"。这种情况在其他发展中国家普遍存在，印度只是更为典型突出。

这几个年轻人也告诉我，他们目前都没有回印度创业或者居住的想法。虽然现在特朗普改了移民政策；但是，他们都很自信，绿卡不是问题，只要真正有实力，美国这个国家非常欢迎你。而他们理想的"爱国"方式是，在美国赚很多很多的钱，然后捐钱给印度理工学院，给印度。

"像维诺德·科斯拉（Vinod Khosla，全球'技术领域'投资之王、太阳微系统公司的创始人）就是我们的校友，他给学校捐了好多钱盖新的教学楼。"维克斯说。这才是他们认为的最佳的报效祖国的方式。

我想，这几个年轻人里面，说不定就有下一个维诺德·科斯拉。在硅谷，有三分之一的工程师是印度人；硅谷中高层管理者15%是印度人。越来越多的印度理工学院毕业生成为全球顶尖行业的领军人物，像谷歌的CEO桑达尔·皮查伊（Sundar Pichai）、麦肯锡前董事总经理拉雅·古普塔（Rajat Gupta）、"印度比尔·盖茨"纳拉亚那·墨希（Narayana Murthy）、花旗集团高级副董事长维克特·梅内塞斯（Victor Menezes）、Flipkart的创始人桑吉·班沙（Sachin Bansal）和比尼·班沙（Binny Bansal），等等。这些成功的校友给印度理工学院带来了极高的世界知名度和影响力。而这种影响力和尊重，谁又能说不是一种对印度的贡献呢？

"这种情况会变的。"我说，"20多年前我来美国读书时，中国留学生基本上没有回国的，都留在美国了。今天的情况相反，中国留学生多数都回国了。因为在中国赚钱更容易，机会更多。你们的去与留，都是为了发展。现在，印度正在改变。我这几次去印度都发现它正在大兴土木，再过10到20年，印度会有一个很大的改变。当印度更有吸引力的时候，这批校友会带着资金和技术回去的。"

沙姆和拉吉听了直微笑，很赞同我的说法。维克斯晃着脑袋说我可能过于乐观了，印度跟中国不一样。兰图则陷入深深的思考。

这是我最后一个问题："你们都是赛跑中的赢家，从你们上学的那一天起到今天，每一个阶段都有一批又一批的同龄人被你们淘汰。你们由此坚信：无论何时、何地、何事，我都可以做得到。随之而来的事业上的成功，这种优越感、自信心会持续一生。但是，有没有这种情况——曾经考取印度理工学院的经历，就已经是他们的人生巅峰了？换句话说，有没有毕业以后并没有大成就的毕业生？"

他们几个你望望我，我看看你，想了一会儿，说："好像没有。"再想了想，说："应该没有。"

我不知道他们说的"没有"，是因为他们实在太年轻，没有足够的阅历，还是这所高校确实就是这么一所"精英工厂"，每件产品都堪称精品，无一例外。而"精英"一词，我在印度听到的次数，远比我在世界上任何一个地方听到的多。在其他地方，"精英"这个词已经很少用了，多少有些贬义的成分，而在印度仍然还是比较正面的。 ◉

15

以美食为使命的印度大厨

加甘·阿南德（Gaggan Anand），平而宽的肩，一头乌黑的小卷发束成一根小马尾，就像兔子尾巴。他留着络腮胡，看起来更像一个摇滚歌手。其实，他是饮食界的巨星、最有名的亚洲厨师。他在泰国曼谷开了一家以自己的名字命名的现代印度餐厅，2015年，这家餐厅被评为亚洲最棒的50家餐厅的第一名，至今已经蝉联四届。同时被评为世界最棒的50家餐厅的第7名。也有人说它是世界第一的印度餐厅。

加甘的名气，我早有耳闻。决定将这位最著名的印度大厨写进我的印度故事后，我与他的公关团队联系采访事宜。正式的采访不是在印度，也不是在泰国，而是在美国。2018年9月12号，他来三藩市参加一档美食论坛。那天参加论坛的，是来自世界各地的美食评论家或餐饮界人士。加甘见到我，想当然地认为我也是一名美食评论家。当他明白我采访他的目的——不仅因为他在餐饮界的成就，更是因为他的印度故事，他很吃惊地说："你在写一本关于印度的书？！"

他立刻请他的助理安排我参加第二天晚上的宴席。事后我才知道，次日由他主厨的晚宴，每人需要出资325美元，早就被订满了。他对我说："你在写一本关于我的国家的书，这是我最起码应该为你做的。"

我对他的正式采访是在第二天的晚宴之后。当时，他已经在厨房里忙活了一天，相当疲劳。他也坦诚地告诉我，这种"讲述人生故事"的采访，需要非常放松的情绪，现在可能不是最佳时间，可否换个时间。可当他看到我好几页密密麻麻的采访提纲，还是有点儿小感动，感叹道："在过去的9年里，我从来没有遇见一个人像你这样有备而来。你查找了这么多关于我的资料，做足了功课。你让我刮目相看。"

我说这是我的工作态度。我对我的每个采访对象，事先都做好大量的调查研究工作，这是我对采访对象起码的尊重，而且也可以为彼此省去很多时间。

他说："所以，你问什么，我都会回答你。"

于是，他开始讲述他的人生经历。

加甘，1978年出生于印度的加尔各答，父亲是旁遮普人（Punjabi）。加甘会讲印地语、孟加拉语和旁遮普语，当然，还有英语。他是家里唯一的孩子。所谓贫贱夫妻百事哀，父母感情不好，母亲就不再愿意为父亲生孩子了，但是父母也没有离婚，或者分居。他们太穷了，没有分居的条件，分居后住到哪里去？他们是后来在加甘的帮助下分居的。加甘成年了，给父母一人买了一处住所，他们就分开过了。

贫穷，是加甘成长中最深刻的记忆。父亲做点儿小生意，收入不稳定，有时候收入不错，可有时候一点儿收入没有。加甘这样回忆自己的童年："印度是一个贫富悬殊巨大的国家。一条街道上可能这头住着一个亿万富翁，那一头住着许多乞丐。那样的社会只有两种生活：要么含着金勺子出生；否则就受穷受苦，出娘胎的那一刻，挣扎的人生就已然开始。我就属于那种挣扎的景况。我们很穷，我父母很穷，似乎我也要这样穷下去，小时候什么都没有。对别的孩子来说的必需品，对我来说都是奢侈品。今天，我回头看我的童年经历，我在想，像我这种环境长大的孩子，太有可能成为乞丐、毒贩，走上犯罪的道路。还好，我没有沾染上那些，也没有仇恨社会。我想，我母亲在我的成长中起了重要的作用。"

"你母亲对你最重要的教育是什么？"我问。

"不要伤害任何人，不要仇恨任何人，尽可能地多帮助别人。我每次打电话给我母亲，她首先问我，今天帮助了谁？美国是世界上最富裕的国家，旧金山又是全美经济最发达的城市之一，可这里竟然有这么多的无家可归者，而人们的目光是那么麻木。这让我很难过。这与我的经历有关，因为出身贫寒，经历过苦难，看不得别人苦难。"

我知道他做了许多慈善，包括当晚宴会的所得全部捐赠给非洲。于是，我请他谈谈。他却绝口不提，说："说出口的慈善就不再是慈善了。"

加甘的父母一定要加甘接受教育，只有教育可以扭转命运；可是，很小的时候，加甘就对课业没兴趣，打小就逃学。那个时候的老师会体罚学生。他调皮捣蛋，喜欢冒险，总是闯祸，更是老师体罚的重点对象。由于害怕被体罚，他逃学得更勤。逃学后，他不敢回家，就去动物园。动物园就在学校后面。动物园那里有个小摊贩在卖小吃。小摊贩在一堵墙的后面，加甘只见过他的手。加甘把钱给那只手，那只手递出一只咖喱角。加甘说：

"我从来没有见过他的脸，从来不知道他是谁，却是在他那里品尝到美食，成长为美食家。"贫穷的童年生活，最大的乐趣和满足就是食物。他那时是第三世界的胃口，加上第一世界的想象力，所以任何东西都成了美食。

加甘记得第一次做饭的情景：那年他7岁，因为妈妈病了，他就做了包方便面。做完后，他哭了，因为他不能接受为什么做出来的方便面跟包装袋上的方便面广告照片完全不一样。加甘也记得他们第一次拥有电视机的情景，更记得第一次看到电视上的一档中国菜的烹饪节目，他感觉非常神奇。原来，美食可以是一种表达，表达一个人，甚至一个国家的文化、艺术、品味；原来，烹饪可以如此美好。那是加甘第一次得到关于烹饪的启蒙教育。

在加甘的成长中，曾经一度被认为不会有什么出息，不可能过上什么好日子。因为家里的表哥、堂弟都想成为医生、律师什么的，而他想做的是一个厨子或者乐手。烹饪和音乐似乎是他唯一擅长的两样东西。他是一个不错的鼓手，17岁时建立了一个乐队，在当地小有名气；但是，家里根本没有钱让他搞音乐，想想还是让他做个厨子吧，因为音乐更养不活自己。

于是，加甘去了一所厨艺学校学艺。学校位于印度南端喀拉拉邦（Kerala）的首府特里凡得琅市（Trivandrum）。加甘怀抱激情来此，可是第一节课就很受挫。因为他被告知，印度菜不可能成为像法国菜、日本菜那样高档、精致、昂贵的料理。印度菜只是粗茶淡饭，只能用来填饱肚子，而不是用来享受的美味佳肴。加甘当时听了非常沮丧，而且气愤。更何况，他还是一个只知道充饥果腹的孩子，他不知道什么叫美食。谁也想不到，有一天，他会成为一个世界级的美食大厨。

加甘学习厨艺的第三年，已经是班上最优秀的学生，而且在印度的一家著名餐厅找到实习的工作。尽管只是去培训，但已拿到相当优厚的薪水。当时的加甘以为这就是他最好的工作、最好的人生。

培训的那6个月，加甘每天都疯狂地学习、工作、吸收。加甘是个对料理充满激情的人，他说："当我烹饪的时候，我什么都忘了。好的、坏的，都不重要。我就是自己的世界。"

想学点儿东西不容易，被师傅骂和惩罚是家常便饭。为了跟一个以印度香饭（biryani）闻名的大厨学艺，明明规定只需要中午12点到餐厅，但加甘早上8点就到餐厅，去给师傅熨烫厨师服。晚上，再把师傅换下来的厨师服送去洗，第二天再带回来，再帮师傅熨烫。他还给师傅擦鞋。做这一切，就是为了让师傅教自己做印度香饭。果然，一个月后，师傅对加甘说："好吧，我教你，从头到尾都告诉你。"师傅教他了，应该如何煮米，如何做鸡肉，所有的程序、每一个细节都传授。可就在快做成时，师傅忽然对加甘说："你能把牛奶递给我吗？"趁加甘去拿牛奶的工夫，师傅从口袋里拿出一小包调料，混进别的调料中，这碗印度香饭的整个味道瞬间改变了。加甘立刻问："那是什么？"师傅回答："它会跟我进坟墓的。"

我是在奈飞的《大厨的餐桌》（Chef's Table）这档美食节目上听到这个故事的。当我有机会采访加甘时，我问他探索出师傅调料包里的秘方了吗？加甘笑了，说没有。他又说："现在已经无所谓了。因为我是一个更优秀的大厨，即便没有那包秘方。"

今天的加甘已经全然释怀了，但是当时的他完全不能接受。加甘毛骨悚然地意识到：烹饪的现实世界与他以为的美食世界是两个世界。美食世界用烹饪出的美味建立人与人之间最真切的信任，美轮美奂；而烹饪的现实世界钩心斗角，尔虞我诈，彼此留了一手。这是加甘不能接受的。于是，他辞工了。

加甘正在想以后怎么办时，一个朋友找到加甘，说一起做聚会餐饮，给不同的晚会、聚会送餐饮，这个行业会很火的。加甘仿佛又看到了一个希望，可在他筹备了一切后，那个朋友，那个合作伙伴，携款跑路了。他给了加甘一个希望，再亲手毁灭了它。加甘感觉自己就像个傻瓜，被人戏弄了。有一年的时间他都没活儿干，不得不去给必胜客的员工送咖喱鸡饭。一个曾经春风得意的年轻大厨不得不靠送外卖去填饱肚子。

后来，加甘向妻子的娘家借了1万美元，与妻子开始他们的餐饮生意。加甘知道这笔钱不是白借的，他非常努力地工作。他开始赚钱了，而且是很多的钱，但是他并没有过得更好，而是更糟了。加甘说他在二十几岁就经历了中年危机，感觉危机四伏。有人要告他，朋友背叛他，加上他的婚姻不幸福。他18岁遇见她，疯狂地爱上她，花了两年多的时间追求她。所有的人都告诉加甘，他们不合适，但是他爱她，于是什么都不重要了。21岁那年，他结婚了；但是，他爱错了人。他曾经把爱情看得如此之重要，最终却没有得到它。婚姻的失败让他非常受挫，认为这是他做人的失败。

加甘说当时感觉自己的生命像被诅咒了一样。我问他什么叫"被诅咒了"，他说，就是你被不好的人与事包围着。"如果不是遇见这么多坏人的话，我的生活不可能那么糟糕，不断地经历背叛，不断地接受伤害。"他说，"以至于我曾经很绝望，生无可恋，我曾经试图自杀过两次。"

我听到这儿，并不敢接话，不敢问"发生了什么"。没有想到，他表面谈笑风生，幽默开朗，可内心竟伤痕累累，痛苦不堪。他敢说，我却不敢听。我似乎害怕听到更不幸的遭遇。他的坦诚超过我的想象，于是我低声地说："你不应该告诉我任何你不希望我写的内容。"

他说："我说我想说的，你写你想写的。你选择写什么，不写什么。"

他很直接，一点儿不装腔作势。即使明知对他的形象有损的内容，他也不掩饰，非常坦诚而且率直，一点儿不"装"。比如，我问他是否阅读过某本书，他不附庸风雅，而是直接回答我："我不看书。"

我说："那这样吧，我写完这篇文章后，先让你看一遍，如何？"

"不需要。"他摇着头说，"《大厨的餐桌》来录像时，也对我说可以先看一下片子，让我来决定。我同样对他们说不需要。你们想怎么报道我都可以。等你的书出来了，送我一本就行了。"

当加甘的生活黑暗一片，看不到一丝光亮时，总有表哥的身影，表哥就是那一丝光亮。表哥比加甘大两岁，他们一起长大，加甘一直管他叫哥哥。表哥对加甘说，命运既是最具匠心的人间戏剧大师，又是最捣蛋使坏的小孩，你要知道自己碰到了谁。加甘一直觉得表哥身上有种神奇的力量，表哥总是能把困境化成动力，更顽强地与命运搏斗。加甘说，他花了7年的时间才意识到这一切是个错误，他发现自己用斗争得来的爱情是一个错误。他应该成为另一个人，过另一种人生。

加甘说："我的婚姻与印度的传统婚姻背道而驰。我冲破了种姓、阶级这一切，也不是包办婚姻，也没有嫁妆。你知道的，印度的妻子是给嫁妆的，可我的婚姻没有；可最后，她却从我这里拿走了一切，我净身出户。我留给她和她的家庭50万美元，这是我唯一可以离开她的方式。"

终于，29岁那年，他离婚了，结束了长达10年的感情；可他在印度也待不下去了，因为他曾经为了这个女人，与自己的整个家庭决裂，众叛亲离。他没脸回到亲人们身边。远走他乡，成了唯一的出路。就这样，他离开了印度。2007年，加甘去了泰国，口袋里只有从朋友那里借来的500美元。

当他跟我回忆起当年的决定，说那是自己一生最正确的决定，如果他没有离开印度，就没有他的今天。他说："没有那些痛苦的经历，我就没有今天。没有婚姻的失败，没有朋友的欺骗，我就不可能从错误中学习到正确。"

刚到曼谷时，因为没有钱，穿得又破，脚上一双人字拖，没有人看得起他。他记得有一次去银行办业务，银行职员对他的态度非常傲慢。他的内心非常屈辱，当时就想一定要出人头地，混出个样子。慢慢地，加甘在泰国的事业有了起色，成为泰国有名的印度菜大厨。他存了些钱，买了些好衣服。再去银行时，职员对他的态度立刻就不一样了；但是，这种小成功离他心里的大梦想仍然非常遥远。直到有一天，加甘遇见一位美食评论家后，他心里的关于这个世界的梦想真正地被打开了。

这位美食评论家来到他工作的餐厅，谈起餐厅和餐饮业的变化，然后提到了斗牛犬餐厅（El Bulli）——这家世界上最有名的米其林三星餐厅，如何成为世界美食家的朝圣地。加甘当时天真地问了一句："那是什么地方？"之前，在加甘的世界里，只有印度，现在也不过加了一个泰国，仅此而已，他与世界是失联的。美食评论家让他上网查一下这家餐厅。

加甘照办了。查完后，他很自卑——井底之蛙看到真正天空的那一刻的自卑。人家的菜色、摆盘怎么那么多花样，还搞上了液氮？原来，鲜花并不只是摆盘的点缀，而且是美食的一部分。加甘看得心潮澎湃，无比激动。原来，餐厅还可以这么玩啊！原来，食物还可以这么制作。原来，食物和餐厅都可以是典雅的艺术品。加甘对美食有了全新的认识，于是，他决定对印度菜进行改革。加甘说："我想改变印度料理在世人面前的形象，正如我想转变印度这个国家在世人面前的形象一样。"

加甘买了所有关于斗牛犬餐厅的书，在自己家的厨房搞实验。他买回大量的液氮，以至于送货的人以为他是开诊所的。其实，加甘是在实验液氮对各种菜式的装饰；但是，他很快发现，精致的佳肴远不仅靠摆盘这么简单。富裕三代才知穿衣吃饭。"我无法制作精致的美食，因为我是被粗粮喂大的。"加甘垂头丧气地说。他决定去西班牙斗牛犬餐厅学厨艺，用加甘自己的话说："我想跟狮子学习如何捕猎。"

加甘跟他的朋友说了这个想法，然后问："你知道如何才能进这家餐厅实习吗？"朋友心里想，光是去这家餐厅吃饭，订桌子都要等上一年的时间；如果要去实习，去工作，这个机会更是要等上好几年。全世界的厨师都恨不能上那里偷师学艺。但是，朋友不想给加甘这个年轻人泼冷水，更不想加甘从自己嘴里听到这个沮丧的消息，于是，朋友说："你给他们发个邮件试试。你就告诉他们你的故事，试试运气。反正你也不会损失什么。"

几天后，加甘就告诉朋友："你的办法有用。"朋友早忘了自己随口打发加甘的话，便问："什么办法有用？""写信的办法！我已经得到去斗牛犬餐厅工作的机会。"朋友还是不信，直到看到斗牛犬餐厅给加甘的回信。

6个月后，加甘带着一身激情和灵感从西班牙的斗牛犬餐厅回到泰国。回来后，他决定以自己的名字开一家现代印度餐厅，他要创办一家印度的斗牛犬餐厅，成为印度美食家的朝圣地。加甘怀抱希望，想闯下一番天地。餐厅准备在4月开业，可这时，曼谷开战了。2010年，曼谷发生了政治游行事件，连他餐厅的泰国员工也加入了游行。"加甘"餐厅也在这次政治事件中受到破坏，他的梦再次幻灭。命运再次跟他开了一次玩笑。

　　他只能等待时局好转，一直等到2010年9月。等到再开业时，更不幸的事情发生了，加甘的表哥过世了，年仅34岁。许多年后，当加甘与我谈起表哥，仍然伤感，说自己人生中最大的遗憾就是不能挽救表哥的生命。当时，加甘不能去参加表哥的葬礼，因为那时餐厅刚刚开业，他根本走不开。表哥临终前给所有的亲朋好友都写了信，当然也包括加甘。在给加甘的信中，表哥写道："我的名人弟弟，我已经尽我所能，完成了所有可能完成的事情，让我就这么安静地离开。不必感到悲伤。而你要继续完成你的使命，就是名扬天下！让世界知道加甘是唯一的！"

　　表哥的这封信带给加甘无穷的力量，从此不再惧怕。加甘感觉自己忽然像一只破茧而出的蝴蝶，彻头彻尾地蜕变了。他说："我就像被推到了一个角落，无处可逃。表哥的那一封信让我忽然长出双翅，可以飞了。我真的什么也不害怕了。无畏，意味着我可以做我想做的事情；无畏，意味着我可以制作任何我想做的料理。那种感觉好极了。记得那天我回到厨房，一边烹饪，一边哭，眼泪落到了饭菜里。我的内心非常感伤和悲痛，但是行为上又必须尽到一个大厨的责任，结果那一天，我的菜肴受到最多的好评。顾客告诉我，他们特别喜欢这天的食物。那一天，我就已经成功了，因为我做到了。那是我最痛苦的一天，也是我最坚强的一天。这就是我的成功。"

加甘相信，泰国是自己的福地。泰国菜本身就深受佛教和印度教的影响，所以与印度菜有太多的相似之处。如果不是在曼谷，而是在别的城市，他可能需要为印度菜所需要的食材，花上很多的工夫，可在这里，只在方圆5米内就可找到他需要的所有食材。而且，曼谷也是亚洲城市中消费最低的一座城市，花不多的费用就能够制作一餐美食，这一点也让他开餐厅的风险成本降低。他还在这座城市收获了爱情。妻子是一位泰国女子，热爱美食，是食物将他们联系在了一起。夫妻最经常做的事情就是一起品尝美食。他们有一个可爱的、两岁多的女儿。

加甘对印度菜进行许多大胆的改革，推出了一系列"进步印度菜系"。在此之前，几乎没有人像他一样，对印度菜进行如此的花样翻新。加甘的团队也是国际化的，32人的厨师团队，分别来自26个国家，有来自西班牙、泰国、巴基斯坦多个国家的厨师，就像小小的联合国。加甘对他的团队说："我要求你们对食物抱着认真、虔诚的态度，因为食物是我们的宗教。"

开始时，那些习惯于传统印度餐的顾客对加甘推出的一系列新花样印度菜给出了最初的反应："这是什么呀？为什么要这样？为什么要搞得像法国餐一样？这已经不再是印度餐，不要改变我们的食物。"面对质疑，加甘如此回答："印度餐厅开了一家又一家，都大同小异。人们想到印度菜，就想到印度饼、咖喱烤鸡。仅此而已。其实，印度菜远不止这些。印度有28个邦，每隔50千米，就有不同的风味，每个邦都有上百种不同的风味，但是最终，世界只认为印度有咖喱。咖喱这个词本身来自英语，就是有些辣的液态。印度没有咖喱这个词。我母亲就不知道什么是咖喱。印度菜其实是将侵略者、统治者的菜系与我们的本土菜结合在一起，所以造成了印度菜的变化。比如，咖喱烤鸡被认为是印度标志菜，但它并不是印度本土菜，而是英国人的发明。甚至印度饼、面包也不是印度本土的，他们来自波斯。"

刚开始，人们不仅不习惯加甘的摩登印度菜，而且也不习惯印度餐厅作为高端餐厅的存在。加甘记得，情人节的时候，一对年轻的情侣来餐厅用餐。女孩子一进餐厅，就很生气地对订餐的男孩子说，情人节，你应该请我去吃法国菜，而不是印度菜，然后愤然离去。加甘说："印度菜的自画像错了，这是我们自己的责任。我们将印度菜定位于填饱肚子的食物，所以我们的厨师不被认为是美食家，不被认为是顶级厨师。"

而这些正是加甘要改变的，他知道自己在做什么。加甘就是想告诉世界，真正的印度菜是什么样子。今天的加甘仍然亲自下厨，每天晚上的6点到12点，他基本上都在餐厅的厨房。厨房总是放着大声的音乐，音乐的疯狂伴随着他的烹饪创新。"那一刻，我是艺术家。"加甘说。他通过大胆的创新、独特的组合、最新鲜的本地产品，结合传统的口味与来自世界各地的新食材，充分显示了一个艺术家辉煌的技艺。随着他的国际旅行经历增多，他的菜色里也包括了不同的美食文化，使他的印度料理具有全球性的口味。他在自己的餐厅推出了像"鸟巢""印度鹅肝"这些人们之前闻所未闻的印度菜。一道"羊排"硬菜更是成了招牌菜。"咖喱烤鸡"是所有印度餐厅认为最保险的菜，加甘的餐厅偏偏没有这道菜。他的这种开创性成功地将印度拉进了全球美食地图。

多数餐厅都秉持"顾客永远对"的宗旨，迁就客人想吃什么就做什么。加甘不认为顾客永远是对的，加甘餐厅也不迁就客人的口味。加甘每几个月推出一些新菜式，客人慕名而来。加甘餐厅也有自己的宗旨，就是5个以英文字母S打头的词汇，它们是咸味（salty）、辛辣（spicy）、酸味（sour）、甜味（sweet）和惊喜（surprises）。加甘说："惊喜是留在你心中的记忆。"

那么，加甘是如何带给客人惊喜的呢？我个人的体会是，加甘餐厅的就餐体验是一种全新的经历。

第一，菜单新颖。餐厅没有文字菜单，而是一串表情符号，它带给比传统菜单更多的自由与想象力。菜单的灵感来自手机低头族。餐厅每天都会接待来自世界各地的食客，他们可能为了这餐晚饭飞了10多个小时，可他们到了餐馆，都忙着玩手机，互相不再交谈。加甘想，如何解决这个问题呢？他决定和大家一起玩表情符号。上菜时间也不由顾客说了算，不是你想什么时候吃，就什么时候吃，而是由餐厅决定，他们会每几分钟上一道菜色，这样，加甘就掌握了节奏。上菜后，加甘会出来亲自对客人讲解这道菜的制作工艺。我印象最深的是他对白糖制作历史的讲解。中国在唐朝向印度学习印度式的制糖工艺，那时中国人称之为"石蜜"。中国人学会此工艺后，更新加工，制作出了"白糖"，再将这项工艺传播回印度。今天，印地语"白糖"就叫cini，cini也就是中国的意思。当晚，加甘说到此处，我感觉很亲切。正巧，我在印度学者金德尔教授的《印度与中国》及中国学者季羡林的《糖史》中都读到过这段历史。

第二，这里与其他餐厅最大的不同之处是用手吃。他的25道菜肴中，大概只有3道会使用到器具。印度菜就是要用手吃，才比较有感觉。我问过加甘：在他的观念里，只是印度菜，还是所有的食物都应该用手吃，才比较有感觉？他说是所有的食物。鸡翅、汉堡，拿手吃的感觉就是更好。他说，食物就像性，吃饭就是做爱，需要亲密的接触。当你用手去触碰食物时，你会感觉到食物的情绪、温度和质感，这些都是美食的一部分。

第三，音乐也是他的餐厅特色之一。除了当大厨，加甘最想当的就是音乐家。音乐是一种表达，表达起来那么疯狂、好玩和有艺术气息。食物何尝不是如此。那么为什么不能将音乐和食品做一个结合呢？一天晚上，加甘听到美国摇滚组合接吻乐队（Kiss）的一首《舔起来》（*Lick it up*），认为这首歌好像专门是为食物写的。当他听到《舔起来》，感觉就像在说把盘子舔起来，今天的人们越来越精致，也越来越装腔作势，我们再也不会去舔盘子了，而加甘讨厌一切装腔作势，一切墨守成规，他就是要打破这一切。"舔起来"这道菜是一道传统的印度菜肴，里面有豌豆、胡芦巴、蘑菇和番茄。"舔起来"这道菜要在《舔起来》音乐伴奏中进行品尝。这是300多美元一人的高级宴席，男人西装革履，女人涂脂抹粉，但被告知他们需要舔盘子。可以想象一下全餐厅的人在一起舔盘子的场景吗？！加甘在这里就是要告诉我们：亚洲美食不需要通过西方的镜头来看待。

那天晚上，我感觉加甘大厨更像一台晚会的总导演。不仅菜肴，而且音乐，上菜的节奏，都在他的安排布局中。

所以，吃过他的料理的顾客只有两种反应——要么说，这是我吃过的最好的印度菜；要么说，这还是印度菜吗？完全是虚假广告，破坏了印度风味。只有这两极化的评论，没有中间的，没有"还行吧"这种不温不火的评论。我个人对它的评价是前者。那是一次非常新鲜的味觉体验。它确实与我在印度吃过的及我在美国和中国吃过的印度料理非常不一样，但是更好！

加甘餐厅自开张就取得巨大的成功。几乎每一家餐厅都会经历上升期与下滑期，但是加甘餐厅没有，它一直处于上升期。餐厅的成功让加甘终于可以给父母买大房子了。妈妈看到加甘上了封面杂志，上了电视，非常开心。看到她高兴，看到家人过上好的生活，加甘感觉非常满足；但这并不是他想要的全部，他想要的是"印度第一厨"的名号。加甘餐厅先是被评为"亚洲最棒的50家餐厅"前10名，后来进入前3名，终于，在2015年成为"亚洲最棒的50家餐厅"中的第一名。那个晚上，加甘打电话给母亲，他是哭着打电话的，他说他想表哥，如果表哥能看到这一切该多好呀。现在，加甘餐厅已经蝉联4年了。再打电话向母亲报喜，母亲也已经习以为常了他的蝉联，说："又是你啊！"

我说："你的家人一定很为你的成功自豪！"

"是的，他们很为我自豪。"

"你的亲戚朋友们会不会叫你给他们家的孩子安排个工作什么的？"

他笑了。我想，可能我是第一个向他提出这个问题的人。

我说："中国和印度的文化有不少相似之处。如果一个印度人或者中国人成功了，他必然需要照顾他的亲戚朋友，而他的亲戚朋友们也会认为他们有权享受他的成功。西方人不太会如此认为，他们比较独立。"

加甘又笑了，一直点头，表示是这样的。

我问他，作为一个顶级大厨，平时都吃什么啊。他说，其实，他吃的食物很简单，就像今天，他三餐都只吃鸡汤面。他最喜欢吃的就是面食了，任何面食他都喜欢。他喜欢中国的竹升面，尤其是香港口味的竹升面。我问他吃过的最好吃的东西是什么，他说是他母亲做的饭菜，是母亲在他幼年种植在他记忆中的味道。

"你的现代印度料理已经征服了世界，有没有想过回印度用你的现代印度菜去征服印度人？"

"想过，也尝试过，但是不行。对于我的料理，印度还没有准备好接受，可能还需要十来年。"

加甘在海外的名气显然比在印度本土要大。那天，我问与我同一餐桌的一位印度年轻人：加甘在印度有名吗？他笑了，说加甘在美国比较有名。这个年轻人从印度来旧金山一家著名的餐厅实习。他对我说，这顿晚餐是他一生中最重要的一餐。可见他对加甘的崇敬。

我问加甘："如果你当年没有离开印度，你在印度会不会像今天这么成功？"

"不会。"他斩钉截铁地回答。

"为什么？你是否认为海外的印度人更容易获得成功？"

"是的。"加甘仍然斩钉截铁地说，"因为在印度，我相信中国也一样，作为人口众多、地域庞大的国家，我们许多时候是需要付出努力才能得到。印度只是更夸张。当我回头看我在印度的人生，全都是关于生存和挣扎的故事。因为在印度那种环境，自小就要学习如何往上爬，如何争取，这是我们的丛林法则。医院的床位要争取，学校的学位要争取，甚至上个公交车都要挤掉别人，自己才能上去。所以，像我们这种从丛林法则社会生存出来的人到了海外，感觉好自由，仿佛信步于草原。我们又不懒，我们很聪明，所以觉得什么都容易，因为我们知道如何争取！"

"这种情况需要多久会改变？"

"印度还需要一代人的时间。"

"你如何定义成功？"

"成功可以是一个人坐在小酒吧，打开一瓶他想打开的红酒；成功也可以是一个家庭管理的小餐馆，里面坐着老顾客，他们就是喜欢吃这家小餐馆的饭菜。成功有各种的定义，对于我来说就是可以过自己想过的人生，就是可以活出自己的梦想。今天，成功对我来说，就是帮助更多的人。今天我所做的一切，就是帮助我周围的人更加成功。比如，我将我的技能、知识传授给别人，别人用这些技能创造更好的生活。这对我来说也是一种成功的感觉。"

"怎么才能活出自己的梦想？"

"我就活出了自己的梦想——即使你出身贫穷，你仍然可以去任何你想去的地方，做任何你想做的事情。我仿佛在诅咒中生活了27年，然后突然好运就来了。有人说运气说走就走，如果真是这样，那我就再回来更顽强地与命运搏斗。"

没有人可以预测运气的走向。加甘和命运仿佛在拔河，越势均力敌，好运才越可能向他这边靠拢。

"如果有来生，你还愿意再做自己吗？包括那些苦难。"

"会吧。"加甘想了想，说，"生活就是看到这个世界的丑陋、脏乱和不堪，但是你仍然坚持了下来。生活是艰难的，生活就是生存在丛林中，那就是我的人生带给我的启迪，因为它让我看到一个更宽广的世界。"

现在，想订加甘餐厅的位子，可不是一件容易的事情，大概需要4个月的时间才能排到。他们每天都要收到500份订位单子。这样的餐厅下一步目标难道不应该是赚更多的钱吗？开更多的分店，做电视节目，扩张自己的王国。然而，加甘大厨的决定却是，于2020年关掉这家餐厅，因为那时，这家餐厅就整整10岁了。加甘说："任何餐厅都只有10年寿命，之后就是品牌了。10年后，餐厅的菜谱就变得非常可预测，而我憎恨一切可预测的事物。"加甘是从西班牙斗牛犬餐厅得到的这一启示——这家世界最著名的餐厅之一已经于2011年关门。尽管关门的时候仍然门庭若市，仍然有许多人因为订不到位子而遗憾；但是，斗牛犬仍然决定关门。因为他们相信，餐厅就像一瓶香槟，一旦打开瓶盖，就会不断向外冒泡，直到没气。

对于不少人来说，包括我，对关门的决定还是不好理解的。加甘怎么就决定从这繁华中安静地走开？这个问题一直盘旋在我的头脑里。

采访的当晚，加甘穿着一件黑色的衬衫，上面写着"最后一次营业，马上关门了"，意味着他的餐厅将于不久停止营业。后来，一个小伙子拿了一件上衣过来，对加甘说："我能不能有一个不情之请，我能得到你身上的这件衣服吗？我带了一件衣服来和你换。"采访过程中，不断有人过来要求与他合影、签名。

我小声地问加甘："你现在就像明星一样，你享受这一切吗？"

他回答我，他已经很累了，他想过另一种生活。

我问他餐厅关门的真正原因是不是因为疲倦了这种热闹生活，所以他决定将这么盈利的餐厅关门大吉？

"是的。是我急流勇退的时候了。这个决定对我个人，对我的家庭，对我的团队，都是最正确的决定。拿我的团队来说吧，我的大厨今年29岁，他23岁起就跟着我，我相信只要我的餐厅存在，他会一直跟着我。我可以当他的老板当到我死。可是那样，我就毁了他。他会用尽他的才华为我服务，这是不对的，也是不公平的。我知道我已经成为他最大的障碍，我已经成为他的诅咒。这就好像日本最著名的寿司店——数寄屋桥次郎本店（Jiro），真正做寿司的是小野二郎的儿子，可是他一直活在父亲的阴影下。没有人知道他的名字，没有人记得他的功劳。人们只知道父亲小野二郎。我的大厨只有离开我，他才可以真正地去建立他的事业，可以成为自己的主人。现在，我最应该做的，是让我的团队有一个平稳的过渡。"

加甘接着说道："这对我个人和我的家庭也是最好的决定，我想回归家庭。我曾经非常想出名，想得奖；但是，随之而来的是许多的交际，许多的政治，每天都像作秀一样，我很厌倦这种生活。我曾经非常渴望金钱，当我刚刚有钱的时候，我开始报复性消费。我以前什么都没有，现在可以有一切，当然吃喝穿用都得是最好的，什么都得是名牌。我有一次去一家爱马仕，把那个店里的一大半商品都买了下来，让店员把东西送到我的酒店。当有了这一切后，发现不过如此，一点儿意思都没有。现在，我只穿最普通的衬衫。现在，搞时尚的人再想来赚我的钱，我就对他说，滚一边儿去吧，我才不上当呢。我对物质的欲望已经很少了，只想过简单的生活，越简单越好。饥饿感退去后，哲学感就出来了。"

这家餐厅是加甘30岁到40岁的历史，见证了加甘整整10年的经历。2020年，加甘会移民到日本。他没有选择像东京这样的大城市，而是选了福山市这种安静的地方，因为他想过平静的生活。在那里开一家小餐厅，只有10个座位，还准备写一本自传。他将开始他的另一段事业与人生的征程。

加甘说，今天的亚洲厨师缺乏创新和冒险精神，而他不希望只是靠品牌和名气吃饭，而希望不断地进行挑战，或者被挑战。他制定自己的规则，同时他也打破他制定的规则。因为他还记得小时候第一次看中国烹饪节目时的内心感动，烹饪其实是一种表达与交流，烹饪是他与世界交流的方式。

加甘餐厅展示的并不只是美食，还有文化。他被印度餐饮界视为大师，将印度口味的烹饪之旅向前推进了一步。他像是在丛林中信步的狮子，用他的印度菜征服了这个世界。加甘向世界更好地介绍印度菜，告诉世界，印度菜并不只是咖喱，印度菜跟我们想象中的不一样。更为重要的是，今天的美食王国是以欧洲的美食为主导，而加甘的印度风情与他的成功，将印度菜也拉入了美食的版图，从此改变了美食以欧洲菜系为主的历史。◉

（2017年，加甘大厨就宣布将于2020年关闭加甘餐厅，之后移居日本开一个仅有10个座位的温馨小餐厅。2018年我采访他时，他也再次确认了这一消息。他还和我讲了他憧憬的半隐退的平静生活——为慕名而来的客人制作精美食物，同时写写自传，陪伴孩子成长。然而计划赶不上变化。2019 年 6 月，一切都变了。加甘和他的商业伙伴吵了一架之后，他们分道扬镳。争执的原因主要是利益分配问题，同时加甘发现，他的合作伙伴已在自己不知情的情况下，于 2013 年就已经将餐厅名"加甘"注册了商标。也就是说，加甘如果离开这个合作伙伴，将无法使用自己的名字再命名新餐厅。双方各种不信任，被加甘形容为"就像是长在厨房的肿瘤，已经无法在那里工作了"。最后他愤然离开，而他一手带出来的65位员工也跟随他一同离开。后来，他们重新在泰国开了一家餐厅，取名为"加甘体验"。看来，加甘大厨目前还无法过上他向往的半隐退生活，但以后他的自传里又会多出一个浓墨重彩的故事。）

16

印度史上最畅销英文小说家

奇坦·巴哈特（Chetan Bhagat）是印度史上最畅销的英文小说家，创造了印度的英文小说神话。在世人面前，印度和印度文学似乎永远披着古老神秘的面纱，是奇坦·巴哈特将这神秘的面纱扯下；是奇坦·巴哈特将当代印度青年人形象展示在世人面前；也是我个人了解当代印度的一扇窗。

有时候，作家也会从一个讲故事的人变成一个故事。奇坦·巴哈特就是。

奇坦·巴哈特，1974年4月22日出生于新德里的一个旁遮普人家庭。巴哈特经常提到他的旁遮普人家庭背景，因为旁遮普有自己非常明显而独特的地域特征，无论饮食，还是风俗。这有点儿像我们湖南人强调自己能吃辣、东北人强调自己幽默一样。

巴哈特的父亲为军官，母亲在政府部门工作，普通的中产阶级，家境并不宽裕。父母感情不和，时常争吵，家里弥漫着剑拔弩张的气氛。巴哈特的童年并不幸福，这催生了他与生俱来的对于情感的敏感，从而比别的孩子早熟、心重。这种敏感对于日常生活可能是一种障碍，对于写作却是一种滋养。巴哈特说："糟糕的童年培养优秀的作家。"

童年的巴哈特就在疑问：这就是婚姻的常态吗？后来，父母终于分居了。那个时代的印度家庭极少离婚，最多就是分居，各过各的。巴哈特说，他希望父母能早点儿迈出这一步，于大人，于孩子，都是一种解放。

就像所有普通印度家庭的孩子一样，巴哈特从小也将考上名校当作逆天改命的机会。1995年，毕业于印度理工学院；1997年，毕业于印度管理学院（IIM），取得工商管理硕士。这两所都是印度最顶尖的高校。之后，他投身银行业，供职于高盛公司、德意志银行等知名金融机构。从一个理工男到一个投资银行家，再到一个作家，跨越了一个又一个领域，他笑称因为自己是"困惑的人，内心满是冲突"。这种困惑在他的处女作《五分人》（*Five Point Someone*）里有着深刻的描写。

让他一炮而红的，就是这本2004年出版的处女作《五分人》，取材于作者本人的大学生活，就是以那所著名的印度理工学院为原型，对呆板的应试教育制度的反抗，对自由生活的向往，对天性解放的渴望，深受年轻人喜爱。这本小说使奇坦·巴哈特被印度每一位大学生所熟知，也使他成为中国读者最为熟悉的印度当代作家。

这本小说的创作就是他在投行工作时利用业余时间完成的。当时，他在香港工作，一边比较着各种钢材价格，一边抽空在键盘上敲打小说。这本小说先后被9家出版社拒绝过。这让巴哈特心灰意冷，怀疑它可能真的不是一本好的小说。第9次被拒时，巴哈特正在上班，他记得当时的心情，就是很想到酒吧喝得烂醉如泥，好忘记这一切；但是，心底有一个声音提醒道："我喜欢写作，是因为写作让我感觉良好，让我的人生丰富，怎么现在又用喝醉这么负面的行为来让自己感觉糟糕呢？这好像与我写作的初衷背道而驰。"

后来，这本小说一经出版就破了多项纪录。根据该小说改编的喜剧电影《三个白痴》（亦译为《三傻大闹宝莱坞》），2009年一上映就打破了印度电影的票房纪录和全球票房最高纪录，而海外票房的最大贡献者无疑就是整个华语地区。因为中国教育的痛，居然被印度人写出来、拍出来。影片有许多经典的台词，像"这里是大学，不是高压锅"，像"我们只会对听话的狮子说训练得不错，而不是教育得很好"，对于同样受应试教育摧残的中国孩子，感同身受，极具共鸣。应试教育体制仍然被一些人奉若圭臬，学业之外的才华从来不受鼓励，我们有多少天才夭折在这个体制里？中国的孩子从小就被告知以后的道路。我们能不能成为我们想成为的人？能不能做我们自己想做的事情？还是只能成为别人希望我们成为的人，做别人希望我们做的事情？我们的文化是否鼓励独立创新的思想？是不是允许与众不同、特立独行？

作者奇坦·巴哈特本人就给了答案。他按照约定俗成的道路，毕业于印度理工学院和印度管理学院两所印度最知名的高校，当了投资银行家，都是别人眼中的最好出路。一份非常体面而优越的投资银行家收入，而且他已经做到了高管，银行还配了宝马车为他做坐骑，每一个月都可以去一次纽约。但是，他并不真正地满足，他想，自己的人生就这样了吗？他感觉自己被别人编织的"完美人生"骗了。这个所谓的完美人生无法让他快乐，因为他真正热爱的是文学。最终，他辞掉了投行的工作，成为一位职业作家。

决定成为职业作家后，巴哈特也从工作、生活了11年的香港回到了孟买。他说，写今天的印度故事，最好就生活在今天的印度，他需要灵感。他很幽默地说："幸运的是，我的国家总能带给我太多的创作灵感，像贪腐现象、糟糕的行政管理。"他不仅搬回了印度，而且在几年内陆续走访了印度的72个城市，去听、去看、去用心感受这个国家的时代脉搏，去体察这个国家的年轻人感动的触点是什么。他意识到，这个国家尽管如此多元多样，每个年轻人内心的确各不相同，不同的信仰，不同的背景，但是人民渴望美好生活的愿望却完全一致，尤其年轻的一代。他说："问到印度人想要什么，答案竟是惊人的雷同。他们都想要一份好的工作、一份体面的生活、一份浪漫的感情，都想要手机、家电这些现代化东西。追求美好生活的种子已经在印度发芽了。"

社会调查完毕，巴哈特回来静心专心写作。他的写作秘诀就是记者调查加上小说加工。为了保证小说的质量，他的每一本书都会花上2到3年的时间。巴哈特说："我不会写得很快，要慢慢地雕琢。"

当然，作为一个作家，时常都面临着各种声音、各种评价；然而，作为一名畅销书作家，面临的评价中，更多的是对他的文学性的质疑。这一点，全世界都一样。有人说，巴哈特的作品"充其量算是流行文化，登不上文学的大雅之堂"。更有甚者，说他的小说"毫无文学价值"，是"垃圾"。有人说现在书已经成为商品了，他的成功在于市场营销，而不是作品本身。面对质疑，巴哈特大声地回击："就算书现在被看成商品，但也不是必需品。如果我的书不吸引人，人们照样会放下不读的。"

当巴哈特小说作为当代文学的读物入选德里大学非文学专业大学生的教材时，更是引发质疑，质疑文章题目就是"是流行文化还是文学？"他的作品怎么也配成为大学教材？面对质疑，巴哈特有些着急，也有些被激怒，语气甚至像个孩子被人欺负后的殊死反抗。他说："文学对我来说，就是引起更多的人共鸣。艺术就应该是大众的。过去如此，今天仍是如此。我写作的目的跟许多作家不一样，我想面向大众，越大众越好，而不是面向少数自诩精英的小小俱乐部。他们自以为是，自视清高，叫年轻人只读那些最经典的作品，别的都是垃圾，这就像对所有创业的年轻人说，你要是创业，就只能创谷歌、苹果那样的企业，否则都不算是企业。"

巴哈特年轻的时候，对各种关于他的评论声音看得比较重，比较敏感，容易受这些评价的影响，时常会为自己辩解。看得出来，巴哈特对于自己作品的文学性、自己作品是否能流传等问题很是在乎。畅销小说能否载入文学史，只有时间可以给出答案。如果100年后还有人读他的小说，那么今天这个话题也就不存在了。

时间久了，巴哈特的态度越来越平和。他说是因为自己的脸皮越来越厚了。有人后来问巴哈特对各种评论的看法，他憨厚地笑笑，很幽默地说："看看吧，我的生活也不是一直平静美好的。我当初进入写作这行时，并不知道还有文学评论这么一回事。我感觉就像我开了一家餐厅，生意很好，里面坐满了人，所有的人都吃得兴高采烈，甚至还吮起了手指；但是，餐厅外面一直站着一帮人，指着这家餐厅告诉路人，这家餐厅很糟糕。这就是我的处境，这就是我生活的一部分。以前我很容易被影响，现在我不再把过多的精力放在那些批评我的人身上。我不可能让所有的人都说好。这就好像你去一个宴会，前50个人都赞美你的服装美丽，第51个人说你打扮奇怪。你可能就会被这一个人影响。事实上，你应该更注重前面50个人对你的评论。当然，我也会听他们的意见，只要是客观的批评。至于那些网上的漫骂、指责，我对他们的态度就如同我对待赞美的态度。如果我没有被赞美冲昏了头脑，那么我也不应该被这些漫骂击倒。"

再后来，他的回答更从容了。他说："我知道在大众眼中，我只是个最好的畅销书作家。我可能真的不是最好的作家。这我也接受。我觉得最好的畅销书作家这个头衔也挺好的。"

这种改变何来？他又笑笑："可能年纪大了，也可能经历多了，现在我已经对别人的评价无所谓了。现在，我甚至连赞美都不喜欢了。我拒绝赞美，也拒绝批判，我不想受任何声音的影响。我是为我的读者在写作，同时我也是为自己写作。我自己满意这本书，这是最重要的。而且，当我去参加文化节，看到别人的作品，我确实感觉到他们的伟大。我跟自己说，可能你真的不是最好的作家，只是最好的畅销书作家。"

巴哈特被问到写作的目的："你写作是为了出名，为了钱，还是为了文学艺术？"

巴哈特回答："我是为了改变而写作！许多重要的议题，它们不是头条新闻，也不是重大社会话题；但是，它们仍然重要，仍然需要我们的关注。像跨种姓、跨地域的婚姻，像女权主义，像教育体制……这些议题，每个人都有观点，却又不是我们日常讨论的议题。我用我的写作将这些议题与社会交流。"

确实，巴哈特的每一本小说都有一个议题，反映当代印度的社会现象。无论是印度的教育、腐败和社会改革这些重大的社会问题，还是"英语至上"的现象，或者印度的两性平等问题，巴哈特都是以最富感染力的"讲故事"的方式，将这些社会议题以"喜剧"的外衣包裹起来。可巴哈特并不仅仅止于让读者意识到这些深刻的社会问题，而且希望读者在他中立、客观的故事中思考问题的根源所在，让读者在笑声中反思。这就是巴哈特小说的现实意义——而这无疑是巴哈特作品的特色！

喜剧写作通常有悲剧的效果：喜剧作家越是努力地想有画龙点睛的那一笔，越是显得画蛇添足。这几乎是喜剧作家的宿命，可巴哈特没有这个障碍。编辑对他说，这一章不够有趣，可不可以更有趣一些？他说好的，而且一天后就改好了，果然改得更有趣。因为现实生活中，他也是一个幽默的人。比如，记者问他，你在你太太之前有别的女朋友吗？他回答："有过。当然这是我的认为，她们可能不认为自己是我的女朋友。"比如，有读者问他，你写了很多政治方面的专栏，当你见到总理莫迪时，你没有跟他当面提议一下？他回答："我去见总理莫迪，不是去见我的哥们儿莫迪。我不能直接跟他说：'哥们儿，你竞选上总理好样的，现在顺便把我书上提的几项改革建议好好看看。'"

幽默，让巴哈特本人及他的作品深受欢迎。他自己也说："我想，人们之所以愿意拿起我的书，主要的原因在于里面反映了很多社会问题，更何况，这些问题都包裹在喜剧的外衣之中。"所以，巴哈特的作品有吸引力，无一不登上各大畅销图书排行榜，而且一直保持着这种畅销神话。在印度，用英文写作的人比比皆是，只有他获得了空前的成功。他成功的秘诀是什么？他的成功可以复制吗？

他说没有秘诀，如果有，别的出版社、别的作者早就复制了："就算有秘方，我也藏不了，因为都在我的书里，打开看就好了。"然后，他又想了想，说，是运气，人生多少需要一些运气。他写作的时机比较早，占领了当时印度通俗小说还比较少的图书市场。当时的印度，只有那些为了得奖而写的沉闷的、看了就犯困的纯文学英文作品，而他很早就知道自己得不了那些奖，他只想写他想写的东西，只想去亲近读者。而且他总是怀抱初心，把每一本书当作自己的第一本书来写。他对自己说："如果我没有出名，如果谁也不认识我，这是我的第一本书，我会怎么写呢？"他说自己作为一个作家，今天不是跟别的作家竞争，而是跟手机、游戏机、电视机竞争。"我希望我写的小说能将这些年轻人拉回阅读中来。"而他确实也成功地做到了这一点。不仅如此，由他的小说改编的电影也都是票房保证。

巴哈特的小说节奏明快，情节清晰，人物、结构简单，语言幽默犀利。精彩的对话描写是他的小说的一大亮点。他的小说靠大量的对话来推动进程。这也让他的小说非常容易地被宝莱坞改编成电影，许多对话就直接搬上荧幕。巴哈特积极地参与电影的制作。他说，印度读书的人口比例并不高，读英文小说的比例更少，电影可以面向更多的大众，因为印度人都热爱电影。宝莱坞喜欢他写的这种简单故事，他也成功地进军了宝莱坞。

以任何标准来看，奇坦·巴哈特都是一名成功人士。那么，成功对巴哈特意味着什么？是银行账户上的数字、名气，还是粉丝无数？他说："成功对不同的人有不同的定义。这几点对我都不重要，成功对我意味的是自由。我追求的是与世界沟通的自由，就是我想写什么就写什么的自由，我不再需要考虑销量，只需要尊重自己内心的感觉。比如，我想写女权这个话题，这是一个探索性的话题，我就写了《一个印度女孩》（*One Indian Girl*）。这本书依然卖得很好，因为这是奇坦·巴哈特写的，读者就会买。这就是成功带给我的自由。当然，金钱与名气也是好东西，但不再是我追求的。这种自由还有可以过自己想过的生活。比如，我可以休息一年，去旅行一年，这也是成功带来的自由。我见过很多比我富裕的亿万富翁，他们不能说停就停，他们不能像我这样随心所欲。他们的生活就像上了发条一样。我问自己，我想跟他们交换人生吗？答案是我不愿意，所以我觉得我比他们富有，也比他们成功。"

巴哈特的成功还包括他有一个非常幸福的家庭。1998年，24岁的巴哈特与同样毕业于印度管理学院的同班同学阿努莎（Anusha）组建家庭，育有一对双胞胎儿子。2009年出版的《求爱双城记——我的婚姻故事》（2 States）是巴哈特以专职作家的身份创作的第一部小说。作品讲述的是一个来自印度北方的男孩与来自印度南方的女孩曲折动人的爱情故事。小说扉页上这样写着："爱情与婚姻在世界各地都是简单的：他爱她，她爱他，然后他们结婚。在印度，需要多一些步骤：他爱她，她爱他。需要她的家庭喜欢他，也需要他的家庭喜欢她。还需要她的家庭喜欢他的家庭，也需要他的家庭喜欢她的家庭。他们才结婚。"巴哈特在小说的扉页写道："这可能是图书史上第一本这样的书，是的，这是一本敬献给我岳父母的书。"这本小说根据他的自传改编。巴哈特和太太阿努莎相识、相恋于校园，这对恋人跨越重重困难，克服文化、地域、种姓乃至饮食的诸多障碍，最终冲破了传统的束缚，说服双方的父母，终成眷属。

太太阿努莎每天出门上班，巴哈特在家里写作，照顾两个双胞胎儿子。当年他决定辞去工作，做一名全职作家，其中一个考虑也是为了可以有更多的时间在家里陪两个孩子。巴哈特与自己父亲的关系始终不好，于是他小说里的父亲形象，要么不在身边，要么在身边比不在身边更糟糕。巴哈特需要通过写作来原谅父亲。当巴哈特成为父亲时，他知道他绝对不能成为像他父亲那样的父亲。正因为童年父爱的缺失，他知道父亲被期待成什么样子。他和妻子都在投行工作，没有时间照顾孩子，他想如果他在家里写作，这样可以更好地陪伴孩子。他想成为那个被期待的父亲形象，给孩子他在童年时没有得到的父爱。

2009年，巴哈特辞了投行的工作，成了"家庭主夫"。现在，他认为，这是世界上最好的职业，无论对家庭，还是对自己的写作事业，都是正确的决定，而且，他现在的写作收入比在投行时还高。只是，这种女主外、男主内的搭配，在印度这个传统社会显得相当反常。以至于他的两个孩子问他："为什么妈妈出去上班，而你待在家里？别人家的情况正好相反。"他想了想，用小朋友可以理解的语言回答："你见过超人、蜘蛛侠每天出去上班的吗？爸爸就是那种角色。"

巴哈特太太是一名非常成功的投资银行家。巴哈特也多次公开地表达他被独立、自主的聪明女性吸引，而太太恰是他认识的最智慧的女性。他的编辑曾经很幽默地问他："我很明白这种吸引力，可这会随着时间改变。比如说，我丈夫婚前最喜欢听我唱歌了，可现在我一张口哼哼，他就已经烦了，说这是哪儿来的噪声。你怎么可能被一种品质吸引这么久，而没有随着时间改变？"

巴哈特说："不同的时期，我太太的独立自主表现在不同的方面。以前表现在她的成功事业上，今天表现在她独立的人格魅力上。不是她不为我的成功感到骄傲，而是她不愿意生活在我的光环下。巴哈特太太这个称号并不是她的全部。比如，她有两个孩子，但是她坚持自己的事业。比如，她喜欢谁，她就会跟谁亲近，跟这个人的社会背景没有关系。我有时候会跟她说，这个谁谁谁是宝莱坞的大咖，你可以跟他多聊聊。我太太说好的。她会很礼貌；但是，她选择朋友，与谁亲近跟这个人的社会地位没有关系。这就是她人格的独立自主。我出名后有一段时间飘飘然，是她的沉稳冷静让我不至于失去了自我。"

今天的巴哈特功成名就，身边美女如云，他如何面对诱惑？他动过心吗？他太太也问过他这个问题。巴哈特很认真地回答："我得承认，今天面对这么多的美女，作为一个作家，我有过动心的时刻。尤其像我这么一个来自印度理工学院的理工男，那里根本没有什么女孩子，现在忽然这么多美女来到我面前，确实很心动。我也问自己，20年前为什么不让我遇到她们？很显然，20年前，我不吸引她们。她们今天爱上的我，只是她们看到的我，不是真实的我。而我的妻子不一样，她看到最糟糕的我、最脆弱的我、一无所有的我。所以，她对我的爱是真实的。我不可能为了任何女人，离开她和我的两个孩子。他们是我生命中最重要的部分。所以，我能够避免任何诱惑。"

很多情况下，我是通过奇坦·巴哈特的小说了解当代印度、当代印度青年人的。巴哈特的小说是外国人了解当代印度的便捷方式。加上巴哈特设计的那种快餐式小说文化，连像我这样的游客也能在旅行中迅速获得许多感性的信息。我喜欢通过阅读一个国家的文学作品去了解这个国家，而不是通过历史书。因为我相信亚里士多德说的那句"艺术比历史更真实"。我到印度后会把从巴哈特小说里读到的信息在现实中比较。他在小说里描写的当代印度和印度青年人成了我的参照，因此，我在这本书里多次谈到他和他的作品。

很难记下一个畅销书作家全部的书名，但是似乎可以很容易记住所有奇坦·巴哈特的,因为他的书名都与数字有关。像什么《半个女友》《一个印度女孩》《我生命里的三大错误》和《五分人》。巴哈特解释道,他并非刻意为之,谁叫他是理工男呢,所以不经意就和数字干上了。那是他的历史,也是他的后遗症;现在,这也成了他的特色。

2016年我去印度时,印度朋友带我去了书店,买巴哈特的书。朋友指着一排奇坦·巴哈特的书,说他写了很多时事评论。那时我才知道:原来,巴哈特不仅是个小说家,还是一个时事评论员。巴哈特用英文为《印度时报》(*The Times of India*),用印地语为《帕斯卡日报》(*Dainik Bhaskar*)撰写专栏。

显然,巴哈特是一个有使命感的作家。他希望能够为这个国家,尤其是能够为这个国家的年轻人做得更多。他对参加任何政党都没有兴趣,他认为他的笔就是自己的政治武器,矛头直指年轻一代和国家发展的基本问题,如教育、腐败、官僚等,都针砭之,疾呼之,击中印度社会现实的要害处。他对印度社会问题的公正、中立的态度和动态的参与都是被广泛肯定的,也基于他的影响力和独到的见解,很多由巴哈特的专栏文章提出的议题,都在印度国家议会展开了讨论。很多时候,并不是因为他说了什么,仅仅只是因为是他奇坦·巴哈特在说,所以就有人听。作为印度最为畅销的作家,他轻而易举地就可以影响几百万的印度年轻人。

除了以小说和专栏文章的方式,巴哈特还喜欢通过演讲和采访表达他的立场、他的观点。无论古今中外,世界上大多数作家都敏于写而讷于言,印度作家可能是个例外。印度人都能说会道,更不用说他们的作家了。好几次我在印度问路,印度人总是滔滔不绝地讲上很久,也不在乎我听不听得懂。我早年在美国读书时，曾经问过一个印度留学生，美国人已经够能说的了，可印度人更能说。他想了一下，不无调侃地说："可能是因为我们小时候没有电视，所以打小就玩辩论长大的。"于是乎个个都"口吐莲花""口若悬河"。

奇坦·巴哈特是一名出色的演讲家，在数家国际顶尖的跨国公司进行过演讲，表达观点。巴哈特说自己身上，90%是作家，10%是改革家。他曾经收到一个年轻读者的来信，说他们这一代的年轻人有抱负，却没有机会。收到这封信后，他难过了很长时间。他在演讲中大声地呼吁："抱负只有遇见机会时才是公平的。印度首先应该是一个公平的社会，有一套健全的法律体系去惩罚坏人和一切做了坏事的人。我们应该尊重人才。我们国家真正有才华的人都离开了这个国家，真正的人才没有出头，因为他们受到的尊重不够，我们对自己原创的才华不仅不尊重，还嘲笑他们。"

巴哈特也喜欢开新书发布会，喜欢与他的读者面对面交流。今天的巴哈特经常被读者认出来，而且要求合影。他总是有些别扭。后来，他问过一些明星朋友，那么多粉丝要求合照和签名，他们的个人感受如何？明星们都说他们很喜欢，这是他们与粉丝互动的方式。而这种方式对于巴哈特这个作家来说，总是有些不自在、不舒服；但是，如果读者通过读他的书与他交流，他很喜欢。

巴哈特的读者大多是年轻人。巴哈特已经40多岁了，有人问他为什么还在写，而且只在写青年人的故事？他说，如果有好的中年人、老年人的故事，他也不排除这种可能性；但是，他喜欢为年轻人写作。巴哈特说："人年轻的时候最容易受书的影响，我本人就是如此。一本书可能改变你的一生。我怎么可能放弃这个人群呢？任何作家都不应该。我就是要为印度的年轻人写作，可是我目前还只是为城市里的年轻人写作，我希望为更多的年轻人写作，包括印度农村和贫民窟的年轻人。"

奇坦·巴哈特是一代印度年轻人共同的青春记忆。2010年，《时代》（*TIME*）杂志将他列入影响世界的100个人物之一，而他将继续影响更多的印度年轻人。◉

印度的良心

　　一个英俊的少年在网球场上步履矫健地来回奔跑。他挥舞网球拍的明快线条，在他母亲的眼里代表了整个世界。母亲目光一刻也不离开他。这个翩翩少年曾经被视为印度网坛极具希望的明日之星；可每每这个少年赢得比赛，少年母亲的眼神里永远流淌着一丝忧伤。她感慨道："那个输掉的男孩子的妈妈怎么办？她现在得多难过啊！"

　　这个少年长大后，并没有成为印度最有成就的网球运动员，却成了印度最著名的宝莱坞明星，成了"印度的良心"。他说，是母亲的善良和慈悲深刻地影响了他的一生。他的记忆里，母亲永远有一双对世间的苦难准备就绪的悲悯的眼神。母亲的眼里永远有别人，心里永远想着别人；于是，他的内心也荡漾着一种似秋水般沉静的、悲天悯人的情怀。

　　他就是最为中国观众熟悉的当今宝莱坞印度国宝级巨星阿米尔·汗。他的全名为穆罕默德·阿米尔·侯赛因·汗（Muhammad Aamir

Hussain Khan）。从名字上就能知道，他是穆斯林。

除了他，还有另外两个大"汗"——沙鲁克·汗（Shah Rukh Khan）和萨尔曼·汗（Salman Khan），形成了宝莱坞的三足鼎立。印度宝莱坞最红的三个"汗"，清一色的穆斯林。阿米尔·汗对此的看法是："我对我自己的评价是作为一个人的评价，而不是任何的宗教符号。"他又说："印度80%的人来自同一个社团，恰好我们三个演员来自另一个社团。这很说明我们国家的包容性、多元性。我相信，我们受欢迎不是因为我们的宗教，而是我们的电影打动了观众。"

继50多年前的《流浪者》《大篷车》后，阿米尔·汗仅靠三部电影《三个白痴》《我的个神啊》《摔跤吧，爸爸》红遍中国大江南北，再次让中国观众对印度电影产生集体热情。

阿米尔·汗于1965年出生于印度孟买一个影艺世家，父亲是制作人，伯父和堂哥都是导演。40年前风靡中国的印度电影《流浪者》正是由他的父亲制片、他的伯父导演的。阿米尔·汗8岁时，出演一部当时很有名气的电影，初登影坛，就被公认为是很有前途的童星，"这个孩子天生就是这块料"。长大后，他却偏偏不要当演员，爱上网球，成绩很不错，曾经获得过马哈拉施特拉邦（Maharashtra）的少年网球冠军。后来，因为身高的原因，无法在网球上有更好的发展，他才重回银幕。

阿米尔从小长在一个多元社区，他的同学和小伙伴们来自不同的社团，说不同的语言。阿米尔不认为宗教会是男女相恋的障碍。21岁时，他与一名年轻的女演员结婚，她是一名印度教徒。两人育有一子一女。这段曾经是政府宣传宗教融合的范本婚姻在2002年破裂。离婚对阿米尔的打击很大，无法正常工作，甚至暂时离开娱乐圈。在此期间，他不得不寻求专业的帮助，才恢

加甘餐厅的菜单不是文字菜单，而是一串表情符号。加甘厨师在那日宴请我们后，在菜单上留言："感谢你舔了盘子。"（《以美食为使命的印度大厨》）

这是加甘厨师喜欢的一张照片，因为他觉得很搞笑。他说自己不喜欢一切死板、墨守成规的东西。照片上，加甘手拿牌子，上面写着："我因为偷咖喱被抓了！"（《以美食为使命的印度大厨》）

加甘餐厅刚推出这道羊排时，许多人不理解："为什么要搞液氮和花？为什么搞得这么花里胡哨像法国餐一样？请还是不要改变我们印度菜的传统吧。"然而，后来这道羊排却成为餐厅的招牌菜。（《以美食为使命的印度大厨》）

位于泰国曼谷的
甘餐厅外景。（《以
食为使命的印度大厨》

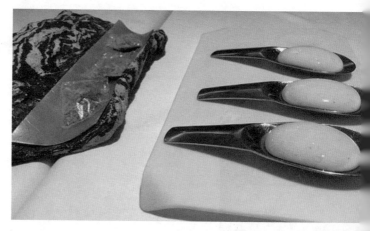

到底是哪一道菜使斗牛犬餐厅成为斗牛犬餐厅？加甘在斗牛犬餐厅的历
经验中找答案。原来，是因为他们的一道橄榄菜。加甘也做了一道类似的印
菜。橄榄在西班牙，就好像酸奶在印度的地位。酸奶在印度就相当于酱油在
国、鱼酱在泰国的地位。酸奶在印度也是百搭的。加甘在家里做实验，将酸
一勺一勺地放进藻酸盐汤，酸奶里的钙立刻与藻酸盐反应，成为块状，而且
味道很好地封装在里面，口味与样子都很好。（《以美食为使命的印度大厨

　　这张照片拍摄于2019年孟买班德拉的选举亭，阿米尔·汗在向镜头展示他手指上的印记，表示自己刚刚在议会大选中投过票。阿米尔·汗最了不起的地方是，他的电影不是虚拟出一个仙境，而是把现实放进了电影。他是用电影改变国家的巨星——这是2012年《时代》杂志对阿米尔·汗的评论。（《印度的良心》）

这两张照片均拍摄于"第三页派对（Page 3 Party）"，这是印度上流社会和上层阶级中流行的一种文化。在孟买、德里和班加罗尔这些大城市，明星、名流及富商，尤其时尚界人士，都很喜欢参加这种派对。

阿米尔·汗是穆斯林，他的两任妻子都不是穆斯林。1986 年，21 岁的阿米尔·汗和第一任妻子结婚，对方是一个印度教徒，也是一名演员。他们育有两个孩子，两人于 2002 年离婚。2005 年，40 岁的阿米尔·汗和第二任妻子结婚。2021 年，他们宣布离婚。（《印度的良心》）

在阿米尔·汗扬名之前，宝莱坞电影在华语世界一直比较小众。是阿米尔·汗带着他的电影进入华语观众的视野，开拓了华语世界对印度的认识，对宝莱坞电影的理解。（《印度的良心》）

复正常良好的情绪。他曾经这样说："我将婚姻看得很重，所以当它破裂的时候，对我造成极大的精神伤痛，我根本无法工作。因为我意识到，无论我多么热爱我的演艺事业，但是我情感的核心是我的家庭。只有这个情感的锚固定了，我才能稳定。"

2005年，他和第二任妻子拉奥（Kiran Rao）结婚，妻子是宝莱坞的制片人。两人通过代孕产下一子。在妻子的影响下，阿米尔成为严格的素食者。

阿米尔·汗主演过许多部卖座的电影，如《印度往事》《芭萨提的颜色》《心中的小星星》《未知死亡》，等等。他对制片、拍片极为严格和谨慎。一次只拍一部片、一年只拍一部片。这在宝莱坞中算是异类，为了品质保证，他会自制自演，《印度往事》和《摔跤吧，爸爸》就是最好的例子。2002年，《印度往事》被奥斯卡提名为最佳外语片，也是印度历史上首次得到奥斯卡青睐的电影。2016年的《摔跤吧，爸爸》再次刷新了票房纪录。2010年，阿米尔·汗因卓越的艺术成就获得印度最高荣誉之一的莲花奖勋章（Padma Bhushan）。

这样一位荣誉等身的宝莱坞巨星却几乎不参加任何颁奖活动，不走红毯，只在2002年参加了奥斯卡晚会，因为他的电影被提名为最佳外语片。他说："观众的肯定和爱对我是最重要的。那些颁奖活动对我没有意义。"

当被问到哪个影视人物最像他本人时，他说，可能是《三个白痴》里的那个"兰彻"，不按常理出牌，在现实社会里格格不入。阿米尔·汗饰演一个挑战印度僵化、残酷教育制度的特立独行的18岁大学生兰彻时，已44岁"高龄"，他的表演仍然让人信服。为了拍这个片子，他平日里也是赤脚，穿牛仔裤和衬衫，就是影片里兰彻的样子。他每天花时间在社交媒体与年轻人互动，了解他们的思维，熟悉他们的语境，然后对着镜子一遍一遍练习年轻人说话的方式和他们的肢体语言。他在影片中的扮相、举止，甚至走路的背影都像极了一名大学生。

到了《摔跤吧，爸爸》这部讲述一个当年曾经怀揣冠军梦想的摔跤运动员，最终将自己的4个女儿培养成世界摔跤冠军的故事，阿米尔·汗更是从19岁健壮的摔跤运动员演到60多岁的胖爸爸。他先是增肥28千克拍胖爸爸的戏，再减25千克，由一个肉球练回8块腹肌，才拍19岁的那场戏。他说，之所以先增肥再减肥，因为担心如果先拍了19岁的那场戏后再增肥，戏结束了，他可能也就没有动力减肥了。而他拍19岁那场戏不仅靠8块腹肌、健美的身材，他的举手投足也像19岁般的青春俊美。很多人都问他是怎么做到的，是化妆吗？他说："我不利用化妆的辅助，我也解释不清为什么，我似乎有这种能力——就是当我减肥到了那个样子，我就会进入角色，成为那个角色。我想，心的力量是很大的。"当他进入角色，他不是在表演，他就是角色本身。这个大概就是现在经常形容演戏的最高境界——角色附体了！

人们评价他是一个有鲜明主张的演员，他总在表达不同的议题。他在《三个白痴》中的诉求是教育改革，在《摔跤吧，爸爸》中表达的是女权这个议题，《我的个神啊》讥讽了多神论……而这些其实都是观众赋予他的。他自己说："我在挑片子的时候没想这么多，没想这个主题、那个情怀。我读剧本时变成了观众。我选剧本只有一种规律可循，那就是这个角色能否打动我，触动我的灵魂。如果可以，那么我就要拍这个电影，做这件事情。就这么简单。"

作为演员、导演、制片人和节目主持人的宝莱坞巨星阿米尔·汗，在印度享有至高的地位；但让他获得"印度的良心"称号的是他的另外一个身份——社会活动家，因为他的一档电视节目。

阿米尔·汗多年来一直在思考如何发挥艺人的影响力，如何利用自己的影响力对印度这个国家产生正面的、积极的影响。这时，他重逢了童年的小伙伴。这个小伙伴曾经是班上成绩最好的同学，后来选择做了律师，为那些穷人维权，投身公益。他的故事让阿米尔惭愧。大明星阿米尔·汗在这个儿时伙伴面前自惭形秽，感觉自己很渺小。虽然儿时伙伴没有自己赚钱多，没有自己名气大；但是，他的视野与胸怀都比自己大。阿米尔感觉自己应该做些什么了，应该像他的这位朋友一样。于是，他们两人一拍即合，一起做了《真相访谈》（*Satyamev Jayate*）。这位朋友就是《真相访谈》节目的导演巴特卡尔（Satyajit Bhatka）。

2012年，阿米尔·汗走出宝莱坞完美的乌托邦世界，去触及人间质朴纯真的灵魂，去直视印度社会最惨淡的现实。宝莱坞电影，许多时候就是虚拟一个梦幻仙境，进入电影院是对艰难现实的暂时逃离。美丽的脸蛋、华美的服装、美轮美奂的舞蹈和场景，这美好的一切，都能让人暂时忘却现实的残酷；而生活在宝莱坞虚拟仙境里的阿米尔·汗却走出了浮艳的世界，打造了一档深层次揭露社会问题的节目，主持印度史上尺度最大的电视节目《真相访谈》，主题包括嫁妆、种姓、强奸、堕胎女婴等一系列印度社会最为敏感的问题。从此，阿米尔·汗的生命厚实了起来。

阿米尔在《真相访谈》第一季第一期说了他为什么要去做这档节目。他说："在我的演艺生涯中，在不同的角色里，我体验过不同的人生。还有另一个人生就是我自己的人生，卸去演员的身份，作为一个人，我以自己的方式存在。在现实生活中我脑海里的思绪如风般吹拂过，我看新闻，读报纸，与朋友闲聊，与陌生人交谈的时候，总有一些事情触动到我的心弦。一方面，印度正在崛起，正在改变，我作为一个印度人非常自豪；另一方面，我们的社会总有那么多心酸的事实，我们却熟视无睹。这些苦难让我深感不安。有时候，我也对自己说，想这么多干吗，关我什么事！我自己的生活很美好，别人的苦难与我何干；但是，确实相干，因为我是社会的一分子。一连串的事情将你、我、他——社会的每一个人联系在一起，共呼吸，同命运。如果甘地（Gandhi）、提拉克（Tilak）、鲍斯（Bose）、尼赫鲁（Nehru）、智者阿扎德（Maulana Azad）仍然在世，那我们有何颜面去面对这些圣贤？我们的先人怀抱梦想，为自由而奋斗，难道就是为了建立一个像现在这样的印度吗？所以，我在这里希望听到、学到些什么，希望和你们有所交流，发现问题的根源，看到事情的真相。我想讨论一些关系印度民生的话题，不责难任何人，不中伤任何人，也不制约任何人。人人都说，伤害我们的人近在咫尺，或许我们都有责任。现在，与我一起踏上这段旅程吧，一起去寻找、去发现、去学习、去分享，一起去揭开这些难题的谜底。我无心激化矛盾，只为能够改变这个时代。无论是谁的心中，只要有星星之火，必将成燎原之势。"

阿米尔·汗是以面对先贤之心来做每一期节目。他说，《真相访谈》的制作过程是一个令人着迷和不断扩大经验的人生旅程："这次旅程对我来说非常激动人心，非常情绪化。这也是一次发现之旅。我觉得，我现在更了解这个国家和这个国家的人民了。"

Satyamev Jayate意为"真理战胜一切"，这句话写在印度国徽上，是印度的座右铭。以现场脱口秀访谈和记者实地报道方式，将印度长久以来为人诟病的社会问题，那些复杂、黑暗而很难谈透的问题一一摊在阳光下检视。于是，我们在节目中听到这些触目惊心、令人发指的故事：

受嫁妆之苦的妇女控诉如何被婆家索取巨额嫁妆，父亲不得不去借高利贷，最后无力偿还，只能自杀。而新娘却被无情抛弃了，人财两空。

印度北部一个村子的几个"贱民"小学生低声说道，学校老师强迫他们清洗学校的厕所，他们也不能跟别的同学坐在一起，因为其他同学害怕被他们"污染"了。

一位印度西部的母亲讲述了她被迫在8年内进行6次人流的遭遇，仅仅因为她怀的是女婴。而女婴就意味着将来需要承担巨额的嫁妆压力，所以婆家就强迫她打胎。

这些都是阿米尔·汗的开创性电视节目《真相访谈》里的事件。大明星阿米尔·汗只着便服做节目，他以邻家大哥的亲和力拉近了与受访者的距离，让他们愿意打开心扉，说出他们的遭遇。他的节目就像一面镜子，虽然深刻地披露了一些困扰印度社会的丑陋现象，但也展示了令人热泪盈眶的故事。人间的疾苦和灾难如同天空的乌云密布，既能引来电闪雷鸣的风暴，也能破云见日。不经历风雨，怎么见彩虹。于是，我们也能从节目中听到这样的感人故事：

一名街头蔬菜女摊贩因为丈夫没有得到及时医疗救助而丧命，她拿出自己所有的积蓄在村里建造了一家小诊所，免费提供治疗；一对普通的夫妇在地震之后，在自己家里收留抚养了56名孩子；一名16岁的少女被轮奸并且被抛弃路边后，她幸存下来，建立了一个阻止贩运妇女的组织。

几年节目下来，阿米尔·汗说，他看到了"人性中最善的和最恶的"。

节目的写实、残酷、大尺度，与主人公的坚毅和不屈不挠，一播出就获得累计超过6亿观众。也就是说，有一半印度人看过这档节目。印度国内发生电视节目史上从未有过的事情：万人空巷一起观看节目，一起热泪盈眶，一起同仇敌忾，一起满怀希望。

加上宝莱坞明星在印度具有极为崇高的地位，正是基于这样巨大的影响力和知名度，所产生的社会影响力可谓空前：观众回复无比热烈，这对他们不仅是一档电视节目，而且是一场要继续的革命；这档节目振聋发聩，回音久久不能散去，涉及权力层级，全面触动了权力机构的敏感的神经。

几个邦采取严厉的措施。印度南部的卡纳塔克邦（Karnataka）政府在看到一集贫困病人被迫购买昂贵药物陷入困境的节目后，马上建立了补贴价格销售药物的平价药店。印度北部的一些邦，如拉贾斯坦邦（Rajasthan）和哈里亚纳邦（Haryana），迅速采取措施，遏制女婴堕胎，严厉关闭了多家非法检查且支持女婴堕胎的B超中心。中央邦政府邀请他参加政府防止女婴堕胎的会议。还有就是防止儿童性侵法在印度下议院很快通过。印度总理莫迪专门会见了阿米尔·汗……

阿米尔·汗没有想到这档节目成了印度电视史上里程碑式的节目。拍摄第一季时，他们甚至没有计划第二季。因为不认为如此沉重的节目会有市场，会受欢迎。阿米尔·汗说："这个节目的成功只能说明我们想进步，我们想改变。这些积极正面的反响让我坚信印度这个国家渴望改变，也正在改变。"节目力图以残酷真相打动和唤醒大众，进而努力改变现状、治愈丑陋伤疤。阿米尔·汗说："有两种方法可以改变：一是可以通过法律和政策的制定进行改变和改革；另一种方法是通过爱与沟通，通过思想的改变与人心理解，化解疾苦。我的使命是第二种。当然，这个过程可能更漫长更艰巨，但是它也可能更彻底更治本。我把自己投入到更为持久的改革中去。"

由于内容过于敏感和黑暗，阿米尔·汗甚至不提前公布话题内容，就是不想倒了观众的胃口。他说："如果我做了预告，根据数据显示，每两个印度儿童就有一个遭受到性侵，所以我这个周末的节目要谈儿童性侵的问题，观众可能就不看了，因为这些话题太沉重，好不容易有个周末，就想放松一下。有些观众只想在周末看点轻松的节目。"

这个节目不仅对于观众太沉重，对于他亦是难以承受之重。观众们都发现阿米尔总在节目中潸然泪下，没有一期不落泪，观众可以明显地感觉到隐藏在他优雅眼神深处的伤痛。阿米尔是悲伤的，他的目光就像当年看台上他母亲的目光，永远有别人，永远有慈悲。他后来说："母亲是我做《真相访谈》的精神支柱，因为母亲的眼里总有别人，永远关心着那些她并不认识的陌生人。"其实，观众们不知道的是，他从筹备节目起就开始落泪，经常满脸泪痕，以至于他的工作人员都默默地退下，生怕打扰了他那深切的悲伤。阿米尔·汗承认做这个节目常常让自己非常难过，寝食难安。

他是一个性情中人，非常情绪化，高兴就笑，伤心了就哭。在印度有一句古老的谚语：真爷们儿不哭，真爷们儿不牵老婆的手。阿米尔·汗说："根据这个标准，我可能不是一个真正的爷们儿，我总是牵着我太太的手，总是拥抱自己的孩子，我也总是哭，连看电视剧，我也哭。我不认为应该压制自己的情感。"

阿米尔·汗不同于传统意义上的印度男人，从不为当"真爷们儿"而压制自己，他活得热烈而隆重，柔情似水，热情似火。他不介意离婚后让公众知道他情绪低落，需要离开娱乐圈一段时间；他也不介意在节目《真相访谈》里泪流满面。这些更让他呈现一种"真爷们儿"侠骨柔肠的风采，更是让人觉得他男人得不行，更是让他的粉丝无比激动——真正的爷们儿就该是他这样。以至于在第三季《真相访谈》最后一集产生"印度男人气质"重新定义的谈论，阿米尔·汗说："如果我们不重新定义男人气质，许多问题就得不到解决。如果我们从小就告诉我们的男孩子，你不可以哭，刚硬才是男人的本质，我们就是在告诉他不要受情绪的影响，告诉他失去柔软的品质；那么，等这个男孩子长大后打老婆，我们又何以吃惊意外呢？我们可能更应该告诉男孩子放弃刚硬这一僵化的特质，培养他敏感细心的品质。这样，我们社会的许多问题就解决了。"他说完这段话后，观众席里掌声雷动。

这档节目对阿米尔是恩泽，同时也是无情的。一方面，老百姓对节目无比喜爱；另一方面，节目及阿米尔·汗本人却遭受到质疑。用他太太的话来说，在印度这个国家做一点儿事，总是会受到批评。有人说他在作秀，他在台上哭得太多了，都不知道什么时候是演员阿米尔·汗在哭，什么时候是真实的阿米尔·汗在哭；也有人质疑他将受害者暴露在电视机前讲述那些悲惨故事是不是妥当，尤其来做商业节目赚钱的行为是否道德；当然，更因为触及了一些利益集团，于是有人说他的节目在影响印度人的团结，叫阿米尔·汗滚出印度。

阿米尔·汗回应道："我演过各种角色；但是，在那个演播室里的我是真实的我。这个节目，老百姓都喜欢，但是被少数非常有势力的人憎恨。我知道我被少数却非常有权势的利益集团憎恨，因为我触及了他们的利益，他们不想这个国家改变，于是，他们叫我滚出印度；而这一点正好告诉我，我走在正确的路上。当然，我也不愚蠢，我也对个人及我家人的人身安全采取安保措施。说到赚钱，我做这个节目赚的钱远不如我拍电影赚得多，所以，在经济上我是有损失的。"

那么，他做《真相访谈》的收入是多少？

据说，每集《真相访谈》成本超过了4000万卢比，相当于400万元人民币。相比之下，黄金时段的肥皂剧的成本约为100万卢比。据说他本人录一集肥皂剧的收入是3000万卢比，相当于300万元人民币，超过印度所有的大咖。

这是一档印地语节目，加英文字幕，同时以孟加拉语、马拉提语、泰米尔语、泰卢固语等多种地方语言播出。这也是印度电视节目没有过的。多语种的播出最大程度地接近了印度民众，尤其是偏远落后地区的劳动人民。他的节目是一个重磅炸弹，被视为"改变国家的一档节目"。他也被视为英雄，而他被问到这个问题时，他回答：

"我不认为自己是英雄，我认为自己只是一个想学习的人，学习对我来说是一个人的人生旅程，丰富自己的生活，在此过程中，更好地了解我的国家，共同面对那些影响我们社会的问题。这个节目对社会的积极影响，看到人们态度的变化，我深怀感恩、自豪和敬畏之心。我认为这个节目最大的成就是，我们公开辩论那些我们平时不讨论的问题。我们总以为不谈它，它就不存在了，不影响我们的生活了，公开谈论这些问题好像令人非常不舒服，我们是在自欺欺人。面对长久以来为人诟病的社会矛盾，视而不见、假装其不存在是最致命的弱点。"

阿米尔·汗也不认为自己是个社会活动家。他说他不像那些传统意义上的社会活动家，就一个议题，比如女权，比如腐败，一生为之奋斗。他只是为那些把他感动到的事和人发言，正如他对待电影的态度。他挑电影也是这样，不去考虑这个电影的题材，或者要传达什么讯息，他只是看这个剧本是否感动到了他。作为一个艺术家，阿米尔·汗知道自己擅于讲故事，擅于进入角色，擅于感染受众，所以被采访者更愿意向他敞开心扉。阿米尔·汗说：“我想，作为一个艺人，并不只是为了娱乐大众，可以更进一步，就是影响大众。我应该尽我的能力去做些事情。这个电视节目丰富了我的生活。无论我给了这个节目什么，这个节目回馈我的是成倍的。我可以成为其中的一分子，是我的荣幸。”

被问到职业生涯中最大的成就和最大的、不想再犯的失误时，阿米尔·汗回答：“失误那就太多了，但是不后悔。因为失误让我成了今天的我，而且失误让人成长，人是从跌倒中爬起来的，所以我将我的失误与我的成绩看得一样重。至于成就，我不知道成就这个词是不是合适，只能说我最满意的工作吧，那要说是《真相访谈》这个节目。”

问他：“你理想中的印度应该是什么样子？”

他不假思索地回答：“应该是印度宪法第一页写的那个样子，就是自由、安全、团结、公正、平等、友爱，等等——这是我期待的理想印度。”

很多人问他会不会参政，那样似乎可以更直接地改变国家。

他说，自己对政治不太感兴趣，而且他也不认为参政是改变国家的唯一途径。

从一个演技精湛的"戏骨"到在世界范围都有影响力的社会活动家，这样的影星在全世界也不多见。他是世界影坛瑰丽的传说之一。他那么热情地相信公正与良知，并且那么骄傲地追求和坚持。于是，有人说：让观众起立致敬的，只有阿米尔·汗！

在缤纷浩瀚、繁星璀璨的娱乐界，阿米尔·汗始终占据着属于自己的一片天空。《时代》杂志将阿米尔·汗选为2013年全球百位影响力人物。人们称他为"印度的良心"，为他书写文章，讨论"一个演员能否改变一个国家"。◉

18

一个印度大厨和三只老鼠

尤德维尔（Yuddhveer）是一家中国驻印环保公司的厨师。王先生是这家公司的经理，已经在印度生活、工作十几年了。我问起王先生在印度做生意的感受，王先生笑了："和印度人做生意是一件令人头痛的事情。中国人和印度人就不是天生能在一起做生意的生意伙伴。印度人总是延迟付款，不守信用，做事情拖拖拉拉，完全没有时间概念。印度人非常小气，什么都要讨价还价，已经谈好的价格还要一降再降，中国人又总希望多赚。这两种人在一起做生意的难度系数空前高。"

王先生在印度十几年了，渐渐学会与印度人相处，尤其与印度生意人相处的一些技巧，就是一定要让印度生意人感觉占了便宜，哪怕一分钱便宜的心理战术。这样，生意才有得谈。王先生讲起他们公司在印度的经营，对印度人颇有微词；但是，讲起他们公司做中国菜的印度厨子尤德维尔，王先生还是非常有感情的。

十几年前，王先生被中国总部派来印度德

里开发市场，需要请一名厨师。尤德维尔是房东介绍的。那个时候，尤德维尔只会做印度菜，曾经在一户印度有钱人家当厨师。王先生还是雇用了他。尤德维尔长得一副诚恳老实的样子，给人一种做事可靠的印象，永远是诚恳地印度式一晃头说"no problem（没有问题）"，永远笑出八颗牙，就像牙膏产品代言人。

王先生现在回忆起来说，这就是缘分，十几年朝夕相处下来，认为自己最初的直觉判断是正确的。这么多年来，尤德维尔做事认真，手脚干净。买菜报价从来一是一、二是二。王先生见过那些手脚不干净的，所以他很珍惜尤德维尔的诚实，每次都会将购物余款给尤德维尔做小费。他这样既是鼓励尤德维尔的诚实，也是告诫别的用人不要揩油，不要贪小便宜，他其实很清楚他们的所作所为。

尤德维尔对公司、对王先生忠心耿耿。人生在世，能够感受到人家对你的忠心已经难能可贵，在异国他乡能够感受到这种忠心就更为可贵。尤德维尔对公司忠诚，王先生更不亏待他，给他一份很不错的薪水，2万卢比一个月，大约2000元人民币。在中国公司干活属于在"外企"打工，有基本的英语要求，所以收入比印度公司高出50%。还给了一间宿舍，包吃住。尤德维尔也很知足，安心地在这家公司干活儿，从来没有想过跳槽啊什么的，也不随便请假。

另一位驻印公司的经理跟我说过这么一个故事：印度的工人"对付"外国雇主，尤其中国雇主很有招数，最有用的招数是回家奔丧。一家中国公司雇的印度司机有一天说，自己的父亲过世了，他要回家奔丧。中国公司的总管一听这个，立刻许了两个星期的假期，而且给了5000卢比的慰问金。几个月后，司机又说他的哥哥过世了。总管感觉有些奇怪，但又不好说什么，许了一个星期的假期，给了1000卢比的慰问金。再过几个月，司机又来报告家里死人了，这次是他的叔叔过世。总管点了点头，说你就回去吧，待多久都行，工钱我会从你的月薪里扣的。司机一听这话，知道自己暴露了，第二天跟总管说他不回去奔丧了，因为这位叔叔跟自己家的关系并不是很近。总管还是说，已经找到别的司机了。

　　尤德维尔从来不干这种事，他不随便请假。他回老家探亲时，会刻意多做一些菜放在冰箱里，中国员工们可以自己热热吃上一两天。假期到了，他就准时回来。他知道这些中国员工等着他做饭，他知道在德里找到一个让中国人满意的做中国菜的厨子多难。尤德维尔从不怠慢，也不因此坐地起价。

　　公司的驻印中国员工每两年就换一拨。印度的生活不容易适应，所以个个归心似箭——有个中国员工纠正说是"归心似火箭"。中国员工基本上合同到期就都回国了，没有续签的。尤德维尔看着一拨中国员工来了，走了，又来了一拨，又走了，而他不知不觉中已经在这里干了十几年了，已然是公司的老人。

　　王先生说，尤德维尔是个好男人，没有什么不良嗜好，每个月都把自己的工资全额寄回家，自己只留下很少很少一丢丢做零花钱。尤德维尔的家在印度北阿坎德邦（Uttarakhand）的一个山村，离中印边界只有400千米左右，所以他对中国、中国人并不陌生。尤德维尔2万卢比一个月的工资，再加上他父亲的收入，已经可以养活他的一家6口，而且这种生活在他们农村是相当体面的，家里盖了不错的小楼，还养了好几头牛。尤德维尔家在村里绝对算是大户，加上是第二种姓——刹帝利种姓，所以他的家人在村里生活得很滋润。

尤德维尔经常说起自己的孙子，又说有一个女儿马上要出嫁，他要多存些钱给女儿当嫁妆，加上中国人也看不出印度人的年纪，一些中国员工都以为他有五六十岁了，一直将他当长辈来看待。直到有一天他说了自己的年纪，原来才四十出头。公司的中国员工于是感叹，还是我们中国人看上去年轻啊，更感叹他的人生进度也太快了：人家还在给自己准备婚事，他已经在为女儿准备嫁妆；人家还在抚养儿女，他已经在抚养孙子了。

公司里的任何一个中国员工描述尤德维尔都不困难，因为他从形象到个性都很有特征。尤德维尔长得圆滚滚的，很卡通，很可爱，很富态，圆圆的脑袋，圆圆的鼻子，圆圆的肚子，而且一笑就露出八颗牙，还有一头茂密的头发。尤德维尔对自己那一头亮发还是很上心的，三七分头，每天都梳理得一丝不乱锃亮锃亮。脚上永远是那双很具印度特色的拖鞋。公司的每个人都能说出他的两三件"有趣"轶事，还总跟动物有关。当然，尤德维尔从来不认为自己有趣，直到认识这些中国人。

在海外的中国人都会想念家乡的风味。一次，南京总部有人来印度时，带了一些南京的板鸭。对海外的中国人来说，这就是上等的美食，他们也邀请大厨尤德维尔一起品尝。尤德维尔以前只吃素，认识中国人后，终于在他的中年大胆地尝试了肉食。现在，尤德维尔偶尔也会吃一些荤，但也仅为有限的几种，像鱼和两条腿的家禽，对于四条腿的哺乳动物，他还是很有顾忌的。

尤德维尔看了一眼南京板鸭，很认真地问，这是个什么动物？尤德维尔的警惕是有道理的。作为他们的厨师，他太知道这帮中国人每天都吃什么了，他不得不提防。王先生告诉他，这是duck（鸭子）。尤德维尔来自一个小山区，那里没有什么水，并不知道duck是什么动物。尤德维尔问，是不是一种鸟？王先生回答，是的。他问，那会不会飞呢？回答，是的。尤德维尔想了想，似乎明白了，说："那就是孔雀啦！"尤德维尔只见过孔雀，没见过鸭子。印度到处是孔雀，罕见的是鸭子。王先生告诉他，不是孔雀，是鸭子。他坚持认为中国人嘴里的鸭子就是他们印度的孔雀。他说："会上树的鸟儿，对吗？那就是孔雀。"王先生听得哈哈大笑："不会上树，会下水。"

说了半天，尤德维尔还是不明白中国人吃的是种什么鸟；但是，尤德维尔还是大胆地尝试了一下。王先生问他，好吃吗？尤德维尔所有的感官都在思索这是好吃呢还是不好吃，反正这是他认知范围之外的滋味。

有一阵子，公司办公室闹老鼠。公司的办公室和宿舍同在一栋小楼，晚上能够听见老鼠的动静。于是，王先生买回一批老鼠夹，当天就抓了两三只。王先生就对尤德维尔说："你处理一下吧。"

尤德维尔又是诚恳地一晃脑袋说："没问题。"

王先生也就忘记了此事。过了几天，看见来还老鼠夹的尤德维尔，王先生随口问了一句："处理得怎么样了？"

尤德维尔仍旧是那么诚恳地一晃脑袋，有些得意地说："我处理得很好。"然后，又笑成了一个牙膏产品代言人。

如果尤德维尔不说自己处理得很好，王先生也不会去问："你怎么就处理得很好了？"王先生就纳闷了，以他的中国经验，对老鼠的处置，那不就是烧一锅滚水把老鼠烫死嘛，横竖都是死，怎么能算处理得很好呢？

尤德维尔一本正经地说："哦，我带着它们走了很远很远，一直找，一直找，终于看到一户富有人家，我就把它们放了进去，我叫它们好好在那里待着。"

王先生和中国员工们听呆了，他们都在想：尤德维尔是在讲笑话，还是在讲童话？

这时，尤德维尔很深情地感慨了一句："噢，它们以后就可以有一个好的人生了。"

王先生和中国员工们才意识到，他既不是在讲笑话，也不是在讲童话，他是在讲真话。大家哈哈笑成一团。于是，这个故事就成了这家中国公司的谈资。他如此处理，没有人认为是恶作剧，尤德维尔是干得出来这种事情的，而且合情合理，也符合国情，就是觉得他太逗了。

尤德维尔不认为这有什么好笑，他也不认为除了这个处理方式，还有什么别的处理方式。杀死老鼠这种念头，从来没有在他纯洁的大脑里闪过。后来，我也问了几个印度人，他们也都说会选择放生，至于尤德维尔把老鼠放生到有钱人家，连他们也觉得奇葩。

老鼠在大多数国家都是被讨厌的，但在印度是神圣的。印度拉贾斯坦邦（Rajasthan）有个老鼠神庙，里面奉养了两万只活蹦乱跳的老鼠。它们喝牛奶，接受供品。奇怪的是，印度其他地方发生鼠疫，老鼠神庙附近从未发生过，于是更坚定了信徒对鼠神的信念。当然，神庙里的老鼠也不叫老鼠，叫"卡巴"，就是小朋友的意思。

那以后，我总能想象出这么一个画面：一个印度大叔带着3个"小朋友"四处找新家，终于看到大户人家，印度大叔确认这户人家可以让这3个"小朋友"过上更好的生活。而且印度大叔也确定这户人家是欢迎这几个"小朋友"的，因为只有粮食富足的人家才能招来老鼠光临。印度大叔把这几只"小朋友"放生于此，临走还跟"小朋友"告别，嘱咐道："你们好好在这里待着，以后的日子不愁吃，不愁喝。"只有在童话里才出现的情景，印度大厨在现实生活中真情演绎。

尤德维尔"大厨"的称号是我封的。我吃过一顿他为中国员工做的美味中餐，从那以后我就叫他"印度大厨"了。

那是我在印度的最后一餐，离开印度上飞机前的晚餐。王先生请我去他们公司吃晚饭。他说，他们公司的印度厨师会做中餐。我有些怀疑地问："印度厨师做的中餐？好吃吗？"他笑笑，说："你吃吃就知道好吃不好吃了，不然，就显得我在吹牛了。"我说："听这口气，应该很好吃。"他又微笑道："你尝尝就知道了。"

晚上到王先生的公司时，五道菜已经上桌，椒盐虾、醋熘土豆、黄瓜炒蛋、酱爆猪肉、清炒白菜。可能太久没吃中餐了，加上吃了很长时间的素食，清汤寡水的，这在当下已是上等美味。米饭也是中国人习惯的米饭，不是印度那种细长的、不黏稠的米饭。王先生说，光是找符合我们中国人口味的米，就找了很长时间。

我夸赞说："这个印度厨师可以开中餐馆了，他的饭菜比我在印度吃的许多中餐馆都地道。"

王先生听了，半开玩笑半认真地对我说："你千万别让他知道。他要真去开中餐馆了，我们吃饭可成了问题。"

可见在印度找个好的中国菜厨师有多难。尤德维尔是中国人手把手教出来的，全体中国员工的吃饭问题全靠他了。

我问："厨师的中国菜做这么好，他自己吃吗？"

王先生摇摇头，说："他不吃。他基本上吃素，就连他做的中国素菜，他也只是尝一小口。他还是喜欢吃自己的食物——

就是那些我们觉得不好吃的东西。"

十几年学习训练下来，尤德维尔已经能烧一手很好的中国菜了。他一边尽心尽力地为中国员工做中国菜，一边津津有味地吃自己的印度饭菜。可见，好吃、难吃没有绝对的标准。尤德维尔喜欢吃的，在那些中国员工眼里并不可口，就像中国员工喜欢吃的，在尤德维尔那里也并不怎么样。胃是所有身体器官中最忠诚的，4岁起培养了自己的口味，终生忠诚。那些在中国员工看来不好吃的印度食品，在尤德维尔看来不仅是美食，还有阿育吠陀的哲学。所以，他吃他自己的食物总跟着六味调料——甜、咸、苦、呛、辣、辛，每一味与食物相搭配，都能吃出不同的风味。

尤德维尔虽然吃素，但是仍然把自己吃成一个可爱的胖子。在印度，像尤德维尔这样吃素的胖子不少。我的印度朋友舒明经教授的解释是："印度是个离婚率很低的国家，所以，男人、女人结婚后就任由身体自由发展，不再节制了。"当然，这是玩笑话，其实跟他们的饮食结构有很大的关系。虽然吃素，但有大量的甜食和奶制品。有一次，陪同我们的司机很高兴地说，今天我们走的那条路会经过一家非常非常出名的甜食店，那里有世界上最好吃的甜食。我们上路后不久，司机果然在一家小店前停了下来，就是一家路边小摊，简陋得无以复加，里面的客人并不少。我猜这家小店是司机的童年记忆，所以这种口味早早种植在他的记忆里。他一定要我尝尝这美食，我尝了一口就吃不下去了，实在甜得难以下咽。司机说，他要给他太太带一些，她会兴奋得不行。

跟中国人十几年相处下来，尤德维尔不仅口味上没有什么变化，而且还是习惯用手吃饭，他们认为用手吃饭才是最高境界，因为吃饭是一件很庄严的事情。食物是神所赐，必须以恭敬的态度接受。用手吃饭也是他们恭敬的一部分。我在印度的时候，舒明经教授曾经问我会不会用手抓饭吃，我笑了，说我在学会用筷子之前就是用手抓饭的。后来，舒教授真的就不给我刀叉，我用手试着抓饭吃，才知道没有想象中那么简单。

印度人认为用手抓吃食物才是最真实的感觉，因为接触是一种感觉。手与食物的亲密接触，只有手去接近，才更能感知食物的温度、黏稠度、质地，这些又都是美食的一部分。用手将饭送到嘴里，大脑最快地接到信息，因此，用手吃比用叉子、筷子进食，消化得更好，对身体的恩泽也更多。这也是他们阿育吠陀的一部分。印度母亲喂小孩子也是用手，这是他们的传统。因为手是母亲与孩子身体与灵魂的连接。

中国员工和尤德维尔在一个桌子上吃饭，他们吃他们的中国菜，尤德维尔吃他的印度菜；中国员工用筷子，尤德维尔用手，却也其乐融融。花了很长时间才说服尤德维尔坐下来和他们一起吃饭，因为印度的用人不上桌，王先生告诉尤德维尔，中国人不讲这套，何况这是一个五六人的小公司，大家一起吃，一起说说话，比较开心。尤德维尔花了一些时间才适应这种新型的主仆关系。

这位印度厨师现在最大的烦恼是，他不知道香菜应该在什么时候放入才能让这些中国人满意。之前，有个中国人告诉过他，香菜要最后放，等菜炒完了，把香菜放下去炒半秒。尤德维尔记住了。过了几个星期，又有中国员工从中国过来，告诉他，这香菜在出锅时放。尤德维尔又改了，可又过了几个星期，又有中国来的员工告诉他，这香菜应该上菜时才放。一个人一个说法，尤德维尔两只圆咕隆咚的大眼睛大睁着，一脸的蒙圈儿。他去问王先生："这个香菜，到底什么时候放？"王先生淡淡地说："都可以，看情况吧。你自己看着办吧。"王先生的这个说法对他丝毫没有帮助，本来尤德维尔还只是七分糊涂，现在彻底糊涂了。

饭桌上的一个中国员工听了这个故事，叹了一口气，说："我说怎么好久没见到香菜了，你们把人家都搞糊涂了。为了避免麻烦，他后来再也不加香菜了。"

我估计在这位印度厨师彻底搞明白香菜什么时候放之前，他也不敢贸然去开中餐馆。◉

19

带着你的嫁妆来——印度嫁妆四重奏

金克木先生说："中国和印度，相同之处完全平行，不同之处相映成趣。"我想，这不同之处一定包括结婚风俗。中国是男方出彩礼，印度是女方出嫁妆。

可能没有一个民族比印度更热衷于婚礼这件事。每一个小女孩都会被告知："将来，你会成为一个新娘子，你的新郎会用白马拉的彩车来接你。"可是同时，母亲心里会说："我要给你攒嫁妆了。"在许多民族的文化里，都有给新婚夫妻送礼、送钱的传统；但是，印度的嫁妆是为了婆家接受和承担女儿未来一生的经济责任而下的礼金，其实，就是娘家为女儿在婆家未来几十年预支生活费。因为过去女子不独立，没有工作，娘家父母从现实角度出发，要承担女儿日后生活的费用。

最早的时候，嫁妆的习俗在印度社会的存在有它的合理性。以前，妇女不外出工作，经济上不能独立，女儿嫁去的夫家可能住得很远，又几乎没有什么交通工具或通讯方式得知女儿在夫家过得好不好，那么，把金饰作为嫁妆给了女儿，以防不时之需，可以为她提供经济保障。它被称为streedhan（stree=女人，dhan=财富），换句话说，就是"女人的财富"。根据宗教习俗，这份财富只属于女孩，其他人，甚至丈夫也无权获得。在印度民间，只有儿子有遗产继承权，女儿没有；所以，娘家在女儿出嫁之时给她一份嫁妆，也是对女儿的一种补偿。然而，随着时间的推移，这个习俗被破坏了，这本来作为恩惠的风俗变成了诅咒，许多生女儿的家庭深受嫁妆之苦。

今天，印度的嫁妆五花八门，可以是车子、黄金、家具或者电器，也可以是现金、股票，还可以是出国的学费、生活费，当然，更可以是全部都给。今天的印度女性越来越独立，嫁妆的观点也就越来越淡薄。越来越多的印度男子和他们的家庭希望找一位职业女性，而不是一份嫁妆。我笔下的印度人许多都是不要嫁妆的。比如印度国宝级学者夏斯特利先生，他结婚的时候就没有要嫁妆，那是60年前的事情了。舒明经教授父母的年纪比夏斯特利先生还会再大一些，也没有嫁妆。到了舒明经教授结婚时，没有给嫁妆。她嫁女儿时候，也没有给嫁妆。于是，我认真地观察今天的印度人对嫁妆的态度。

舒明经教授的态度是："我嫁女儿不给嫁妆，我娶儿媳妇也不要嫁妆。"

女儿顺瑞吉出嫁前，舒教授表示，家里不给嫁妆。不是给不起，她是大学教授，加上祖上积攒下来的财富，一份体面的嫁妆完全拿得出来；那是一种姿态、一份宣言，就是拒绝进行婚姻交易。顺瑞吉的婚姻是小姨做的媒。小姨认为，亭亭玉立的顺瑞吉既优秀又长得漂亮，无论哪个男人娶到她，都是福气。她对自己的姐姐说："将来我要给她找一个好丈夫。"一次活动中，小姨认识了一个小伙子，各方面条件都不错。小姨就问小伙子是不是单身，小伙子说是的，父母正在为他物色新娘，但是目前还没有找到。小姨说，自己认识一个好女孩，绝对的好女孩，有很好的教育和教养，但是女方家不给嫁妆。小姨并没有说这个女孩是自己的外甥女，她不想给小伙子任何压力。小伙子说，自己和自己的家庭对嫁妆没有要求，就是想找一个好女孩结婚。小姨让他回去和父母商量一下，如果他们是认真的，就再回来找她。几天后小伙子回来找小姨，说已经跟家里商量了，愿意让小姨做媒。小姨就给小伙子介绍了顺瑞吉的情况，然后看了顺瑞吉的照片。男方一看就满意，当场答应了这门亲事。小姨这才告诉小伙子，这个姑娘是自己的外甥女。

我对舒教授说："顺瑞吉当然不需要嫁妆啦。她是博士，又在大学里教书，顺瑞吉的学历和收入就是最好的嫁妆，还有什么嫁妆比这更好的！"舒教授听了，哈哈笑起来。

顺瑞吉的婚礼也是小型而温馨的，舒教授一家反对大操大办的印度传统7天长的婚礼，浪费太多的钱。舒明经教授虽然没有给女儿嫁妆，也没有给女儿一个大型的婚礼；但承诺将来会给儿子和女儿一人一份遗产。舒教授说，印度渐渐在摒弃嫁妆这个传统，吐故纳新的做法应该是让女儿有同等继承权，这才是对女儿的保障。

现在，舒明经教授找儿媳妇，声明不要嫁妆。她说："如果我要求嫁妆，我自己都会感觉惭愧。"她希望儿子娶一个受过良好教育的职业女性，而不是娶一份嫁妆。今天，越来越多的家庭像舒明经教授这样，重视儿媳妇自身的教育与工作能力，而不是嫁妆；越来越多的受过教育的印度人认同把钱用在女孩子的教育上，而不是嫁妆上。女性将来可以自力更生，不需要去买一段婚姻。

像舒明经教授这样不要嫁妆的印度婆家越来越多，只是很多人嘴巴说不要，心里却想要。比如舒明经教授的婆婆。婆婆受过极好的教育，20世纪50年代的印度女性能读到研究生的并不多，她当然把自己归到知识分子圈。要嫁妆，在知识分子圈里被人看不起；相反，将嫁妆视为落后愚昧的风俗，印度开国总理尼赫鲁曾深恶痛绝地说："嫁妆是邪恶的，是文明进步的障碍。"如果问婆婆，她嘴巴上肯定说不要，但是内心暗自向往，想着亲家是中央邦警察署署长，这么有头有脸，怎么可能什么都不表示呢？人家就真没给。因为舒明经教授的父母也将给嫁妆视为愚昧落后的风俗，不愿意用嫁妆去为女儿买婚姻。婆婆心里又盘算，没有嫁妆，那么亲家总会在别的各种节庆场合给她补上。这个想法太秘密了，年轻的儿媳妇根本无法看透婆婆的心思，只是奇怪为什么每次婆婆都会如此挑剔自己娘家送来的礼物。婆婆嘴上说"不要不要"，眼睛却是诚实的，她的眼睛背叛了她的嘴。亲家一送来礼物，婆婆的目光就像两只翅膀一样扑了上去。只是她的期望过高，所以无论亲家送的礼物多好，都无法入她的法眼，无法满足她的期望。失望过后的婆婆心事重重，闷闷不乐。日子久了，婆婆的羞涩像洋葱似的一层一层脱去，婆婆会一边指指点点亲家送来的礼品，一边嫌弃地对自己的儿子说："瞧瞧你岳父家送的东西吧，他这么有身份的人物，这种东西也好意思送得出手，这不是成心臊咱们嘛。他当我们是什么呀？！"年轻的儿媳妇舒明经就站在旁边，备受羞辱。

婆婆的心思就像一道高难度的数学题，舒明经经过不停地演算、不懈地探索，答案最终被推理出来了：婆婆的不要，不等于不要，那只是一种姿态，最好是她高风亮节做出不要的姿态，而亲家强行非给，于是，她不得已，只能"被迫无奈"地收下。

既有了面子，也有了里子。今天，又有多少印度婆婆怀揣着这种秘密心思呢？

当然，很多家庭就是明目张胆地明码标价。这类故事听得太多了。男方家庭根据男子自身条件，挂牌标价，就像贴上价签的商品，向女方家庭要求不同档次的嫁妆，男方选择一个出价高的进行交易。一些情况下，导致娘家倾家荡产，只能去借高利贷，陷入贫困。尼赫鲁在1961年力主通过了《反嫁妆法》，但这种陋习屡禁不止。嫁妆的多少能直接影响新娘在婆家的处境。这种故事并不仅仅发生在农村，不仅仅发生在那些没有受过教育、没有工作、没有经济能力的女性身上，一些受过教育的富家女有时候也会面临如此窘境，成为嫁妆的牺牲品。

这是一个来自印度史上最有影响力的电视节目《真相访谈》的真实故事：

漂亮的贡玛（Komal）来自德里的大户人家，父亲是个建筑商，家境十分富裕。大学毕业后，父母开始为她寻找夫婿。贡玛的叔叔认识了一个条件很不错的年轻工程师。父母先见过男孩子，觉得他是一个不错的人选，会是女儿的如意郎君。正式见面是在女方家里。双方父母商议后，一切就定了下来。接着，就筹办婚礼。请帖印好了，也都送出去了。这时，男方说，要一个公主、王子般的婚礼，豪华盛大、富贵华丽，用什么样的车子，租什么场地，新娘穿的衣服都有标准、要求；而这一切的费用由女方出。贡玛的父亲想，婚礼嘛，如果他们想要搞得热闹一点儿也是合理的，毕竟就结这么一次婚。婆家有要求，有期待，也是可以理解的。婚期越来越近，婆家的嫁妆要求一个一个接踵而来，开始施加压力："看看他这条件，他是工程师，他的收入很好，他马上就有出国的机会，可以带上你的女儿。他前程无量，所以他值得丰厚的嫁妆。"他们不要家具、电器或者车，而是把所有的这些都折现，要现金。他们还补充道：再给新娘准备两个大衣柜，他们会帮新娘把衣柜添满的。他们会照顾她的，就像对自己女儿一样。现在，婆家怎么说，娘家就要怎么办。每一次说"不"，都会导致不欢而散，他们都会甩下一句"那就不结了"。男方这么一说，女方就害怕了，害怕婚事会被随时取消，请帖已经发出去了，准新娘和她家庭的名誉怎么办？到最后，两家父母每次的商谈都不像在攀亲，而像在做肮脏交易。事后，贡玛想起来，说是自己和家人纵容了夫家的贪婪胃口。

结婚当天，他们又提了一个要求，就是要给公公一条黄金首饰，迎亲的人才会来。黄金，在印度人的观念里意味着婚礼，可能没有哪一个民族比印度更爱黄金，没有黄金，就没有婚礼。新娘在等新郎迎娶的同时，一切可能因一条黄金首饰而有了变数。这种时候，娘家只能说"好吧"。一条黄金首饰的压力，他们还是可以应付的。贡玛偷听到了两家父母的对话。婆家做的是勒索的行为，用的是债主的态度；娘家被勒索了，却是乞讨者的态度，除了经济上的损失，更是尊严的丧失。此时，新娘已经毫无新婚的浪漫诗意可言。婚礼如期举行后到了婆家，婆家当着刚刚入门的儿媳妇的面一件一件地检查礼品，一边检查一边挑剔，"这些纱丽怎么这么薄啊，这些礼品也好意思送给我们"。母亲还送了一些黄金首饰给女儿，但是婆婆也就全权"保管"了。

两人去度蜜月，当然，这笔钱也是贡玛娘家出的。蜜月后不久，丈夫给岳父打电话，说他要去美国工作了，要岳父出他和贡玛的机票。岳父立刻说："好的，儿子，如你所愿。"事后，贡玛知道，丈夫的公司已经报销了他们的机票。当时，她悲哀地想，她嫁给了一个多么贪婪、糟糕的男人。他从来不爱她，他只是把她当作了一台自动提款机。到了美国后，尽管丈夫有非常体面的年薪，但是他仍然既贪婪又无赖地向岳父要了一笔"安置费"，包括在美国公寓的家具、电器，还要了一辆车。尽管这些东西娘家都曾经以现金的方式在女儿结婚的时候付过了；可想想女儿在异国他乡需要依仗丈夫，父母希望女婿能对女儿好些，贡玛的父母再一次妥协了。那个时候，贡玛已经很清楚，丈夫下一步就是要她父母的公司和房产，她已经越来越看清楚丈夫的无耻与贪婪。贡玛每天都在家里洗衣做饭，服侍丈夫。她在家里什么权利也没有，唯一的权利就是干活儿的权利。丈夫决定她可以买什么，不可以买什么；可以做什么，不可以做什么。丈夫大言不惭地说，娶她就是因为她娘家的财力，不然，他怎么看得上她，她只配给他当用人。他带她来美国，就是来给他当用人的。事实上，她的处境还不如一个用人，用人还有收入和自由，她不但没有工资，还要娘家搭上财力、物力，而且经常被丈夫打，逼着向印度的父母开口要钱。

　　贡玛经常独自一人坐在家里，在无边的寂静中思考，与自己的内心交战。她意识到，忍耐只会让不幸得寸进尺。恶人作恶仅仅是因为他们更会利用人性的软弱和道德缺陷，于是，在丈夫开口要贡玛父母的房产时，贡玛坚决地说了"不"字。那个"不"字激怒了丈夫，他逼着贡玛给她父母打电话，要他们把房子过户到他的名下。贡玛说，自己不能让她的父母无家可归。丈夫很生气，将家里的东西都带走了，除了带不走的电器与家具，没有给贡玛留一点儿食物，然后把她反锁在屋里。丈夫就此失踪。贡玛几天来只能喝水，没有食物，她感觉自己要死了，她绝望地想，今天可能是她生命中的最后一天了。最后，她鼓足勇气，拨打了美国妇女救助中心的求救电话。工作人员在电话那一端说，如果需要，他们会叫救护车来送她去医院。奄奄一息的贡玛说，她不能去医院，因为自己身无分文。工作人员说："不要担心钱。对我们来说，你最重要，你的生命最重要。我们会负担所有的费用。"听了这话，贡玛落泪了，异国他乡一群陌生人尚能如此待她，而她丈夫呢？！

当贡玛坐在演播室与主持人阿米尔·汗讲述这起因嫁妆引发的惨剧时，她已经离婚，回到了印度，回到了她的父母身边。她的父母也在现场，感叹道："我们对女儿的不幸婚姻负有责任，因为是我们喂大了那个男人的胃口。如果在他和他的家人第一次提出嫁妆要求时，我们就果断地拒绝他，拒绝这门亲事，就不会有后面的悲剧了。我们想告诉所有的父母，不要去喂养你的女婿，让他自己去赚钱。"

还有一种与贡玛经历相反的情况——就是男方不要求嫁妆，娘家坚持给的。这在印度并非罕见。比如舒明经教授的用人慧姐家的故事。

慧姐的女儿结婚时，男方没有要求嫁妆。舒教授建议他们参加政府为低收入的新人举行的免费婚礼，叫"Sammelan Shadi"，就是集体婚礼的意思。一分钱不用花，多好。慧姐拒绝了。她说，结婚是女儿人生的大事，去参加这种免费的集体婚礼很没有面子。人家会瞧不起她们家的，会说她们家什么钱也不愿意花，而且，她也希望女儿可以有一个终生的美好回忆。

有一天，慧姐向舒教授开口借钱，舒教授问为什么，慧姐说，她想送给未来女婿一辆小摩托。舒教授说，男方不是不要嫁妆吗？慧姐说："他们没有要，是我要给。"舒教授生气了。舒教授是嫁妆传统的反对者，说："你自己都没有小摩托，每天都走路来我家上班，为什么要给他买小摩托？为什么要这么浪费钱？"慧姐说：

"如果我什么都不买，总感觉亏欠了女儿什么。"舒教授说："你尽了你最大的能力抚养她，现在她大学毕业了，找到了工作，你什么都不亏欠她。两个年轻人为什么不能靠他们的劳动创造自己的生活？"慧姐说："话虽这么说，但是当妈的怎么可以什么都不表示呢？这是她一生的大事。再说，人家会笑话我们的，会说这家人一点儿嫁妆都没有，真寒酸！以后，婆家会瞧不起我们的。"舒教授叹了口气，把钱借给了慧姐。

事后，舒教授对我说："虽然很被她的母爱感动，可是也明白印度为什么废除嫁妆陋习这么难了。虽然政府在积极废除嫁妆制度，但是民间的嫁妆观点根深蒂固。因为旧观点，因为面子，越是没钱的，越是要面子，越是怕被人瞧不起。当这种观点包裹着爱的外衣，当嫁妆是以父母之爱的名义给出去的时候，你甚至无法说她了。"

看来，全世界都是如此——富人可以大大方方地小气，穷人只能小心翼翼地大方。

我跟舒教授和顺瑞吉母女俩说起中国结婚的风俗是男方下彩礼给女方。我说："如果说印度的嫁妆是娘家为女儿在婆家未来预支的生活费，那么中国的彩礼就是婆家赔偿娘家过去在儿媳妇身上付出的生活费。"

我以为这两个女博士会说，都是买卖，都是对妇女的不尊重。没有想到顺瑞吉很激动地说："身为两个女孩子的母亲，听到男方出彩礼这种事，心情很舒畅。这么对比，更觉得印度嫁妆的不公平。两者相比，那当然还是中国的彩礼合理些。"

顺瑞吉又说："我现在将精力和金钱都用在两个女儿的教育上，我是不打算给她们嫁妆的。印度正在改变，希望到她们长大的时候，印度嫁女儿已经不再需要嫁妆。" ◎

20

种姓第一，爱情第二

在印度，至今残存着让我们外国人不可思议的种姓制度。

种姓一词，在梵文中叫"瓦尔那"（Varna），即颜色、品质的意思，因此种姓制度又叫瓦尔那制度。印度的种姓制度将印度教徒分为四个不同等级：婆罗门、刹帝利、吠舍和首陀罗。婆罗门即僧侣，为第一种姓，地位最高，拥有解释宗教经典和祭神的特权；刹帝利是军事贵族和行政贵族，为第二种姓，拥有征收各种赋税的特权；吠舍即商人，为第三种姓，从事商业贸易，必须以布施和纳税的形式来供养前两个等级；首陀罗即平民，为第四种姓，地位最低，从事农业和各种体力及手工业劳动等。

四大种姓之外，还有一种更匪夷所思的，那就是"贱民"，又被称为"不可接触者"。在古印度，他们不能进入寺庙、商店这些公共场所，不能在公用的饮水处喝水，不能和其他人并肩行走，他们走过的足迹需要清理，连影子都不配与别人重叠。不能穿鞋，走路需要佩带铃铛，以发出声音让别人避开，从而不被自己玷污。如果哪个印度人不小心碰到了"贱民"，受了"污染"，要请祭司做法事消除。他们被剥夺了受教育的权利，只能从事最底层、没人愿意做的工作，像清理粪便和丧葬之类。相传下去的是他们世世代代的"贱民"身份。

有人说："种姓制度是对印度这个国家的诅咒，种姓制度和宗教歧视是印度前进路上的最大祸根。"1947年，印度独立后，宪法已经废除了种姓制度，而且明文禁止歧视。印度宪法的制定者安贝德卡尔博士，也被称为"印度宪法之父"，正是一位"贱民"。但这条法令在3000多年的根深蒂固的种姓传统面前，依旧显得苍白无力。印度人的姓氏就已经暴露出来的种姓阶级，仍然是印度教徒最重要的身份标签之一。

当然，今天的印度种姓观念已经很不一样了，不再像古印度那样，种姓已经不再是其人生的决定性因素；相反，许多时候，低种姓在升学、就业有优惠政策。比如，大学必须保留15%的名额给"贱民"；也经常有低种姓的政治人物竞选成功，比如，印度历史上的第10任总统纳拉亚南和第14任总统考文德都是"贱民"身份。越来越城镇化的今天，注定使印度的种姓不再像以前那样重要。尤其在大城市，成功的决定性因素还是个人的教育和能力，而不是祖上能够诵3部吠陀经，还是4部吠陀经；但是，印度社会某种程度上仍然笼罩在种姓的桎梏里，仍然与他们名字里已经透露出的种姓烙印如影随形，而它最深刻的影响集中体现在婚姻上。种姓，在婚姻面前仍然很难商量，很难得到祝福，就像我的一个印度朋友说的："种姓观念正在一点儿一点儿地淡化，平日里已经不太觉得它的重要；但是谈婚论嫁时，种姓就变得无比重要。"

打开星期天报纸上的征婚启事那一版就知道了。印度的征婚启事可能是我见过的这个世界上最分门别类、最五花八门的，不仅以宗教、种姓、职业及各种名目分类，连"二婚""丧偶者"也各列一排。当然，也有一排叫作"种姓无栏槛（Caste no bar）"，就是指愿意在种姓上放宽条件的征婚者，而更多地注重对方的教育、职业、收入这些条件；但是，这种征婚是in words if not in action，即只说不练，真正可以跨越不同种姓通婚的极少。不同种姓的人群的征婚启事甚至不登在一起。

有些征婚启事里竟然公开写着："婆罗门女孩子只嫁婆罗门男孩子，他人勿扰。"我问"贱民"出身的尼赫鲁大学的阿隆南教授，印度这个民主国家不讲"政治正确"吗？阿隆南教授说，这是一个不讲政治正确或政治不正确的国家，因为宗教是他们最大的正确。印度教徒的这种言行只是在遵守他们的"不同种姓不得通婚"的规定，而履行种姓职责是印度教徒的义务。

尽管宪法已经废除了种姓，更没有法律禁止跨种姓通婚；但是，目前印度也只有5%的人口是跨种姓婚姻。这是一个重要的数据。因为安贝德卡尔博士指出，社会对跨种姓婚姻的不接受正是"种姓的整体结构建立的最根本的土壤"。安贝德卡尔博士和许多种姓研究者认为，不同种姓通婚符合国家的最大利益，只有当不同种姓通婚时，种姓才会真正被消灭。甚至有人提出，为了打破种姓制度，应该有跨种姓婚姻的义务。安贝德卡尔博士进一步建议，根除种姓的宗教哲学，就是印度教要在宗教习俗和信仰上做出相应的改变。

跨种姓婚姻可能是最有效的消失种姓制度的办法——却是最难的。在大城市还能见到一些跨种姓婚姻，但在广大的农村，却极为罕见。我小心翼翼、由浅入深地问我周围的不同种姓的印度人造成种姓不通婚的原因。

种姓是非常敏感的话题，跨种姓婚姻更是一个禁忌。我感谢他们对我的坦率和开诚布公，出于对他们隐私的尊重，除了阿隆南教授，其他受访者皆用化名。他们对不同种姓不通婚的回答是："原因很直接简单：一是因为包办婚姻仍然盛行，二是由于种姓观念根深蒂固。"

今天，许多印度的年轻人仍然依靠父母选择配偶，那么就不存在跨种姓婚姻，父母不太可能给你找个跨种姓的结婚对象。跨种姓婚姻几乎全是自由恋爱，全是年轻人为爱而背叛自己的家庭。印度是个家庭观念非常重的国家，婚姻联盟不仅是关于两个人，而且是关于两个家庭的联盟。有些家庭虽然没有固执到对跨种姓或者跨宗教婚姻坚决反对、以死相拼的地步；但是，他们也一定会劝说，动之以情，晓之以理。因为他们坚信，与自己社交和文化背景相同的人相处更自然，更容易，更舒服。

更根本的原因当然是印度人心里顽固无比的种姓观点。因为印度的种姓制度不仅是等级的概念，还有"纯洁和污染"的概念。以前，甚至在挑用人时都要求种姓，比如，厨师必须来自高种姓，因为接触食物。现在，绝大多数人不讲究这些；但是，仍然有人在雇用家中厨子时需要知道他的种姓。今天印度的种姓歧视已经不再像古印度那么赤裸裸，更多的时候是一种社会文化现象，是一种心态、思维模式。高种姓反对与低种姓通婚的现象仍然非常普遍，尤其在偏远地区。到了婚姻上面，嫁妆、相貌都可以通融，好商量；但是，种姓的底线很难被突破。婚姻要守住种姓这道关，这关乎子孙后代血统是否纯正。

我认识一位婆罗门种姓的教授，我曾经问她："如果有一个女孩子，她美丽、聪明又善良，还很爱你的儿子，但她是低种姓的。你同意她成为你的儿媳妇吗？"这位教授不假思索地回答："当然。只要他们真心相爱，我什么都可以。"当我们熟了以后，这位教授对我说："我可以诚实地回答吗？我还是希望找一个同种姓的儿媳妇。"

我还认识一个婆罗门的家庭，家中老人更加直接地告诉我："贱民可以当总统，但是不可以和我们家孙子通婚。"老人说这句话时表情并非咬牙切齿，而是哀怨凄婉的，似乎是请我原谅她的不得已的局限性，类似"臣妾实在做不到啊"。婆罗门老人本来柔和的神色由于这个过度沉重的话题大惊失色，只剩下一双眼睛仍然笃定。老人颤颤悠悠地反问我："想跟自己有相似文化、教育、经济、社会背景的人结婚，有什么错吗？是那么大的罪过吗？"

她跟我解释，婆罗门种姓有自己的手眼身法步，有自己的饮食习惯、审美趣味、服装品位、成长背景，别说跟别的种姓通婚，就连做朋友都不太容易，强行通婚不见得成功。她说，如果她的孙子们以死相拼，非他不嫁，非她不娶，如果对方只是低一个种姓——刹帝利种姓，其他条件都十分优秀，她也只能接受，而这不是她的首选；但是，更低的种姓实在无法接受。她最后说："不可以拿通婚去做社会平等的手段，通婚只能是社会平等后的结果。"

SARI（Social Attitudes Research for India 印度社会态度研究）调查了人们对种姓通婚的看法，发现倡导跨种姓通婚的多是低种姓族群，越是高种姓族群，越是反对。我认识一个首陀罗小伙子，他信誓旦旦地告诉我，他要打破种姓通婚的禁忌，将来要娶一个高种姓老婆。我问："你是把征服一个高种姓的女子当作人生成功的目标吗？征服一个高种姓女子就意味着征服了世界？"

他自己都笑了。我再问："打破种姓通婚的禁忌，那你愿意娶一个低种姓的妻子吗？"他当时就哑了，连忙摇摇头。好一会儿后，他说，他已经属于第四种姓了，更低种姓就是"贱民"了。他说："那实在太低了，太难接受了。"

一位叫阿米特·阿胡加（Amit Ahuja）的政治学教授在他的论文《印度城市中产阶级的种姓与婚姻》（*Caste and Marriage in Urban Middle-Class India*）中写下这样的观点：年轻男女进入婚姻市场交易时，都是以不吃亏为底线，提升自己经济或种姓为目的的交易，就像这个世界上任何一个市场的交易一样。当然，如果是交易，那么就存在交换原则。比如，一个普通家庭的高种姓女子可能愿意跟一个低种姓的富有男子通婚，以改变自己的经济状况；或者一个富有的低种姓的女子也可能愿意送上大量的嫁妆嫁给一个高种姓的男子，以提高自己的种姓。

我们经常会从媒体那听到印度的关于"荣誉杀戮（Honor Killing）"的故事：某村民与"贱民"成亲，于是，被他们的整个家族惩罚、唾弃，甚至追杀。因为整个家族认为蒙羞了。村里几个有威望的长者组成的长老会（Khap Panchayat），为了捍卫家族的荣誉必须要将他们处死。这对年轻人只能私奔，逃离老家，躲避这场杀戮。不久，他们意外地收到一封被宽恕的信，叫他们回来，他们被原谅了。当这对年轻人天真地回到老家，没有想到迎接他们的是一场残杀，原来，这封赦免信只是为把年轻人骗回老家对他们进行杀害。

当我将这些野蛮的故事跟德里、孟买这些大城市的人讲起时，他们的表情都像在听天方夜谭，就像我们外国人听这些故事一样不可思议。这些故事与印度大城市的年轻人的生活太遥远，毫不相关。就像上海外企的女白领，认为那些被拐卖进山区的妇女，离她们的生活十万八千里远一样。虽然这种"为荣誉而诉诸暴力"的极端故事与印度城市里的年轻人非常遥远；然而，SARI的数据表明，当问这些大城市里的人，如果你的家人或者亲戚想跟别的种姓通婚，你会不会阻止劝说时，他们都回答会提出异议，而且都认为自己这么做是"为了他（她）好"。

SARI的调查还表明，受过教育的印度人对跨种姓通婚的开明程度，并不比没有受过教育的高出多少；受教育的人群接受跨种姓婚姻的比例并没有明显提高，甚至更低。这让人不得不问：印度在减少种姓和宗教偏见这方面的教育，是否真的下了功夫？年轻人在学校里会认识来自各个社区的人，也很容易陷入爱河。可真到谈婚论嫁了，他们仍然会顾虑，最大的顾虑来自家庭。跨种姓或者跨宗教的婚姻可能让他们从此背叛了整个家族。阿隆南教授说，自己整天在大学校园跟年轻人打交道，观察他们的思想动态。他们的思想可以很新潮，很前卫；但是，一到跨种姓婚姻，他们开放的思想大门又全关上了。只有为数不多的年轻人可以勇敢地迈出这一步。

印度中央政府一直无法改变这种观念。有些邦出台了相关政策，为跨种姓婚姻的低收入夫妻提供几千到几万卢比不等的奖金。这虽然只是一种象征性的鼓励；但它是一个开始，就是向社会发出一个积极的信号：任何为了爱情的跨种姓婚姻都值得奖励。何况这些人为了爱情众叛亲离，甚至失去了继承权，他们真的需要一些钱开始新的生活。

只是，这种奖金有诸多限制和要求，像是收入标准啊，教育程度啊，对跨种姓婚姻的真正鼓励并不大。可能，政府真正应该做的是保护那些跨种姓的夫妻，使其不受到来自他们家族或者社区的阻挠、恐吓，甚至追杀。因为现行的法律虽然没有禁止不同种姓间的通婚，但是也没有保护那些跨种姓婚姻的夫妻的实际措施。

我问我的采访对象们："那些宝莱坞的明星们经常存在跨种姓、跨宗教的婚姻，一点儿问题没有啊，仍然很红嘛。"

他们回答："宝莱坞是宝莱坞，他们自成圈子，那个圈子发生的任何事情都不叫人吃惊。"

我又问："那跟外国人结婚的接受度呢？"

他们回答："跟外国人结婚，许多人反而开放，容易接受，尤其印度男人娶个白种女人的故事还是很受欢迎的。就像拉吉夫·甘地娶了意大利女人索尼娅·甘地，现在，索尼娅·甘地还成了印度国大党主席。但就是跨种姓婚姻让许多人很难接受。"

我又请他们给我讲几个他们知道的跨种姓婚姻故事。

于是，一位出身"贱民"的教授给我讲了他的侄子和一个婆罗门女子的婚姻。我以为我要听到种姓通婚的完美爱情的范本，没想到他却摇摇头，说："那是很不幸的婚姻。"

"是受到社会压力太大了吗？"

"我不想说任何女人的坏话，这不是君子所为；可是，这个女孩不是为了爱情和我侄子在一起的。她并不爱我的侄子，她嫁给他仅仅是因为我侄子要去美国，他可以把她搞到美国去。"

阿依侬（侄子的化名）在学术上的成就，加上性格上的过分善良与轻信，正是那些工于心计的女孩子得以实现其内心小九九最安全而可靠的人选。阿依侬得到去美国进行博士后研究的机会后，这个婆罗门女子就告诉他，自己喜欢他。阿依侬的朋友已经警告过阿依侬了，她眼观六路，过分算计，另有目的；可是，阿依侬不相信。他是个书呆子，对人情世故很不开窍。他们结婚后，她对他说的第一句话是，因为他娶了一个婆罗门女子，他应该"提高自己，完善自己"。

两人结婚后去了美国。不久，公公、婆婆去美国看望儿子、儿媳，本来美好的出国探亲竟成了老两口生命中最遭罪的一个月，他们从来没想到会被这样对待。每天早上，儿子一去上班，无辜的老两口就生活在儿媳妇鄙视的视野里，就是那种他们一生都既熟悉又令人望而生畏的高种姓在"贱民"面前的优越感。比如，她会叫公公、婆婆把家里打扫一下，她认为打扫房屋应该是他们的分内之事，贱民本来就是干这些的嘛。尽管公公也受过极好的教育，是一个工程师，已经不再是掏大粪的"贱民"；但是，她仍然认为干脏活儿是他们的分内之事。她还会经常傲慢地说："你们的种姓也有这个习俗啊？""你们也吃过这个啊？""你们也知道这个啊？"

家庭气氛里总有一股子挥之不去的忐忑与不自在。白天，儿子去上班后，老两口都不想待在家里。于是，儿子前脚离开家，老两口后脚也出门了。他们就在外面晃荡，一直晃到儿子下班的时间才敢回家。他们没有钱，只能在外面啃一天的面包，到了晚上，才能吃上一顿热饭；但是，两个老人一句话也没有对儿子说。他们想改机票提早回印度，发现改机票很贵，而且儿子一定会问为什么。他们不想给儿子找麻烦，于是，就抱着坐牢的心态，把这一个月的"刑期"服满。

"贱民"教授说："我哥哥、嫂嫂什么也没有说，只是事后悄悄地告诉了我。她对我哥哥、嫂嫂说的话、做的事，我永远都不会原谅。她没有权利这么虐待我的哥哥、嫂嫂。谁给她的权利？就是种姓的优越感给她的权利。很多年以后，我侄子才知道这件事情。他非常生气，难以置信。我的侄子现在很苦恼，又不能离婚，因为他们有孩子了。他非常爱他的孩子。虽然他们现在都已经回印度定居了，但她和她的整个家族与我们家族从不来往，她的父母至今也不承认我侄子是他们的女婿。"

还有一个故事是一位婆罗门教授给我讲的。

蜜娜（化名）来自一个普通的中产阶级的婆罗门家庭，中产阶级的父母极力要给她一个世界级的教育。教育教会蜜娜很多知识，却没有教她什么叫"种姓主义者"。在大学里会遇见来自各个社区的人，包括来自低种姓家庭的他。他明亮的面孔一下子就吸引了蜜娜。一开始，大家只是朋友、同学关系，男孩子也来蜜娜家玩。当时，蜜娜的父母还是挺喜欢这个男孩子的，还对他说，有什么困难，他们都愿意帮他。很快，蜜娜就和这个男孩子爱得如胶似漆，她对爱情的向往终于有了清晰可见的形象，对未来的憧憬也具体落实到了这个人的身上。他等于爱情，他等于幸福，他等于未来。父母得知后，眼睛里放着霍霍之光，说她只能和婆罗门的男人结婚。他们的整个家族都没有一个人跟自己种姓以外的人通婚。她的这一行为会引起轩然大波，让人恐慌。她怎么可以第一个背叛家庭的传统，她怎么可以一意孤行置整个家族的声誉于不顾？蜜娜反问："你们不是一直很喜欢他吗？"他们说："我们把他当作一个普通同学看待，我们可以接受；现在我们要把他当作女婿看待，我们就不能接受。"蜜娜告诉父母，她爱他，他们非常相爱。她怀揣飞蛾扑火一般的爱情，却被父母轻描淡写地讥讽："什么是爱？然后呢？然后不需要生活吗？我们辛辛苦苦培养你，送你去接受教育，就是为了让你过上更好的生活，可是你选择的生活却是更糟糕、更倒霉的！"蜜娜问父母："种姓真的比我的幸福重要吗？"父母并不遮遮掩掩，直截了当地回答她："是的。"父母那坚定的眼神和他们决绝的语气，让蜜娜第一次感觉到彻底的陌生。她慈祥正直的父母从小就教她真理和仁爱，怎么突然会面目全非？

父母开始为她寻找新郎，他们认为，他们可以为女儿找到更好的人选。天下哪有不希望孩子幸福的父母？在他们眼里，女儿不过是一时的心血来潮，等待她的是无边无际的灾难与陷阱，可女儿还天真地当作幸福要往下跳呢。他们怎么可能不拦住她呢？

男方家庭一开始没有像女方如此激烈反对，娶一个高种姓的儿媳妇还挺长脸的；可是后来，看到女方家庭的态度和阻力，想着要和这样一个家庭攀亲戚，也是件痛苦的事，于是，也反过来劝男孩子。男孩子不甘心，去女孩子家求情，说他会用自己的一生保护蜜娜。蜜娜的父亲一句反问就把男孩子怼回去了："你拿什么保护她的一生？你有这个能力吗？"种姓制度的界定本来就来自职业的区别，低种姓通常也意味着低收入。

蜜娜父亲瞬间就瓦解了年轻人对爱情的立场。这种质疑是跨种姓交际中的常态。通常情况下，如果低种姓的是女方，她经常会因为外表穿着、文化差异被评头论足；如果低种姓的是男方，那么他就会被质疑他的职业、收入、财富是不是可以照顾他们高种姓的女儿。无论哪一方是低种姓，他们都会面临一个问题：他们的孩子是哪一个种姓？

男孩子很难过，女方父母看待他的眼神以及说话的态度都让他不舒服。他想，他们以后一直都会这么对自己说话，还会这样对他的父母说话，更别提那些在背后的指指点点和流言蜚语会有多难听了。这时，家里给蜜娜找了个婆罗门丈夫，而且告诉她，相处久了就会产生爱情。她的父母就是这样，现在不是也过得挺好的嘛。蜜娜最后看着因为她整日愁苦而日显苍老的父母，她投降了，犹如拔河中突然一放手。她想，总不能为了自己的爱逼死她的父母吧？

印度的家庭观念丝毫不亚于中国。比如，阿隆南读博士的时候，先是他的父母供他；后来，他的哥哥赚钱了，便对阿隆南说，"我来资助你读完博士"。哥哥赚钱资助弟弟读书，这种故事只能在印度和中国听到，西方国家不太经常发生。正因为家庭纽带太紧密坚固，有时候也成了沉重的负担。

爱情是最脆弱、需要小心呵护的情感，种姓又是最严密强大的制度，当爱情遭遇种姓，犹如以卵击石，首先牺牲的就是爱情。蜜娜终于嫁进了另一个婆罗门家庭，可是蜜娜婚后极不幸福，她更加意识到那张明亮的脸是她快乐的全部来源，蜜娜总找借口回娘家，最后一次回娘家后就再也不回去了。父母见蜜娜如此痛苦，也就不再逼她回婆家了。印度离婚、再婚都很难，所以蜜娜最后也没有正式离婚，只是分居。丈夫找了别人，蜜娜回到低种姓的初恋男友身边，她的父母也同意了，但是一切并不能完全公开。

我问："那女孩子父母是不是很后悔当初拆散他们？"

讲故事的教授说："不，如果可以，他们仍然希望女儿嫁给一个婆罗门男人，只是离婚分居的女人的婚姻空间一下子就窄了，因为印度还是一个很传统、保守的社会。她的父母不得已，只能接受现状。"

我听完这两个故事，不由得问："跨种姓婚姻有没有过得特别美满的？"

他们说，那种跨种姓婚姻的小两口过得特别好的，而且还受到双方家庭祝福的，他们还没有听过几个，多数跨种姓婚姻都面临许多阻力。阿隆南教授说，任何婚姻都可能出现问题，但跨种姓婚姻不可避免地会在种姓问题上出现矛盾和争执。家庭成员往往充当阻力而不是助力。就算小两口过得不错，但低种姓的那一方，也会在对方的那些仍然有种姓观念的亲朋好友中，被视为"低人一等"。

我说："那有没有例外？"

回答是，有几种例外情况。比如说，第一段婚姻失败后，第二段婚姻可能在种姓上就不那么讲究了。再比如海外的印度人，他们的种姓观点远比本国的印度人淡，离开了印度，也就离开了印度的种姓制度桎梏。他们许多朋友的孩子出国后，无忧无虑进行跨种姓通婚。我自己也认识一些在美国的印度人，他们只认为自己是印度人，不再认为自己属于哪个种姓。

我曾经听过一个印度学者如此谈种姓制度无法消弭的原因，她说："当人的基本需求得到满足后，温饱问题解决后，人还需要两样东西：一个是爱，另一个是尊敬。爱可以在家人和朋友中很容易地获取，尊重却不容易，需要努力工作，需要贡献和奉献，需要去赢得别人的尊敬。如果有那么一个制度可以从一出生就获得尊重，可以不再需要付出努力，仅仅因为他出生的家庭就能获得，就有人给他行触脚礼，这多好啊。所以，那些获益的高种姓不想改变这种优越感。"

强大的宗教信仰也让印度人对这种不公平的种姓制度接受得心甘情愿，各安其位，接受轮回，安分认命；不像中国人那样"王侯将相，宁有种乎"一声吼叫，也不像日本人那样"生而为人，对不起"一声叹息。

反而是我在印度旅途中遇见的外国游客，无论什么国籍，越是对印度不了解，越是对猛然间听到的"种姓制度"刺到了耳朵，越是义愤填膺要去解放全印度。我在旅行中，经常会听到一些外国游客说起，在贫民窟里看到一些长相俊美可爱的小朋友，都忍不住怜香惜玉地想：如果他们出生在好人家就好了。一个美国女人说，"如果我是贫民窟的那个小朋友的妈妈，我要从小告诉我的孩子：你到主人家里，你要向主人，包括主人的客人行触脚礼。因为我们的种姓决定了这一切。我要是她的母亲，我会恨自己的，怪自己为什么要把她生下来。"当时，和我们一起的一个印度人听了，立刻说我们想多了，她说："这是非常现代的想法，也是非常外国人的想法。我保证这个小朋友的母亲不会这么看问题。"

种姓制度是个敏感话题，有进步思想的年轻一代印度人都承认它的落后腐朽。当我问种姓制度会不会改变时，他们都说，会的；没有一个人说，不会消除，不该消除。即便有，也不能公开地大声地喊出来。因为平等、自由毕竟是人类社会发展的大趋势，不可逆。我再问，什么时候才会彻底消除？有人说，20年；有人说，100年；更多的人说，不知道。◉

印度新种姓——英语种姓

到了印度，才发现英语的普及率远没有我以为的高。我原以为在印度，人人会说英语。其实，英语属于少数受过良好教育的精英阶级，只有10%的印度人会讲英语，又只有4%达到母语的娴熟程度。正因为如此，不成文地形成了讲英语的阶层。印度已经由古老的种姓制度分割出阶层，1947年英国殖民者走后，英语留下来继续统治同时分隔印度，于是，又无形地增加了一个新种姓，我管它叫"英语种姓"。

今天的印度人对英语怀有极为复杂的感情。英语既是一座桥，与世界沟通，同时也有利于这个多语言的国家民众间的彼此沟通；英语亦是一堵墙，英语就像是新的种姓，再次将印度人阶层分化。英语造成一种势力，一股优越的、排他的势力，将广大的不会英语的劳苦大众排除在外。印度在3000多年的种姓桎梏之上，又多了200年的英语桎梏，这使印度人对英语产生错综复杂、自己都解释不清的感情。

印度作家奇坦·巴哈特这么形容印度人对

英语的复杂情绪："我们想看印地语的电影，我们又想用英语来思考；我们想听印地语的歌曲，我们又想跟说英语的人交往；我们想保留印地语，我们又希望自己的社交圈子都是讲英语的；我们想跟印地语谈恋爱，想娶的又是英语……就是这么矛盾。我们更重视那些用英语来表达的观点，而不太重视印地语的观点。我们认为看英文书更上档次一些，而读印地语的书则不那么高级。我们有些瞧不起那些只会讲印地语的人。如果你是学物理的，你知道第二运动定律、第三运动定律，你不会看不起那些不懂这些知识的人；但是，如果一个人不懂某个英语词汇，或者发错了音，他就会被笑话。"

可见，英语已经形成了一种优势、一个圈子、一个新种姓。好在英语不是先天形成的种姓，所以那些底层的劳动人民但凡有一丝机会加入这一新种姓，赴汤蹈火在所不辞。我的印度朋友舒明经教授是英文系系主任，她说，英语学校入学录取率一直上升。今天对英语最渴望，最迫切需求的不是那些高种姓、高收入的家庭，而是低种姓、低收入的家庭，那些完全不会讲英语的家庭，像她家的女佣慧姐。

慧姐是一个文盲，一天学也没上过，当然也不可能会说英语。她在雇主家里当用人，听着雇主和他们的朋友们说着她听不懂的语言，知道自己除了种姓和阶层被他们划出界后，又被英语再次划了出去。于是，她决定送两个孩子上英语学校，而不是免费的政府学校。慧姐来自第四种姓首陀罗，她的两个孩子因为种姓制度已经输在娘胎里了，她一定不能再让孩子输在英语上。慧姐是一个连印度的最平常的姜茶都舍不得多喝的人，她为了喝一杯美味免费的姜茶，愿意六点半就到舒教授家给他们准备姜茶，这样，自己也能喝上一杯。为了两个孩子的前途，慧姐也是咬紧牙关、省吃俭用，悲壮地对两个孩子说："我就是不喝姜茶也要让你们上英语学校。"慧姐听到那些她完全听不懂的英语从两个孩子的嘴里吐出，感觉尤其美妙高贵，魅力无穷。英语对于两个孩子，就像首饰对她的意义。

慧姐用了三分之一到一半的家庭收入，将她的两个孩子送到教会办的英语学校。英语学校虽然有"convent（修道院）"一词，这个词曾经代表高级的英语学校，这十来年成了招揽生源的幌子，什么英语学校都挂上"convent"一词，结果名声一落千丈，可慧姐也只能够负担得起这种学校。舒教授说，上这种学校还不如上政府学校呢。慧姐说："不不不，在政府学校学不好英语。我的孩子要学英语。"只是，这样的英语学校的水平极为有限，老师们的英语带浓郁的印度口音。早上听孩子们跟着老师像鹦鹉学舌朗读，猛地一听，并不知道他们是在读英语。

"那个不是English（英语），是Hinglish（印度英语）。要印度人都能讲一口不错的英语，大概还要几十年。"舒教授说，"今天印度人学习英语不是因为喜欢，而是把它当成人生保障的一步棋。讲英语在这个国家已经是必需，没有选择，就连那些希望以印地语作为母语的印度民族主义者，他们也还是送孩子去上昂贵的英语学校，不然怎么办？否则连工作都找不到。今天英语已经不再与印地语竞争，而是好的英语与不好的英语竞争。"

于是，这条鄙视链越来越长，越来越细节：讲英语的阶层看不起不讲英语的阶层，英语非常好的阶层又看不起英语不那么好的阶层，口音标准的又看不起那种口音浓重的印度英语。英文作家巴哈特说："我们怎么会这样？！英语甚至不是我们自己的语言，我们凭什么嘲笑那些英语不好的人！我们有些人具备语言优势，因为家里本身就讲英语，像我本人；但是，很多人是将英语当作第二语言来学的。他们的英语当然讲不过那些家里就讲英语的。凭什么这些人要在自己的国家，因为一种外来语言感觉到受排挤？！"

印度的这一怪象刺激了巴哈特，他花了三年时间写下了小说《半个女友》，于2014年出版。小说的男主人公就不怎么会说英语，女主人公讲一口纯正漂亮的英语。男孩很爱女孩，但是女孩很犹豫，对男孩说，"咱们就维持半男女朋友的关系吧，我算是你的半个女朋友，我们可以超越普通朋友的关系，但是不能有性关系"。我用中国当下的恋爱语言来翻译，就是女孩对男孩说："你做我的'备胎'吧。"男孩子因为只是"备胎"，对女孩子的坚持、等待就显得格外浪漫而执着。男孩子就这样默默地爱她，默默地失恋，再默默地爱她。小说就是讲一个不太会讲英语的男孩子如何在就业、爱情、社交上受挫折的故事。当然，小说的结局是个大团圆，男孩、女孩终于走到一起，不过，那是许多年以后了。耐人寻味的是，男孩子一直在努力学习英语，最后当他追上女孩时，已经能讲不错的英语了。

在《半个女友》的宣传活动中，巴哈特问到场的女大学生们，认为英语是极为重要的择偶标准的举手，全场的女大学生都举了手。她们都希望自己的对象能讲一口流利的英语。当被问到为什么时，其中一个女孩子说："带他去见我父母，如果他不会说英语，这会让他跌份儿，也让我跌份儿。我会讲英语，而他不会，人家会觉得我们不般配。"另一个女生说："因为讲英语代表着社会阶层，是身份和品位的标志。"

一个男大学生说："我也感受到英语必须讲好的这种压力。因为如果我只是人好、英俊、聪明、幽默、成功，但不会说英语，女孩子还是不愿意和我在一起。懂英语已经成为我们成功人生的一部分。可能女孩子潜意识里也是这样认为的：表面上她们要求一个会讲英语的对象，实质上是要求一个可指望的人生。因为讲英语的人在这个国家的前途就是比较光明。通常来讲，讲英语的经济收入比讲印地语或者印度其他语种的多赚34%。"

当然，他们的所有对话也都是用英语进行的。

这与我在印度的经验大抵一致。今天，印度的女大学生没有一个愿意嫁给一个不会或者不太会说英语的男孩子。我认识的印度大学生，尤其女大学生们，都将讲英语视为最重要的择偶标准之一，仅次于种姓。今天的印度大学生极少谈起嫁妆，嘴上不说，心里也不想，他们将嫁妆视为古老的传统一笑置之；至于种姓，大学生们只是心里悄悄要求，嘴上不好公然表达；而对英语的要求，他们心里这么希望，嘴上也公开表达。对方必须讲一口漂亮的英语，这已经是一项硬性指标。女大学生们告诉我，受过良好教育与讲漂亮英语之间还有些许区别。因为一个受过良好教育的男朋友不等于他一定能讲一口漂亮的英语，而找一个能讲漂亮英语的男朋友通常意味着他受过良好的教育。

印度女大学生说："英语在印度是非常必要的，因为今天的印度人的日常交流也大量夹带英语，我们习惯了两种语言混着用。像我们家庭，日常多数讲印地语，但是会夹许多英语单词，而且讲着讲着，我们就忍不住也讲起英语。这已经成为我们的习惯。如果他不会英语或者英语不好，他都没有办法和我真正地沟通。"

我跟一些印度人谈起钱锺书先生在半个多世纪前的观点："他并无中文难达的新意，需要借英文来讲。所以他说话里嵌的英文字，还比不得嘴里嵌的金牙，因为金牙不仅妆点，尚可使用，只好比牙缝里嵌的肉馅，表示饭菜好吃，此外全无用处。"

我说，在印度印地语中加英语单词是高级的、洋气的、正常的；在中国则是相反，是做作的、虚荣的、反常的。如果一个中国人讲话，动不动就夹一些英语，人们看你的眼神是"装什么装"。中国人讲究中文的纯粹性，钱锺书精通多国语言，但是他仍持这一观点。

一个去过中国的印度女大学生听了我的话，想了想说："可是，我去中国的时候发现，很多中国学生都有英文名字，什么马克、汤姆。在印度，我们只给自己的小狗小猫起这种英文名字。"

我还认识一个印度女企业家，生意做得很大，在上海和香港都有办公室。她也问我，为什么中国外企的工作人员全都有一个英文名字？我说，多数情况下是为了让外国人好记、好叫。她说："他们的英语并不怎么流利，可都有一个英文名字。我们印度人还是用印度名字的。"

可见，全世界都被英语侵蚀、笼罩着，只是深浅的问题。

我在印度时常会被一些大学生问："你们中国的大学课堂怎么上物理、几何、代数这些课？也是用中文来教学吗？"我说，是的。他们一脸的不可思议，感叹道："如果印度不用英语教学，将是什么情况？我们没有物理、几何、化学的印地语版、孟加拉语版、泰米尔语版的教科书，也很难想象这些科学课程可以翻译成我们自己的语言。"我从来没有觉得把这些翻译成中文会是一个困难，直到被这么问，顿时惊叹我们翻译家的了不起，不仅全给翻译成中文了，而且还翻译得如此巧妙和不动声色，以至于很少中国人想过这个问题。

我父亲也跟我讲过印度著名经济学家、印度总理经济顾问、尼赫鲁大学前校长凯伦·契特教授（G. K. Chadha）感慨中文翻译的故事。

2005年他访问深圳大学，我父亲陪同他参观深圳大学图书馆，契特教授问："中国的大学课程全部用中文授课吗？"父亲回答："是的，全部用中文。在中国的大学里，除了外语课和给外国留学生讲课用英语或其他外语，其他时候全部是中文授课。"契特教授吃惊地问："那生物课、化学课、物理课也是用中文教授吗？"父亲回答："是的。"契特教授更吃惊了，接着问："那些物理公式、化学名词怎么用中文教学？"父亲说："那些专用词汇全翻译成了中文。""化学元素表呢？"父亲说："化学元素表也翻译成了中文。"契特教授一脸的难以置信。父亲在阅览室里挑出几本教科书，翻给他看，比如"二氧化碳"后面跟着分子式CO_2。契特教授这才信以为真。

我好奇的是，印度这么一个历史悠久的文明古国，终于摆脱了殖民者，独立之后，却是还以英语作为官方语言。

独立后，印度的民族主义者认为，语言统一是国家统一的重要标志，意图将英语逐渐淘汰出行政语言；但是，对于哪种语言应该取代它，并没有解决办法。印地语是最广泛使用的语言，似乎是显而易见的选择；但是，那些南方不讲印地语的地区不断抗议，他们担心非印地语被边缘化。1950年，印度议会制定宪法时，规定印地语为印度国语，英语为印度暂时的通用语言，并用15年的时间取代英语。1965年1月26日是印度共和国纪念日，也是宪法规定放弃英语的日子；但是，在泰米尔纳德邦（Tamil Nadu）发生暴力抗议，反对强加印地语作为民族语言。一些邦甚至宣称，如果把印地语确定为官方语言，他们就独立。

在一个拥有十几亿人口和几百种语言、有"语言博物馆"美誉的国家，印在钞票上的本国语言也有14种之多，很难选择一种民族语言。因为无论哪一种语言成为国语，都会自动享有更高的社会地位，更容易获得权力和影响力。当时的印度总理夏斯特里（Shastari）不得不做出妥协，将英语由"暂时作为通用语言"改为"无限期作为通用语言"。在这个"巴别塔"，英语仍然是这个国家唯一的通用语言。

巴哈特的《半个女友》，以及只讲印地语的总理莫迪——他带着强烈的民族主义色彩上台，一个尘封50年的关于"英语是殖民化的昨天，还是国际化的明天"的争执又一次引发。这个话题很容易情绪化，很容易引起国恨家仇的情感。

英国殖民之初，英语只是通过基督教传教士的工作向当地人口头教授，官方没有试图强迫大众使用。1835年，英国历史学家麦考利（Macaulay）对殖民者当局进谏："要在印度国内培养一批精英，他们有着印度人的血统和肤色，头脑里装的却是英国人的品位、思想、道德和才智。我们取代印度古老而陈旧的教育系统及她的文化，因而让印度人认为英语是高贵的，那么他们就会失去自尊，失去自己的文化，他们就会变成我们希望他们变成的样子，成为一个被统治的国家。"

麦考利是否真的讲过这番话，仍然有一些争议；但是，这番话还是成为印度的民族主义者最常引用的史料。他们痛心疾首地说："看看吧，殖民者的阴谋得逞了。现在印度有一帮麦考利的孩子（Macaulay's Children）"。"麦考利的孩子"这个词仍旧是个贬义标签，是指那些被英国同化的印度人。

英语支持者反击道："那是1835年的事了。今天英语已经不再只是英国人的语言，而是世界的语言。我们得益于我们会讲英语，这让我们在世界上更有竞争力；而且，讲英语不代表我们不尊重自己的语言和文化。语言的基本目的是沟通，只要这个目的达到了，即便不是我们的第一语言，也无关紧要。英语是目前能达到这一目的唯一公平的语种，无论对内，还是对外。"

他们都拿中国举例。一方义正词严地说："看看中国吧，他们就没有像我们这样！中国有统一的文字和语言！"另一方立刻同样义正词严地回应："印度不是中国。印度的情况比中国复杂多了！而且，讲英语正是我们比中国的优势之处。"

而其中最有趣的观点是一位达利特人提出的。他讽刺虚伪的、印度式的民族主义。他说，早年他们这些"贱民"被剥夺了受教育的权利，更不允许学习梵文，现在可以受教育，可以平等地像高种姓人那样学习英语了；高种姓人又说我们失去了自己的根，失去了自己的文化。他们希望我们都不要学习英语，而他们高种姓的人悄悄地送他们的孩子去昂贵的英语学校，让他们的孩子更国际化、更有竞争力，也使他们的优越感可以延续，而这正是要反对的！英语得到了今天的达利特人的热烈欢迎——对他们来说，英语是解放之力量，是一种平等的途径。

有人将关于英语的争议摆在巴哈特面前，问他怎么看，巴哈特说："我反对英语主义者，也反对印度民族主义者。我不喜欢任何极端的看法。印地语是我们的母语，同时我们必须学习英语，因为英语已经成为印度所有白领工作的护照。这是一个不争的事实。我希望我们更多的人可以说英语，包括贫民窟的孩子也能讲英语、读英语书，然后买我的书。我写《半个女友》时，正因为男主人公不怎么会说英语，所以我在写的时候尽量用简单的英语，就是想吸引更多英语并不太好的读者。我希望我的书可以帮助那些读者学习英语。印地语是我的母亲，英语是我的妻子。我两个都爱。回答更爱哪一个，只会让我惹麻烦！但是，因英语而造成的优越感确是我们要纠正的。"

这种优越感，早年甘地就已经指出。他说："我不反对你为了获取知识或为了谋生学习英语，但是我反对你赋予英语一种如此高的重视，而赋予你的母语一个很低的地位。我认为，在亲戚朋友的谈话中，使用你的母语以外的任何语言都是不正确的。请爱自己的语言。"

　　而这种情况在独立后的几十年丝毫没有改变，甚至愈演愈烈。奇坦·巴哈特是以英文小说出名的，后来才用印地语写作。几乎没有哪一个用英文写作的印度作家同时也愿意用印地语写作。当他以印地语发表文章时，立刻有人对他说："你知道自己在做什么吗？你在自毁形象！"很多人劝他道："单用英文写作吧，这样让你看起来更华丽一些；而用印地语写作，显得很土，看起来不那么酷。像你这种情况，最好是住在伦敦写作，然后找个经理人帮你处理印度的一切事务。"

　　这种现象让巴哈特——这位印度史上作品最畅销的英文作家很不舒服，他说："正因为如此，我才更要用双语写作。我决定要改变这种现象。做真实的自己，才是最酷的事情。我要说的是，让你看起来酷的，不是英语，而是你的行为和思想。莫迪总理就是一个例子！莫迪不会讲英语，结果他还是打败了讲一口流利英语的竞选对手，成了总理。"

　　尽管受到民族主义者源源不断的压力，英语仍然是印度社会的核心。它在媒体、高等教育和政府中得到广泛的应用，因此仍然是官方以及相互无法理解的多语言使用者之间的通信手段。2015年12月，印度最高法院更是裁定英语是唯一的法律语言。印度现在已经是世界第二大英语国家，仅次于美国，最可靠的估计是大约10%人口，也就是1.25亿人能讲英语。预计在未来10年将增加4倍，将成为世界上最大的英语国家。就连最严肃的印度国家文字委员会也承认印度人用英语创作的文学作品为印度文学的组成部分。巴哈特的英文小说属于印度文学，毋庸置疑。

2015年，我父亲去印度参加世界首届"印度学家大会"。会上，全部学者，包括印度学者在内，都用英语发言。只有我父亲——一个中国学者用印地语发言。父亲发言完毕，全场一片肃静；然后，会议主持者上台，感慨万分地说了这样一番话："是我们印度需要反思的时候了。这是印度学家大会，整个会议我们都在用英语发言，而用我们母语发言的却是一位外国学者！"

2016年12月1日，我陪父亲去总统府参加专门为他个人举办的"杰出印度学家"颁奖活动。活动中，从接待人员到主持人，再到总统发言，全是英语。我父亲用印地语与工作人员交流，他们微笑地点点头，表示理解，但仍然用英语回复，然后让我翻译。如此庄严的场合，讲英语是规定，是最大的尊重。同样，整个会议只有我父亲一个中国人，现场说了两句印地语，其中一句是"Jini Hindi Bhayi Bhayi"，这是1954年尼赫鲁访华时说过的曾经响彻云霄的一句话，意思是"中国印度，兄弟兄弟"。父亲说完这句印地语，全场掌声雷动。

印度人都赞叹我父亲的印地语。父亲的专业是印地语，但毕竟已经30年没用，早已生疏。只是父亲一开口，就是正宗规范、不加英语、纯粹的印地语，其实就是印地语本来的面貌。印度人赞叹或者感动的是，自己已经不太瞧得上的印地语，在一个外国学者那里被如此标准完好地、古典优雅地、不加杂质地珍存着。 ◐

印度女人，南极北极

印度被《孤独星球》（*Lonely Planet*）这一类旅行指南书列入"最不适宜女性居住地区"。也读到过外国游客所写下的印度妇女的境遇。这些游记里说，到了印度才知道"妇女的怨仇深"，所以，我也想知道那些去过中国的印度人眼中的中国女人究竟什么样。

人在异国他乡时，最具感知。在外国的中国人如此，在中国的外国人也如此。原来我们习以为常的习惯和现象，在他们眼里显得相当新鲜、奇异，有了新的意义。

来自印度博帕尔市的舒明经教授说，有一次，她和北大毕业的一名女博士一起去北京开会。到了北京，舒教授问这位女博士："你出门在外，你丈夫有没有寄钱给你？"女博士很奇怪地反问："我为什么要他寄钱给我？我自己赚钱啊。我用我自己的钱就好了。"舒教授对我说："我当时听了很震撼，心里想，中国女人真独立。印度绝大部分女人没有这种意识。就算少数印度女人有这种独立意识，她们的妈妈也一定会问：'你丈夫给你钱了没有？'"舒教授又问女博士："你这样常年出差，不能照顾家庭。你的丈夫、你的婆家没有意见吗？"女博士说："我又不是去玩，我是去工作，去拼事业，他们能有什么意见，他们又敢有什么意见？！"舒教授说，印度的丈夫和婆婆可不是总能抱有这么端正的态度。

舒教授在中国还注意到一个现象：快下班的时间，她经常在办公室里看见放学的小朋友来找他们的妈妈。妈妈还没到下班时间，小朋友就在办公室里待着。办公室不仅没人说什么，而且很多时候还会跟小朋友打个招呼什么的。久了，她发现这是中国办公室的常态！在印度，如果职业女性总这么让孩子在办公室待着，可不行。舒教授说："我作为一名职业女性，同时作为一名母亲，当时感觉很温暖，很受感动。这种默许的气氛为中国女性在职场上提供了支持和鼓励，女性可以后顾无忧地工作；而印度就没有让女性拥有这种氛围。"

尼赫鲁大学的阿隆南教授不仅是一名艺术系教授，也是一名社会活动家，对弱势群体、女性平权都有很深的理解。这跟他的"贱民"出身有很大的关系。他说，中国的经济建设让全世界惊叹，但真正让他个人感动的是中国女性的地位、自由和安全感。他认为，这是今天中国最大的成就，这是印度女性望尘莫及的。

他说，自己在中国教学、旅行期间认真观察过，中国各行各业都有女性的身影。这种情况不仅在大城市，就是在敦煌这些比较偏远地区也一样。她们在选择工作的自由度方面远远超出他的想象，甚至公路收费站的女性值夜班的现象也很普遍。有一次，深夜打出租车，经过无车辆的广深高速公路收费站时，他看到的竟然是女性在里面值班工作。当时，阿隆南教授内心无比震撼，陷入深深思考。阿隆南教授突出几个关键词：夜间、公路、无人、收费站，而工作人员一点儿不认为有什么可担心的。他说，即使在美国，他也没有看到过这种情况；这在印度，更是不可想象的。一个印度女人半夜在公路的收费站值夜班？！印度的女性就业岗位有极大的限制。于是，那个深夜的公路收费站就被高度聚焦了，有了全新的意义。我想，那些值夜班的收费站女职员肯定没有想到，她们当时使一个印度人内心有如此的触动。她们可能还会抱怨自己的工作乏味、单调，却不知，在印度人眼里，她们和她们的工作状态衍生出"自由平等""社会安全"和"女性权利"这些重大的理念。阿隆南教授还说，他在中国经常看见深夜时女孩子还在外面游玩、吃饭、嬉笑、看电影，然后自己单独打出租车回家。这在印度都是不可能的事情。

无论晚上马路上嬉戏的女孩子，还是值夜班的收费站女职员，我们都司空见惯，完全不认为有谈论的必要，阿隆南教授却对此评价道："她们在中国行使的自由是一种解放之精神。这是自由和安全的表现。它说明，为了打造这样一个安全环境，中国社会必须消除许多禁忌和危险。虽然没有这方面的确切研究，但我认为，环境本身为女性提供了一种选择的自由。当然，她们仍然需要扮演传统的角色，承担着巨大的社会责任。"

阿隆南教授上升到这个高度，我都以为在看《人民日报》的社论了，再一想，也就理解了。阿隆南教授来自印度的"贱民"社区，"贱民"的女性地位低中更低。

出于对印度女性地位的关注和好奇，我在印度期间认真地观察。这种观察一开始是单一走向的，也就是大多数外国人眼中的印度女性地位；而在后来的旅行中，在与印度的女性交往过程中持续观察，渐渐地，这种观察有了两极的走向：那就是，印度现代的精英女性与广大农村妇女之间的地位悬殊，正如这个国家的贫富差距，天差地别。印度女性两极化的印象，恰似我少年时对封建社会中国女性的认识——中国封建社会女性三从四德、地位卑微，可是又会突然出现一个极具权威的女性角色，比如像大观园的最高统治者贾母。

最初在印度旅行时，最直接的感受是，这里的"脏、累、苦"的活儿几乎都由女性承担。尤其在印度的乡下，经常看到女人们搬砖搬沙，疏通阴沟，打扫街道；经常看到头顶一捆木柴的瘦弱妇人……这些画面非常让人生怜。可再看到她旁边的男人，就是个"甩手掌柜"，挥着手走路，没有想到应该帮身边的女人一下。

一次，我们一群人在泰姬陵游玩，看到一个漂亮的印度女人坐在泰姬陵的阶梯上休息。她有一种哀伤之美，她的眉宇间那种淡淡的哀怨和伤感让人生怜。印度女人就像早早开放的花朵，十五六岁就绽放出最绚丽的色彩，美得惊艳，却又过早凋谢。我希望我的相机能留住她那一刻的美丽。

我就请印度导游小哥帮忙，跟面前的那个女子说，我觉得她漂亮，想给她照张相。

那个美丽的印度女人听了，面无表情，看了一眼她的丈夫，用目光求指示。这件事情的决定权不在她，在她的丈夫。那个眼神给我留下很深的印象。她视自己为物件，丈夫是她的主人。她的丈夫是一个中等身材的男人。他印度式地歪了一下头，表示允许。

导游小哥对我说："你可以照了。"她的意见显然是不重要的，她顺从了丈夫的安排。事后，我问导游小哥："她要经过丈夫的同意才可以照相吗？"导游说："看得出来，她没有受过教育。"我说："所以，她就不能自己决定了吗？"导游小哥说："她没有这种意识。"

我们的导游小哥会讲中文。他说，他学中文是希望将来能与中国人做生意。他经常去中国，有一个中国女朋友，已经到了谈婚论嫁的程度。我打趣小伙子，说他亏大了："中国女孩子和印度女孩子可不一样。你娶一个印度妻子，会得到一份财产；娶一个中国新娘，不仅不会得到一份，还要赔上一份。中国女孩子都要求男方有房有车。"导游小哥说："我喜欢中国那样，不喜欢印度这样。"我问为什么，导游小哥说："男人追求女人嘛，就是应该这样。男人为他的女人努力赚钱，这样才显得男人有本事。"我好奇地问："有你这种想法的印度小伙子多吗？"他说："不多，因为他们没有去过中国。"我说："那你是去中国后才这么想的啦？"小伙子说是的，是他的女朋友教他这么想的。我笑得不行，说："看到了吧，中国女人多厉害，她们连男人的思想活动都要掌握。"

和我们一起参观泰姬陵的，还有一位在印度工作的中国女人。她说，她和丈夫最初在印度找房子，约好了时间和房屋中介一起看房子。中介看到她先生没来，首先就问："你先生呢？"中国女人说："今天他有事，就我有空。"中介说："还是等你先生有空的时候一起看吧。"她问为什么，中介说："今天看了也白看，反正也要等你先生拿主意。"中介的意思是，不要浪费他的时间。中国女人说："我今天看了就可以签了。"中介说："你可以拿主意吗？"她说："为什么不行？"中介半信半疑地看着她，说："你确定吗？"他的意思是，中国女人的地位真的这么高吗？她问中介："你带过中国女人看房子吗？"中介说没有。她说："从现在开始，你可以大胆带中国女人看房子。中国女人都可以做主。这个实验先从我开始吧。"

后来，我的印度之旅开始深化，有机会参观访问一些印度的一流学府。一次，参观尼赫鲁大学，那里的女大学生们个个都容光焕发、精神抖擞，给我留下很深的印象。一个男大学生提醒我说，印度的女性地位低下是指印度农村的那些没有受过教育的劳动妇女。今天，印度大城市里的那些受过高等教育的女孩子都很霸道，很强势，自我意识很强，一身"公主病"。"妇女解放""两性平等"这些话不需要跟她们说，她们不欺负男人就不错了。"我们学校的那些女同学个个都那样，很不好惹的。"他说。

同样，也有一位印度大学生提醒我了另一个事实，他说："印度从20世纪60年代就有女总理了。美国这个表面上妇女解放的国家，至今没有一个女总统。好不容易希拉里来竞选了，还失败了。失败的原因有可能因为她是希拉里，更有可能因为她是女性。"

都说女性最难攻克的是领导职位，在商界和政界都是如此。又说，领导人的性别是一个国家对平等主义认同程度的晴雨表，而印度首先颠覆了这种观念。事实上，更可能的是，这些越是两性不平等、女性地位低的地区和国家，越是容易出女领导人。1966年，英迪拉·甘地（Indira Gandhi）成为世界上最大的民主国家首位女总理，开始她长达16年的统治，以她的铁腕闻名世界。当年，人们这样评价英迪拉："她是一群妇人内阁中唯一的男子汉。"1984年，她遭遇刺杀身亡。4年后，也就是1988年，在印度的邻国巴基斯坦，这个以穆斯林为主的国家也出了第一个女总理。今天，印度国大党主席索尼娅·甘地仍然享有极为崇高的地位。当年，辛格在当选总理后做的第一件事情是向索尼娅·甘地鞠躬。

2016年，我陪同父亲接受印度总统的接见。这次的印度之旅，我们见到的高层政府官员的女性数量比例一点儿不比我在其他国家见的少。这些印度女性官员受过最好的教育，身居要职，做事果敢，雷厉风行。她们使我对印度的女性印象再次有了很大的改观。

奇坦·巴哈特的小说《一个印度女孩》描写的正是这么一个成功的职业女性：她思想自主，人格独立，性格强势，学历高，能力强，赚钱多。女人越优秀越成功，社交的处境越艰难，男人无所适从，不知道应该如何与一个女强人相处。写这样一部关于女权的小说本身就是挑战、冒险。其实，巴哈特可以继续写那些已经轻车熟路的爱情故事；但是，他不满足了，他一直想写这么一部关于女权的小说，只是没有信心，没有把握。过去几年，巴哈特陆续采访了上百名印度职业女性，默默地准备着。终于有一天，这种酝酿成熟了。

奇坦·巴哈特笔下的印度女性全都个性鲜明，大胆自主，有理想，有抱负，没有一个是起陪衬作用的"花瓶"，全都是主导情节的主线。我们在文艺作品里经常看到的"花瓶"或者"傻白甜"的女性形象，从来不会出现在巴哈特的小说里。奇坦·巴哈特说，这是自己对印度女性运动的小小贡献。

他也承认，他笔下的印度女性有典型性，却没有普遍性，并不代表印度绝大多数的劳动妇女。奇坦·巴哈特说，印度女性地位的改变并不可能由政府和法律来改变，而是要从每个家庭开始改变，开始尊重女性。如果孩子看到自己的母亲时常被打，他们长大后会尊重女性吗？如果每一个丈夫都尊重自己的妻子，如果每一个母亲都教育儿子要尊重女性，如果每一个婆婆都站出来保护儿媳妇，而不是虐待儿媳妇，那么印度的女性权利就可以迅速地提高。

他写《一个印度女孩》时立场很明确，主题也很鲜明。巴哈特以第一人称的方式写了一个高学历、高收入的成功女性的爱情遭遇。小说的介绍就很吸引眼球："一，我很会赚钱。二，我凡事有主见。三，我之前交过一个男朋友，好吧，是两个男朋友。对于这些，作为一个男人根本不是问题，可我是女孩，这三点让我不那么讨人喜欢，对吧？"这是一本关于女权的书，却由一个男作家来写，越发引起关注。

小说《一个印度女孩》里的女主人公有这么一段内心描写：小时候，爸爸鼓励她大胆做任何想做的事情。当她真的做到了，妈妈却说她再也不像一个女孩子了。在征婚启事中，妈妈叫她千万别把她那一串带零的收入写进去，因为会把好男孩都给吓跑的。女孩子问妈妈："我的成功不正是我的优势吗？我为什么要躲躲藏藏的，好像是我的耻辱呢？"这段描写让印度明星康格娜·拉瑙特（Kangana Ranaut），这位印度片酬最高的女明星，同时也是印度最著名的女权主义者潸然泪下。新书发布会上，作为嘉宾的康格娜说，一个男性作家写一本女性的书非常让她感动，很温暖，自己看这本书都看哭了。

康格娜说："当我还不是太成功的时候，我感觉自己的价值不被男人重视，我的男朋友很像一个难以被取悦的父亲，我似乎永远都不够好，我永远要努力。今天，我终于成功了，我感觉我的男朋友又像一个争风吃醋的兄弟，处处与我竞赛、比较，证明我错了竟成了他最大的乐趣。争风吃醋的兄弟比难以被取悦的父亲更糟糕，因为父亲还是爱你的，兄弟之间则只剩下竞争和妒忌，我的成功成为我爱情的绊脚石。"

康格娜说起她以前的医生男友，医生的收入当然无法与明星相比；但是她喜欢，因为她早年的志愿就是成为一位医生。只是每次男友去见康格娜的明星朋友，都会问："你的那些朋友会怎么看我？"康格娜说："我的朋友们其实都是一群很好相处的谦虚的人，我没有那种自视清高的朋友。"男友说："他们会不会觉得我只是一个小人物呢？"康格娜才意识到她带给男友的压力，这让她很难过。

有一次，他们去伦敦旅行，得知有一家餐厅非常著名，康格娜就跟男朋友说，想去那家餐厅试试。男朋友上网查了一下这家餐厅，然后说他不想花那么多钱在食物上。以往总是男朋友买单，这次，康格娜说："我真的很想去这家餐厅。我也真的很想买这次单。"男友想了想说，好吧。后来，他们去了，也由康格娜结了账。结账的时候，男友又开始不自然了，问康格娜："你说餐厅的服务员会怎么想？"康格娜说："你认识这个服务员吗？"男友说不认识。康格娜说："那不就完了，你为什么要在乎一个你不认识的人的感受，而不在乎你女朋友的感受？"原本浪漫的晚餐变成了争吵。回家后，男朋友仍然反复提及那些服务生看他们的眼神，那些服务生一定在背后议论他们，为什么是一个女人买单？为什么那个男人可以让他的女朋友买单？康格娜说："放心吧，女人买单这种事情在西方司空见惯，人家才不好奇呢。再说，你管他们的感受干什么？你只需要在乎我的感受。如果你可以接受我为你洗衣、做饭，为什么不可以接受我来买一次单呢？"最后的结果可想而知，他们分手了。

巴哈特问康格娜："你今天是最有名的印度女明星，你现在想要更大的成功还是爱情？"

康格娜回答："我想要成功的爱情。"

在许多公开场合下，巴哈特都公开表达他对智慧聪明的、事业型女性的欣赏，因为他的太太阿努莎（Anusha）正是这样的女性。女性的智慧是所有女性品质中最诱人的内涵。他说，很多男人，尤其印度男人，都喜欢那种小鸟依人、温柔的女人。打开报纸的征婚启事就知道了，小鸟依人是男人最爱的品质。巴哈特说也不知道为什么，反正他总是被女性的智慧吸引，而他太太就是他见过的最聪明的女人。太太是一位非常成功的投资银行家，曾经也有一段时间，妻子赚钱比他多，妻子升迁比他快。他曾经也有过不安全感，不过，他意识到：妻子只会继续成功下去，难道自己就继续让不安全感笼罩吗？自己应该怎么办呢？应该更努力才是啊。

巴哈特将他这种复杂的心态很好地反映在小说《一个印度女孩》里。小说表面上在写强势女性，实质是向印度社会抛出一个问题：印度的女人只会越来越成功，越来越优秀，男人应该拿她们怎么办？男人们准备好了吗？印度社会准备好了吗？ ◉

后记

今天的印度与中国，彼此陌生。

印度教授舒明经告诉我，在她2010年来中国前，她以为中国女人还穿着毫无性别差异的服装，所以她到中国后非常感慨中国的发展和中国女人的风采。她说："没有想到中国女人如此有魅力。"当时，我很诧异，她这么一个有学问、深谙英语世界的印度教授却对中国如此无知；可是我立刻也意识到，自己对印度的了解又何尝不是停留在那些刻板印象上。

可见，多数印度人对中国是不了解的，他们对西方国家的了解远比对中国的多；同样，多数中国人对欧美的了解也比对印度的多，我们对印度也不了解。这里面也包括我。一位研究印度的中国学者半开玩笑地说："两个国家的交流情况，看看通婚与留学生现象，就能看出端倪。在中国，有大量与欧美通婚的，却极少与印度人通婚；有大量去欧美留学的，甚至十来岁就被送出去读书，却极少有去印度留学的。反之亦然。可见，中印两国并不很了解，从高层到民间。"

印度是世界上最古老的国家之一，如何将印度浩瀚繁复的历史人事、风土人情介绍给大家？这道公式，我在脑海里反复演绎。我先是在父亲的书房里找来一批介绍印度历史、文化、宗教的学术专著，它们高深精湛，却让人产生阅读的生涩。它们是为像我父亲这样的研究印度的专家学者设计的，不是为普通读者而写的。我又在网上找来一些游记随笔、新闻报道，它们虽然可读性强，却又流于表面、片面，也有失公允。我笔下的印度应该在内容丰富、真实客观的同时，可读性强，有趣、不枯燥。我希望将印度这个古老悠久国家的人文景观，像一幅风俗画卷般一点儿一点儿地打开，生动、形象地介绍给东、西方读者。

于是，这道公式一下子解开了。那就是以最易让人接受、也最易广泛传播的形式——讲故事，让东、西方读者更清晰地了解当今印度的社会现实。因为我的印度朋友们就是以这一方式让我了解一个动态的印度社会的。似乎我笔下的每一个印度人都是讲故事高手。比如，阿隆南教授就是通过讲他的人生经历，让我了解了当今印度"贱民"的现状；比如，舒明经教授也是通过她的喜怒哀乐，让我了解了印度的婚恋观、女性地位和家庭伦理。

因此，我决定沿用他们的方式。我想，以故事介绍印度，亦符合这个国家的气质。因为印度是史诗的故乡、故事的发源地，从宗教到历史，从哲学到神话，无不充斥着各种故事。西方一直有"雅利安中心"之说，世界上许多故事的源头都来自印度，像我们烂熟于心的《格林童话》和《一千零一夜》。

这是一本介绍印度的书，但是她不讲印度的观光景点，她更不教你如何在最短的时间内游览最多的旅游景点，或者如何欣赏泰姬陵的完美对称，和骑骆驼穿过月光沙漠的浪漫之美。这是一本介绍印度人文景观的书，也许正好填补传统旅行指南给外国人留下的空白——没有介绍印度百姓真实的生活状态及传达出的文化信息和人文气息——也许这些才是最终极的真正的指南，至少这正是我旅行中最看重、在乎的，它帮助我真正地认识一个国家。我旅行中最珍藏的记忆，从来不是景点、建筑带来的，而是人文景观，就是那些通过外国人的眼睛看世界的机会。

我用故事的形式细致地描绘了印度各种行业的人物，包括演员、作家、苦行僧、印医、女佣、教授、厨师、理工男、"贱民"的生活状态；我同样也是以故事的形式，介绍了印度的种姓制度、婚恋观、婆媳关系、主仆关系、女性地位、嫁妆制度这些复杂的社会议题，也使得这些沉重的题材可读性强些。这些选材并不难，主要是写我个人感兴趣的话题。在写这本书之前，印度于我是陌生的。我只是听说他们的种姓制度，但是种姓制度如何影响印度人的日常生活？只是听说他们的嫁妆制度，但是嫁妆在当今婚嫁中如何重要？只是听说"贱民"一词，但是今天的"贱民"生存状况如何？对于这些，我知之甚少。也正是因为这种陌生感、距离感，反而给我在选材上带来便利。我以纪实文学的形式，讲述十几个主角、几十个配角极富特征的真实故事以及我们之间的交流，真实地记录下当今印度的社会面貌和各阶层人民的生活状况。我希望这本书是今天印度百姓生活的见证和写照，是外国人了解印度风土人情的窗口。

我也是通过这本书的写作，通过与我笔下人物的交往，逐渐了解印度的，而且时常会从我们的交流中会心一笑，或者潸然泪下。我对形而上学没有太多的兴趣，反而对民间的人情世故、风俗民情非常热衷。所以，我没有写宗教、政治、历史这些"沉重"的议题，相反，着重于老百姓的家长里短的生活场景。比如我笔下的一位女作家瑞莎，讲起她那个年代的女性结婚时，她们的母亲会对她们叮嘱道："别一吵架就往娘家跑。"我听了，"扑哧"就笑了。今天的中国母亲已经很少如此叮嘱女儿，可是看一看早年的影视、文学作品，这几乎就是中国母亲嫁女时的写照。再比如我笔下的理工男维克斯，当年他考印度理工学院时，他母亲深情地对他说："只要你考到那里，只要你能过得好，我们母子此生不再相见，我都无怨无悔、心甘情愿。"这一番话，我也听得饱含热泪，因为它也仿佛就是含辛茹苦的中国母亲对孩子的肺腑之言。这两位印度母亲，我们都可以在中国文艺作品里找到高度相似的身影。这些点滴之处都见证着金克木先生的那句"中印相同之处完全平行"和莫迪总理说的"中国和印度，两个身体，一种精神"。

也因为这本书，我与书中许多故事的主角结下了深厚的友谊。他们是我书里的主角，也是书外的主角。他们的故事从书里延伸到了书外。他们想读到我笔下的印度故事，而我也期望得到他们的意见，于是，我又将这本书翻译成了英文。事实上，他们确实给了我最直接、最中肯的意见，他们会告诉我哪里不够准确，哪里失之偏颇，哪里不够全面。他们的修改意见对于这本书同样是浓墨重彩的一笔。

我能从不同国家、不同文化的读者那里得到非常不同、相映成趣的读后感。从不同读者那里得到的读后感本身就是一个个有趣的故事。比如我的一位美国朋友，对印度的女性意识觉醒及女性在两性关系中的地位非常感兴趣。她理解不了我笔下的印度女性，对她们婚姻的容忍度如此之高。我了解我美国朋友的想法，于是，我借用印度作者巴哈特的观点与她探讨："不同文化下的人对女权的理解也有所不同。比如，今天美国的女权议题是如何有一位女性总统，而印度已经早就立下了这一里程碑，却在其他领域仍多有挣扎。一个女人在自己所处的现实社会环境中自强不息，在我看来就是一种女性意识。"我相信，看完这本书，不同的读者会有不同的理解和体会。

这是一本介绍印度的书，也是我对印度的发现之旅、学习之旅。写完这本书，我感觉对印度这个国家的人与事都有了更深的理解。印度于我，不再那么陌生，不再那么"外国"。这本书写作过程历时两年。我一边写作，一边学习。除了在印度的采访之外，我的印度朋友们还给我支招儿，说你在美国如果看见一对印度老夫妇推着婴儿车，他们可能都是从印度去美国照顾下一代的——这个传统和中国非常相似——你就过去和他们聊天，他们可以帮助你了解印度，他们都有一大堆故事；而且，他们非常愿意和你聊天，除非他们不会讲英语，因为这些老人在美国蛮寂寞的。我照着去做，果然屡试不爽。我就是这样通过各种可能的渠道收集素材。除了访谈调研，当然还需要大量阅读，查找资料，认真笔记和请教专家。

比如，采访"贱民"教授阿隆南之前，我翻阅了大量关于"贱民"和种姓制度的资料。在与他的对话中，他所提到的每一个历史事件，每一个人名、地名，我事后逐一地查找资料，确保无误。任何不解之处，我都孜孜以求，虚心请教，而我的印度朋友们往往又诲人不倦。

在此，再次感谢所有的印度朋友！是你们成就了这本书，也丰富了我的经历。你们的赤诚相见、畅所欲言，是我在印度最珍贵的收获。我在前言里说过，我父亲希望这本书"不但对一般读者有吸引力，对关注、研究印度的学者也有吸引力"。我希望，现在多少达到了这个目标。

如我开头提到的，舒明经教授刚来中国时对这个国家极为陌生，而后来她回到印度，通过自学中文和《道德经》的英译本，竟然用4年的时间将《道德经》翻译成印地语。她曾经以一句话自勉，我现在以它与所有的读者共勉：

你将其他的文化承载在生命中，你再把这种文化带回自己的国家或者别的国家。你由此逐渐成长为一个丰富的人。

2018年12月12日 ⬤

（令人遗憾的是，此书里写到的两位长者都在这期间过世：慕克吉总统于2020年8月31日离世，享年84岁；夏斯特利教授于2021年11月14日离世，享年91岁。）

2021年12月12日 又记 ⬤

这是我离开印度时吃的最后一餐。有椒盐虾、醋熘土豆、黄瓜炒蛋、酱爆猪肉、清炒白菜。尤德维尔这个印度厨师做的这几个中国家常菜还是相当地道的。（《一个印度大厨和三只老鼠》）

尤德维尔摄于中国前。公司是一栋三楼，用作办公室和。他已经在这家中司当了10多年厨师。个人在德里打工，月有两万卢比的工已经足够让他的老子在村里过上相当的生活。（《一个大厨和三只老鼠》）

　　尤德维尔是个讲究人，每天都把自己捯饬得很整洁，衬衣和裤子都要熨后才穿，一头亮发更是梳得一丝不乱、锃光瓦亮，王先生说他从没见尤德维尔的头发乱过。王先生又说，找个讲究人当厨师很放心。公司上上下下都很喜欢这位会做中国菜的印度厨师。（《一个印度大厨和三只老鼠》）

印度的征婚启事分门别类极细，不仅以宗教、种姓、职业及各种名目分类，连"二婚""丧偶者"也另列一个区域，即俗语说的"鱼找鱼虾找虾，龙找龙凤找凤"，认为门当户对最重要，这让我大开眼界。当然也有一个区域叫作"种姓无栏槛"，上面的征婚者愿意在种姓方面放宽条件。(《种姓第一，爱情第二》)

有些征婚启事公开写道："Only Gaur and Sanadya Brahmin Invited（只限婆罗门种姓，他人勿扰）。"（《种姓第一，爱情第二》）

　　2016 年 12 月 1 日，慕克吉总统专门在总统府为我父亲举办了"杰出印度学家"颁奖典礼。父亲在会上发言，当他用印地语说到"Jini Hindi Bhayi Bhayi"时，全场掌声一片。这是1954 年尼赫鲁访华时说过的曾经响彻云霄的一句话，意思是"中国印度，兄弟兄弟"。（《印度新种姓——英语种姓》）

　　我想与这位印度红衣女子合照，请导游小哥翻译，印度女人听后将目光投向她丈夫，等待丈夫的示意。得到丈夫的同意后，她才与我合照。这个细节让我对印度女性多了一层了解。（《印度女人，南极北极》）